佳人非淑女

下

風文創 476

昭素節 著

目錄

第十四章

看著靶心上的箭，眾人不覺怔住了。

程元龍笑得見牙不見眼，拚命地拍著胖手，連聲喝彩。「好樣的。」

青桐再次搭箭開弓射箭，連著嗖嗖數聲，每箭都平平當當地射中靶心。

眾人已由最初的驚詫變成了驚嘆，鄧文倩和程潔等人也跟著激動起來，踮起腳尖，兩眼亮晶晶地盯著青桐，出聲鼓勵。

鍾靈和黃雅芙沒料到會出現這等場面，心頭越發彆扭。

黃雅芙看了看天色，突然出聲道：「哎呀，青桐妹妹真是幸運，方才還有風呢，這會兒竟是一絲風也沒。」言下之意，青桐能射中，是走了狗屎運。

她的話音一落，程元龍的目光便狠狠地瞪了過來，他瞇著眼看了黃雅芙一眼，像是要把她記住。黃雅芙自然聞聽過小霸王的諢名，心中不禁有些害怕，心虛地低下頭，紗帽的輕紗正好遮擋住她臉上的表情，沒話找話地和鍾靈搭話把話題岔了過去。

誰知青桐正好看她不順眼，人家是愛屋及烏，她則是恨屋及烏。黃氏不是什麼好東西，她姪女肯定也好不到哪兒去，而且黃雅芙的這番舉動進一步印證了她的論斷。她連射五箭後，突然將弓對準黃雅芙的頭頂，然後用力拉弓後放手，箭矢帶著風聲破空而去。

黃雅芙正和鍾靈說著話，猛一抬眼突然見一支利箭朝自己飛來，登時嚇得魂飛魄散，雙腳像釘在地上似地動彈不得。

眾女「哎呀」一聲尖叫起來，其他人也是驚慌失措，連幫忙都幫不得。狄君端無奈地嘆息一聲，顧不上禮儀，飛身去拽黃雅芙。

只是人哪有箭快，等到狄君端飛撲到黃雅芙身邊時，那支箭已飛過她的頭頂，還好，有驚無險，箭矢僅僅帶走了黃雅芙頭頂的帽子。狄君端來得太急，一時剎不住腳，再加上黃雅芙受到巨大驚嚇，全身發軟，當狄君端趕到時，她恰巧暈倒在狄君端的懷裡。

這是什麼情況？眾人目瞪口呆地盯著這一幕。

狄君端臉色微紅，神態尷尬，不好推開，又不好一直這麼扶著。

黃雅芙並沒有真昏，她只是身子發軟，如今聞到狄君端身上那種若有還無的清香，再想想，這麼多人中唯有他挺身出來救自己，以前她的心底就有一個若有還無的影子，只是兩家交集甚少，對方又謹守禮節，兩人連話都不曾說上兩句，如今她是因禍得福，原來他對她這般緊張……

黃雅芙的一顆少女心春波蕩漾，如風吹過池塘，泛起一圈圈漣漪。

程元龍在邊上扠腰站著，得意地看著青桐，一副與有榮焉的欠揍表情。他踏著輕快的步子走過來，伸出手臂，作勢欲接過黃雅芙，嘴裡大聲說道：「喲，狄公子，瞧著你這樣怪累的，來來，我扶這位姑娘進去。」

黃雅芙渾身一個激靈，想著自己要被那個胖子抱在懷裡，她雞皮疙瘩都起來了，她也不好再暈下去，於是很快地「悠悠轉醒」，再緩緩起身。她臉現紅霞，含羞帶怯地向狄君端道了個萬福，輕啟朱唇。「多謝公子挺身相救。」

程元龍笑得一臉狡詐，大聲問道：「咦，妳這麼快就好了？」

黃雅芙心中厭惡，嘴裡連說：「多謝程公子，我沒事了。」

程元龍似乎很不放心又確認了一遍。「真沒事？」

黃雅芙強忍著不耐。「真沒有事。」

「太好了。」程元龍朝青桐努努嘴。「土包子，妳表姊沒事了，想必是妳們姊妹倆商量好的吧？開個玩笑給大夥兒瞧瞧，哈哈。」

張新泉等人陪著大笑。「哈、哈、哈。」

程元龍挑眉問道：「還有人敢來嗎？」

他故意等了一會兒，遂又自己總結道：「算了，不難為妳們這些千金小姐們了。」

黃雅芙一旁氣得臉色發白，一肚子火憋著發不出來。青桐這幾日長進不少，此時也知道說些場面話，她走上前來，一本正經地說道：「剛才姊姊說我走運才射中靶心，所以我想跟姊姊開個玩笑，看看幸運不幸運。」

黃雅芙心中有怒，卻又不好當著眾人的面發作，只得擠出一絲笑意道：「妹妹原諒我吧，姊姊方才是信口亂說，場上諸人誰不知妹妹力大無比，箭法奇準，若是女子可以考武舉，狀元鐵定是妹妹的。」

程元龍聽到這兒，突然想起了什麼似地問一旁的鄧庭玉。「鄧大哥，不知先生能否收下這個林小姐？她琴棋書畫一般般，不過勝在武藝不錯。」

鄧庭玉一臉為難，他父親又不是武師，鄧家又非武館，何況書院考核女子學問並不包括武藝，怎麼好收下青桐？但他又不好直接駁了程元龍的面子。

鄧庭玉還在猶豫，就聽狄君端朗聲說道：「林姑娘雖然根基不深，但她年歲不大，又生性聰敏，進益很快，只要先生和師母嚴加管教，將來雖比不上學裡幾位才女，但也不至於太差。」

鄧庭玉越發不好拒絕，只好說道：「是嗎？待我稟過父親再說。」

這幾人你一句、我一句地，把臉色不佳的黃雅芙撇在了一旁，好在鍾靈大發慈悲，主動安慰她，才讓黃雅芙寬慰不少，同時也更加憎惡林青桐。

再說鄧文倩，她此時已有幫助青桐說話之意。一是覺得這姑娘性格直爽豪放，她是真心喜歡；二是她還有一些說不清、道不明的旁的小心思。

鄧文倩主意打定，便笑著替哥哥解圍道：「好了，你們先用些茶點歇息一會兒，我這就帶她去母親那裡。」

女學一大半都是鄧夫人在管理，只要鄧夫人同意收下青桐就行了。

鄧文倩和兩個貼身丫鬟帶著青桐到內室稍稍梳洗一下，整頓好衣裳，便領著她到後堂去見母親鄧夫人。

鄧夫人約三十五歲的年紀，上著乳白色薄衫、下著石青色裙子，身材略有些福態，圓臉白膚，氣度雍容嫻雅，讓人心生親切之感。

鄧文倩笑著上前拉著母親的袖子用撒嬌的口吻說道：「母親，女兒給妳帶來了個新學生，妳瞧瞧好不好？」

鄧夫人方才就聽見丫鬟進來說東園比賽射箭的事情，圓臉上帶著溫和的笑容，上下打量著青桐。見青桐步伐穩重，氣度還算沈靜，更難得的是，雖然長在鄉下，卻沒有一般鄉下孩子畏畏縮縮的神態。

她微微頷首，命丫鬟端上茶點，熱情地招呼青桐。青桐也參加過幾次聚餐，一般禮儀倒也能照葫蘆畫瓢。

鄧夫人問道：「妳曾唸過什麼書？」

青桐說了幾部書的名字，鄧夫人一聽全是啟蒙之書，對她這個年齡來說是淺了些，不過女子畢竟不像男子，入學的本意也不在學問，放寬些也無妨。

鄧夫人微微一笑，又問道：「除了唸書，妳還會些什麼？」

青桐一聽她問別的技能，瞬間自信許多，如數家珍。「我會的可多了，砍柴打獵、找藥材、捕魚釣魚、殺雞宰魚餵豬，種地也會些，還有耍把式賣藝，往別人胸口碎大石……」後幾樣，青桐只在街上看過，但她覺得自己也能做。

「……」眾人聽了錯愕地說不出話，鄧夫人尚且忍得住，鄧文倩和幾個丫鬟險些噴茶，一個個努力忍住不笑出來。

青桐看這些人表情奇怪，一臉端肅地問道：「怎麼？難道不行？」

鄧夫人忙答道：「很好，難為妳會這麼多。」

青桐想起昔日在母星入學的情景，於是握緊拳頭以宣誓的姿態正容說道：「我若入學，必定盡一個公民，不，是百姓的職責。不虛度時光，努力上進，服從而不盲從，自由而不放縱，謙虛而不退縮，善良而不愚蠢，不主動為惡，更不會縱容惡行。我愛吾師，更愛真理。」

鄧夫人和鄧文倩等人被震住了，幾人微張著嘴，愣怔看向青桐，一時不知說什麼話好，她的話初聽有些可笑，再思考又似乎有些道理。

鄧夫人抿了一口茶，思索片刻，不動聲色地問道：「孩子，妳這話是聽別人說的，還是妳自己想的？」

青桐一時有些噎住了。很多時候，她多年的習慣會不由自主地冒出來，但著實不好解釋，她若說真話，是沒人相信的。

她只好含糊其辭。「是聽一個路過的外邦學子說的。」

鄧夫人釋然一笑。「原來如此。」

鄧文倩在旁邊看著，越看越覺得青桐有意思。她見過各式各樣的女學生，從世家千金到小家碧玉，雖說性格各異，但從沒見過青桐這樣的，若能留她在女學裡倒也不錯。

鄧夫人緩緩起身說道：「書雲、書琴，妳們兩個陪著林小姐坐一坐，我去去就來。」

鄧文倩也隨著起身跟了上去，一入內室，鄧文倩便笑著撒嬌。「娘，妳就答應收了她吧！反正多一人也無所謂，而且她還是程小霸王引薦的，也不好拒絕啊！」

鄧夫人輕嘆一聲，眸中閃過一抹深思。「程元龍啊……」

鄧文倩想了想，又小聲補充了一句。「還有狄公子。」

鄧夫人含笑看了女兒一眼，思索片刻，答應了。

鄧夫人再出來時，鄧文倩率先宣布了這個消息，並熱心地交代了青桐一些入學注意事項。「三天後，妳讓妳父母帶著妳來，先去辦理入學事項，然後再來找吳姑姑，女學諸項雜事都歸她管，先由她細細考核，再根據妳的程度看分到哪位先生名下……」

青桐認真聽著，一一記在心裡。兩人正說著話，忽有丫鬟來報說，有客人來訪，鄧文倩只好帶著青桐提前離開。

等到青桐從後堂出來時，眾人的目光唰地一下全都彙集過來，有的人試圖從她的臉色看出她是否被拒絕了；但青桐仍跟以前一樣，臉上無怒無喜，讓人看不出所以然。

程元龍也有些忐忑，隨即又想，就是被拒絕也不算什麼，他們這是先禮後兵，實在不行，他就硬把她送進來。

鄧文倩知道眾人的心思，不等青桐說話，她就笑著拉著青桐向眾人宣佈。「姊妹們，妳們很快又有一位新同窗了。」

「哦。」

「嗤。」

大多數人反應平平，有極少數人暗自嗤笑，也有人替青桐高興。程元龍想笑又故意忍住，做出一副「小爺早知如此」的模樣，他指揮程潔將下注的銀子抱給青桐後，便和一幫狐朋狗友玩去了。

此時的黃雅芙趁人不注意悄悄離開了現場。她丟了大醜，一想起方才的羞辱以及青桐走的狗屎運便暗恨不已，實在沒心情待下去了，路上，她叫過一個丫鬟吩咐道：「琥珀，妳去我姑媽家一趟，哦，別忘了見見兩位表小姐。」琥珀領命而去。

黃雅芙的嘴角微微彎起，心情莫名好了許多。就憑她，也配跟自己上一樣的學堂，作夢吧！

青桐還沒到家，林家已經先得知了這個消息。

黃氏聽罷，還沒來得及做出反應，林淑媛和林淑婉這對雙胞胎已經開始嚷嚷起來。

林淑婉聲音尖利。「天吶，母親，那個柴禾妞要是也上學堂，我們不得天天丟臉？」

林淑媛袖子一甩，決然說道：「爹爹若是讓她去上學，我們就不去了，省得被人指指點點。」

黃氏怡聲安慰兩個女兒。「瞎說什麼，娘當初讓妳們上學，可沒少費心思，妳們倆這麼說，對得起為娘嗎？」

林淑婉被黃氏唬住了，低頭不語。

林淑媛卻答道：「娘，妳為何一直忍著她，讓她胡作非為？妳連大人都不怕怎會怕她一個孩子？」

黃氏無奈道：「妳以為娘想這樣？她剛進林家就出事，旁人會怎麼想咱們家？」

林淑媛的眼中閃爍著與她的年齡不相符的陰沈。「娘，不能讓她出大事，還不能出小事嗎？」

黃氏聽到這裡，不由得多看了二女兒一眼，刮著她的鼻頭說道：「妳小小年紀別想這麼多，娘自有主意，妳們且放寬心，這個家還是為娘在管，我說讓她上不了學，她就上不了。」

再說青桐拿著大夥兒下注的銀子，毫不客氣地放進了荷包裡，賺了銀子又能入學堂，今日真是雙喜臨門。

狄君端走過她身邊時，聲音如一陣清風似地掠過她耳邊。「以後切不可這樣了，若有差池，真出了人命，妳可怎麼辦？」很明顯，他說的是方才她射黃雅芙紗帽的事情。

狄君端方才真的嚇出了一身冷汗，雖然史書中、戲文裡也有神箭手這麼做，但傳說畢竟是傳說，尋常人誰敢真這麼做？

青桐沒說話，只是不置可否地點點頭。狄君端還想再說什麼，但恰巧有人叫他，於是他朝青桐笑笑，轉身離開了。

程元龍雖然跟張新泉等人在一邊玩耍，但他的眼神卻時刻盯著青桐這邊，他一見狄君端言笑晏晏地跟青桐說話，心裡就來氣。

這小子仗著自己長得一副好皮囊，到處勾搭女孩子，連土包子也不放過。

他帶著不忿之情，甩著胳膊踱了過來，老遠就喊道：「哎哎，那誰，我明兒去拜訪楊師傅，順便讓他收下妳，妳想不想去學武？」

青桐一聽到學武，頓時兩眼放光。如果說上學堂是她融入這個社會的保障，那學武就是她的真正愛好了；更何況，她自身又有這麼好的天賦，不好好發展太可惜了。

「當然要學，我要不要去挑些禮物，討一討他的歡心，讓他喜歡我？」

程元龍嗤之以鼻。「妳？討人歡心？拉倒吧，只要別招人厭就行了。」

青桐素來對這種語言攻擊免疫，神色絲毫不變。

程元龍本來還有很多話要說，一看四周有人對他們擠眉弄眼、指指點點，他的心頭就十分不爽。他此時有種矛盾的心思，既想把青桐納入自己的旗下保護，又怕因自己給她帶來不好的影響。

青桐看看天色，捏捏沈甸甸的荷包，說道：「我要走了，還有很多東西要買；再問你一句，楊師傅最喜歡什麼？」

「他呀，喜歡持刀弄棒，還有就是吃肉，別的想不起來。」

青桐點點頭，默默記下。

她沒坐程府的馬車，出了鄧府後，走了一會兒，雇了輛驢車，先去平安街菜市口看看自己的養父母。

此時將近中午，天氣炎熱，沒有客人，王氏不在麵攤前，李二成正靠著大槐樹打瞌睡。

青桐玩心大起，伸手揪了片樹葉，放在嘴邊，彎腰對著李二成的耳朵吹了聲尖亮的哨聲，把李二成嚇得險些從馬札上跌落下來，他揉眼一看，不禁面露驚喜。

自那日青桐回去後，他就一直擔憂，中間還悄悄去林府門口打聽過消息，只是不敢進去罷了。他見青桐氣色不錯，看來行動也自由，心中一塊石頭放下，面上帶著笑責怪道：「這頑皮丫頭。」

李二成又問她吃飯了沒，青桐實話實說道：「只吃了茶點，又餓了。」

李二成二話不說，在旁邊的瓷盆裡洗了幾遍手，開始揉麵做麵條。

青桐簡要地說明了今日發生的事情，李二成聽得驚嘆連連，末了囑咐道：「以後切不可這麼莽撞，萬一妳失手射中她怎麼辦？為幾句口角搭上一輩子，值得嗎？」

青桐答道：「我有把握的，離那麼近，射不死人的。」

李二成仍絮叨了一大堆有的沒的，青桐耐心地聽著，接著她將自己掙的銀子拿出一半給他，李二成連連拒絕。「妳不用掛念我和妳娘，我們兩人有手有腳，能養活自己；倒是你們一家三口過得不容易，家大有大的難處，上下打點，出門會客，將來上學堂，哪裡都要錢。」

青桐將銀子推了一推，見他執意不收，只得重新收回，想著等自己找到賺大錢的門路再給他們。

不多時，麵做好了。李二成知她飯量大，做了小半個瓷盆的麵，再拌著一盤青菜，加上滷蛋、滷肉，顏色搭配煞是好看，引得人食慾大增。青桐大快朵頤地吃著，李二成笑呵呵地在一旁看著，嘴裡像個婦人似的，嘮叨個沒完。

青桐在麵攤待了有兩頓飯的工夫，遂起身告辭。青桐臨走時，李二成又問道：「妳下次出來也帶個丫鬟吧？我看人家大家小姐出來都沒單獨一人的，估計是怕出了事沒人幫著。」

青桐「哦」了一聲，隨口答應下來。

家裡頭的白嬤嬤和劉婆子年紀太大不好出來，再說家裡也離不了她們；黃氏屋裡的丫鬟倒不少，也說過要給她，可她能要嗎？等於放隻癩蛤蟆在屋裡，雖不必怕牠，可看著膈應人。算了，她入鄉隨俗，以後買兩個吧！

青桐在街上兜了一圈，買了一堆藥材，一些吃的、喝的，拉拉雜雜一大堆東西，坐了驢車朝林府駛去。

此時的黃氏正在家裡策劃著某件事情。

她先是把崔嬤嬤和春蘭叫過來，兩人見了她趕緊露出一臉委屈，意在提醒自己受了青桐的不公平待遇。

黃氏和氣地問道：「崔嬤嬤的腰可好些？還疼嗎？一會兒找茉莉再拿些膏藥貼貼。」

崔嬤嬤跪下磕頭，連聲稱謝。

黃氏接著轉向春蘭，春蘭彎著腰，右手掐著脖子，帶著哭腔說道：「別的都還好，就是奴婢再也吃不下肉菜，一看到肉，腦子裡就想起那日的情景，就想嘔吐；夜裡睡覺，夢見自己肚子裡有毛蟲在爬。奴婢、奴婢……」

黃氏幾不可見地皺了皺眉頭，林淑婉和林淑媛早就忍不住，沒好氣地嚷道：「春蘭，妳說那些噁心的東西做什麼？快住嘴。」

春蘭悲泣地說道：「奴婢一直憋在肚裡，若不是太太問起，今日也不會說。奴婢的命是太太的，若是太太讓奴婢去死，奴婢都不會皺下眉頭的；可是她算什麼？一個叫化子團頭的女兒生的，太太如此厚待她，也不見她有絲毫感恩之心。」

黃氏佯裝板著臉，制止道：「春蘭妳是氣糊塗了，她好歹是府裡的大小姐。」話雖如此說，臉上卻絲毫不見真怒。

聽到大小姐三字，雙胞胎姊妹異口同聲地發出一聲嗤笑。「哼。」

春蘭略一抬眼，打量了下黃氏的神情，又見崔嬤嬤朝她使了個眼色，示意她繼續往下說。春蘭頓了頓，繼續說道：「太太，奴婢並非是覺得自己受了委屈，心生不忿，實是替太太抱屈。」

崔嬤嬤適時加了一把火，尖聲接道：「要老奴說，太太就是太好性子了，才讓她一個野丫頭片子騎在頭上。放眼整個京城，哪家的當家太太不是將子女管得服服貼貼的，關起門來都是自家的事，誰閒著沒事管別家的閒事？」

崔嬤嬤說著拍著大腿唱唸起來。「哎喲，老奴如今最擔心的就是兩位小姐了。她今日衝我們這些沒甚大錯的老僕下手，明日未必不敢衝著小姐和太太下手，她是個不懂綱常倫紀的人，太太您可一定小心啊！」

崔嬤嬤和春蘭兩個一唱一和，說得口若懸河，口沫橫飛。

黃氏的臉上掛著古怪的笑意，她見情形差不多了，便緩緩開口道：「妳們說的，我都放心上了，妳們都跟了我這麼多年，妳們是什麼樣的人我能不知道嗎？看著妳們被人削了臉面我也難過。這樣吧，今天下午我就讓人把妳們送到西郊的莊子裡，那裡人煙少，清靜又涼快，妳們去那兒好好歇些日子，過兩天，府裡可能還有人要去，妳們別的甭管，只須好好伺候就是；等避過風頭，我再接妳們回來，到時定會好好補償妳們。」

黃氏這話說得很隱晦，但崔嬤嬤也算半個人精，一聽便明白了，到時要去的人很可能就是林青桐，至於以什麼理由，那就不是她們要操心的了；太太這句「別的甭管，只須好好伺候」更是大有深意。

是讓她們放開手腳大膽去做？

崔嬤嬤和春蘭壓著滿心的歡喜，聽太太的意思，如果此事做好，可能還有升遷和獎賞。崔嬤嬤雖然是府裡的老人，但地位和威望一直比不上金嬤嬤，自從被青桐惡整後，聲望更是直線下降，受盡了同行們的嘲諷，這讓她寢食難安。今日太太這番話，讓她覺得舒坦不少，等她先出了這口氣，替太太解決心腹之患，到時就能得到太太的重用和信賴了。

一旁的金嬤嬤，嘴角掛著若有還無的笑意。這個老貨還是一如既往的目光短淺，做事從不知道凡事留一線的道理，活該她倒楣。

黃氏該說的都說了，便揮揮手道：「妳們先下去收拾行李吧，有什麼需要的，直接找金嬤嬤便是。」

崔嬤嬤和春蘭聲音高昂地「欸」了一聲，樂顛顛地下去了。

兩人前腳剛走，就見薔薇進來稟報。「大小姐來了。」

黃氏點了點頭，示意讓她進來。

青桐大步流星地走了進來，往桌旁一坐，先吩咐茉莉倒水，爽快地灌了杯涼茶後，才對黃氏說道：「夫人，我已經過鄧夫人的考核，三日後去上學，今日特來告知一聲。」

黃氏還未開口，就聽見林淑婉冷笑一聲問道：「大姊妳今日是怎麼出門的？連看門的都沒看見妳出去。」

青桐淡淡一笑。「妳怎麼出門，我就怎麼出，這個問題值得問嗎？」

林淑婉氣得小臉通紅，正待反駁，就見林淑媛狡黠地使了個眼色，她用關切的口吻笑著問道：「大姊真的也要上學了嗎？到時我們又多了一個伴。只是大姊，書院裡的那些課妳都會嗎？琴棋書畫、針線女紅之類妳都學會了吧？大姊這麼厲害肯定比我倆強，當初我們去上學堂時因為背書錯了一個字，被人笑話，我想死的心都有了。」

青桐盯著林淑媛看了須臾，兩手一攤。「坦白地說，我不怎麼在乎別人的看法。青子曰：『只會笑話別人的人一般是傻瓜，在乎傻瓜看法的人更傻。』所以，妳不過被笑了下，就有想死的心，我不奇怪。」

林淑媛兩眼圓睜，她還沒想好反擊的話，林淑婉那尖利的嗓音又響了起來。「妳才是傻子，妳又傻又呆又土，妳也不照鏡子瞧瞧妳的模樣，妳也配跟我們上一樣的學堂？我要是妳一定天天待在屋裡不敢出門。」

黃氏見狀，忙沈著臉喝道：「淑婉住嘴。」旋即她笑著對青桐說道：「別跟妳妹妹一般見識，她們童言無忌。」

林淑媛在旁邊快意地笑了起來，雖然她姊姊性子急躁些，但真的很痛快。

青桐等她們三人表演完畢，漫不經心地撣撣袖子，然後起身。

林淑婉以為她被自己的三寸不爛之舌嚇退了，心裡越發得意，甚至還挑釁地看了林淑媛一眼。

誰知，青桐在屋裡轉了一圈，很快搬出了一面梳妝鏡。

三人不由得呆住，她是被罵傻了？

青桐輕輕鬆鬆地將鏡子搬到林淑媛和林淑婉面前，面無表情地說道：「來來，妳們來照鏡子瞧瞧自己的模樣，看看妳們憤怒扭曲時的面容有多猙獰，那是再多的脂粉也掩飾不住的。」

林淑婉不經意一看，鏡子裡的自己果然臉容扭曲，張牙舞爪，她氣得伸手去推鏡子。

青桐又挪了挪位置，將它對著林淑媛，冷靜評點道：「來，妳也瞧瞧自己的模樣，咱們三個誰呆誰傻不論，誰不敢看自己？誰自慚形穢？」

「青桐，妳夠了。」黃氏提高聲音嚷道，金嬤嬤趕緊上前將梳妝鏡搬走。

黃氏盯著青桐，壓著怒火，款款說道：「妳做為長姊就不能讓著兩個妹妹？」

青桐看著她，反問道：「哦，我真的是長姊？妳聽過當妹妹的當面說姊姊又傻又呆，不配跟她們一起上學堂嗎？」

黃氏被噎了一下，不過她反應極快，很快便找出反駁的話。

但青桐沒給她機會，又繼續說道：「其實不配的是她們才對，她們小小年紀便繼承到了某種習氣，從裡到外的冒壞水，挑撥離間，捧高踩低，欺軟怕硬。」

「母親，妳看她——」雙胞胎幾乎同聲嚷了起來，一場紛爭眼看就要發生。

青桐突然笑了笑，對著黃氏道：「夫人，妳瞧瞧她們，我這是愛妹心切，姊言無忌。」

金嬤嬤按著黃氏的意思，乘機上前勸青桐。「大小姐，您別怪老奴多嘴，老奴聽聞您上學堂是程元龍推薦的，您年紀說大不大，說小也不小，別跟他走得太近，否則傳出去名聲可不好聽。」

青桐跟金嬤嬤一直沒什麼正面衝突，因此她對她不像對崔嬤嬤那樣狠戾，她聽完這話，裝模作樣地點頭。「嬤嬤說的似乎很有道理。」接著她話鋒一轉。「只是，我這兩個妹妹又是怎麼進去的？又是誰推介的？哦，好像聽說是什麼表哥託的人，她們也沒比我小多少啊，她們都不怕我怕什麼？」

金嬤嬤臉色一僵，看看了正低頭啜茶的黃氏，又追問一句。「那大小姐是鐵了心要去學堂讀書了？」

青桐肅著臉搖頭。「不是鐵心，是銅心。」

金嬤嬤格格乾笑兩聲，像三天沒喝著水的老母雞似的。

雙胞胎姊妹倆同時輕蔑地哼了一聲，還想出語譏諷，卻被黃氏用眼神制止住了。

黃氏皮笑肉不笑地拉著青桐。「我也不是一定要攔著不讓妳去，實在是怕妳根基太淺，跟不上功課，既然妳一心想去，那便去吧！這幾日哪兒都別去了，我再給妳裁幾身衣裳，妳好好拾掇拾掇，三日後讓老爺抽了空帶妳過去書院。」

青桐沒再多說，點點頭，轉身離開了。

她回到碧梧院時，白氏和林安源已經笑盈盈地等在那兒了。白嬤嬤端了一大碗冰鎮綠豆湯上來給她喝，青桐在吃食上素來不挑，有什麼吃什麼，喝了綠豆湯，劉婆子又洗好了香瓜切好端上來，她和林安源你一片、我一片地嬉笑著分完。

劉婆子滿臉欣喜地說道：「自從大小姐回來，咱們都過上好日子了，這些日子雞鴨魚肉、應時蔬果都沒斷過，夫人和小少爺也胖了些呢！」

青桐看著林安源肉乎起來的小臉忍不住捏了一把，林安源害羞地躲了過去，接著便說了一些跟林安泊一起讀書認字的事情。

青桐想起紫蘇院裡的周姨娘以及那姊弟倆，便好奇地問道：「林家還有別的什麼姨娘嗎？」

白氏遲疑了片刻，搖頭說：「沒了，都沒了。」

白嬤嬤也嘆道：「幾年前，風聞黃家大舅哥要升官了，老爺他為了取得岳家歡心，將後院幾個無子的婦人都攆出去了。」其實這是黃氏要脅的，結果，黃老爺自己都沒升成官，談何提拔林世榮？

眾人正說著話，忽然聽得東北角的牆壁後有人敲得咚咚直響，青桐覺得詫異，只見白嬤嬤神秘一笑。「老奴去瞧瞧。」

青桐見她吃力地搬梯子，一個箭步靠過去，說道：「我來吧！」說著，她蹭蹭後退數步，助跑一陣，蹭地一下竄上了一丈多高的牆頭，她坐在牆上，居高臨下地看著下面的人。

牆下立著一個四十來歲的微胖婦人，她見了青桐，笑讚道：「大小姐好俊的功夫。」

青桐問道：「妳是誰？什麼事？」

婦人警惕地看看四周，壓低聲音飛快地說道：「老奴隨主姓周，是紫蘇院的，以前跟白嬤嬤有來往。我家小姐託我來告訴大小姐，太太今天下午已經把崔婆子和春蘭打發到西郊的莊子上去了，兩人走時還喜孜孜地。我家小姐說此事有些反常，讓大小姐千萬小心。」

青桐看了看婦人，向她點頭致意。周婆子還想再說什麼，突然聽到前方傳來幾聲咳嗽，她心生警惕，趕緊告辭，沿著小路離開。

青桐坐在高牆上，巡視著四周的地盤，見沒有什麼動靜才輕輕跳下來回屋子去，她也不隱瞞，一五一十地將周婆子的話複述了一遍。

白氏臉現忿然，她喃喃說道：「那個女人不想讓貓兒去學堂，她和那人一樣，恨不得我們母子三人永不見人才好。」

白嬤嬤道：「那怎麼辦？咱們日子才好過些，斷不能坐以待斃。」劉婆子提不出建議，只是附和白嬤嬤的話。

白氏想想吩咐道：「咱們都仔細些，別亂說話，也別亂走，省得被她抓住把柄。」

青桐心裡明白，有人要是成心挑錯還不容易嗎？挑就挑唄，兵來將擋，水來土掩就是。

碧梧院內氣氛十分壓抑，像下雨前的天候一樣沈悶，青桐覺得大家大可不必這樣，黃氏能耍什麼花招？

只是她沒料到的是，事情在當天夜裡便發生了逆轉。先是林安源半夜肚子疼，拉了半宿肚子，白氏和白嬤嬤衣不解帶地照料了半夜，青桐一大清早便去請大夫。當她帶著大夫匆忙折回家時，突然發現白氏、白嬤嬤和劉婆子三人也一起病倒了，林安源更為嚴重，先是發高燒，接著身上、臉上起了密密麻麻的紅點。

大夫一看，不禁吃了一驚，語焉不詳地說可能是得了天花，開了幾副藥，便匆匆離開。

五個人中只有青桐是健康的，她一個人熬著四份藥，心裡暗自琢磨這場來得蹊蹺的病，同時將碧梧院裡裡外外檢查一遍，看看是在何處被做的手腳。

白氏見女兒臉色陰沈可怕，拖著病體囑咐她。「先別去興師問罪，因為眼下沒有證據，到時說不定被她反咬一口。」

青桐沒作聲，待四人都睡下了，她悄悄出門，翻牆潛入後院。她對地形無比熟悉，動作又輕，所以根本沒有驚動任何人。她高抬腿、輕落足，攀爬到黃氏居所的屋頂上，輕輕掀掉一片鬆動的瓦片，這是她上次勘探地形發現的。她朝屋裡看去，今晚林世榮並不在屋中，黃氏正坐在梳妝檯前一臉落寞地卸妝，旁邊坐著雙胞胎女兒。

林淑婉個性粗率，出口問道：「母親，父親今天是不是又不回來了？他到底去哪兒了？」

黃氏一言不發，只是不住嘆氣。

林淑媛側肩撞了撞姊姊，努努嘴示意她不要再說了，她微微一笑，說道：「母親，碧梧院那幾位有信兒了嗎？」

黃氏一聽到這個，頓時精神許多，她嘴角一抿，冷笑一聲。「應該是有了，我們不必管他們，沒人來報就裝作不知道，反正死不了人。」

林淑媛一臉快意。「他們想來稟報，怕是都起不來吧！母親明天就可以封了碧梧院，同時把那個傻子弄到別莊去，我真希望這輩子都不要再見到她。」

「妳且等著瞧吧！」黃氏說著輕輕摸著林淑媛的頭，略帶茫然地嘆道：「娘不知道這麼早就跟妳們說這些，是對還是錯。」

林淑媛嫣然而笑。「娘親過慮了，我們現在不學聰明些，難道將來要像白氏那樣任人宰割嗎？」林淑媛說罷，又覺得自己用詞似乎有些不當，連忙掩上嘴，歉意地看著母親。

黃氏付之一笑，並不放在心上。

青桐在屋頂又待了一會兒，沒聽到什麼訊息，像隻貓一樣毫無聲息地下去。她折回碧梧院，將自己以前買的藥粉每樣拿出來一些，她不知效果如何，也沒來得及一一試驗，這次正好拿黃氏等人做個試驗。

另外，她還要去西郊莊子，會會那皮囊的姑姪倆。

第十五章

青桐上次聽了程元龍的勸告，又想起江老夫人的叮嚀，本來覺得眼下自己有必要蟄伏一段時間，等她和弟弟長大些再做打算，如果黃氏不再為難她，她會讓她暫時好過一些的。不過現在，天堂有路她不走，地獄無門她偏入，既然對方不讓她好過，那就一起難過算了。

青桐悄悄下完藥，回到房裡的時候，開始思索她這具身體的奇特之處。今天下午，她和碧梧院裡的人吃的東西是完全一樣的，為什麼眾人都倒下了，她卻安然無恙？難道華猶美拉星球上的人跟地球人的體質相差這麼大？恐怕有可能是後世的人類由於禁受了各種污染，抵抗力增強了。可這也不對，她是靈魂穿越而來的，難不成是她的靈魂改變了身體？

她思來想去，也沒得出個標準答案，這個時候她就十分懷念那些搜尋引擎了，有什麼問題只要一點就能得到詳實的解釋和答案。

青桐拋開這個疑惑，繼續思量明天怎麼對付黃氏的事。嗯，她要開始動腦子，用研究科技的精神研究女人的構造和心理活動。

黃氏應該不知道她有特殊的體質，肯定以為自己也跟林安源他們一樣，那她明天就裝成黃氏想看到的樣子。

第二天，青桐起床後，先去看了看他們四人，林安源最嚴重，這也不難理解，他最小身體又弱；其次便是白氏，白嬤嬤和劉婆子稍稍好些，兩人此時已掙扎著下床了。

青桐怕黃氏又在水裡下藥，便拎著大桶，到另一處半荒廢的井裡打了水來用，接著她戴上紗帽，臉用紗巾遮著，向白氏知會了聲要去找大夫。平常女孩子戴這個是怕曬，或是怕羞，這回青桐戴上給人的觀感就不一樣了，她平常從來不戴這些的，現在無疑是向人暗示，她的臉實在見不得人。

她今日沒有翻牆，而是故意從正門出去。青桐為了裝得更像，走路也不像往日那樣風風火火，大步流星，而是三步一停、五步一歇，一副弱不禁風的模樣。很快地，就有人將此事通報給翹首盼望的黃氏。

黃氏微微一笑，心情頗好地喚兩個女兒出來吃早飯，心裡也不那麼計較，林世榮徹夜不歸的事情了。

青桐繞了兩條街，在一個稍偏僻的醫館請了名老大夫，她雇車帶著老大夫回到林府。那老大夫跟著青桐進了碧梧院，仔細診治了四人的病情，輪到林安源時，他很篤定地說不是天花，也不會傳給旁人，然後開了藥方，叮囑按藥方吃上三、五天就應該沒事了。

青桐聽罷不禁怔了一下，她沒想到黃氏下的藥這麼輕，原本以為會更嚴重些的。她不知道的是，黃氏在府裡為掩人耳目，自然不可能下重手。

真正的重頭戲是西郊的莊子裡，那裡偏僻無人，又有崔嬤嬤和春蘭鎮守，若是青桐這廂發病全身無力，到了那裡更是動彈不得，只能任兩人為所欲為，而且，她想鬧也鬧不起來。

黃氏算得很精，可惜她失算的是這些藥對青桐根本無用。

青桐用了一上午的時間把碧梧院的一切安排妥當，然後對白氏說道：「娘，我可能要出門個一夜半天，妳別著急也別心慌，好好養病，我很快就回來。」

白氏忙問她去哪裡，青桐想告訴她真相，又怕到時她裝得不像。白嬤嬤倒看出了端倪，他們四人病倒在床時，自家小姐卻像沒事人似地張羅大小事，她心裡暗暗驚奇，不過並沒有細問。

幾人正說著話，就聽見門口傳來一陣雜亂的腳步聲，接著是黃氏故作焦急的聲音。「姊姊、桐丫頭、源哥兒，你們這是怎麼了？」

黃氏身著白紗衫海棠紅羅裙，被一眾丫鬟簇擁著過來，邁著碎步進了白氏的屋子，關切地問長問短。「這是什麼時候發生的事？你們也不早早來告知我，若不是有丫鬟發現桐丫頭去請大夫，我還不知道呢！」

白嬤嬤在一旁垂頭不語，心道這女人真能裝。

白氏有氣無力地說道：「多謝妹妹關心。昨天因貪涼多吃了些爽口的，晚飯後，就開始鬧肚子，一齊倒了五個，我覺得反正不是什麼大病，不敢麻煩妹妹。青桐昨日強撐著去叫了前街的錢大夫來瞧，開了些藥，她臉上起了好些疹子，生怕到時沒法上學，今早又叫了後街的趙大夫來。」

黃氏聽到這些，越發放心。

她跟白氏應付幾句便要去看青桐，青桐早早躺好拉上被子背朝裡等著她。

黃氏問她十句，她只答一句，再問，她便不耐煩地吼道：「看什麼看？我很快就會好的，我大後天還要去上學呢！」

這時薔薇突然說道：「哎喲，大小姐這病怎麼瞧著不對勁？會不會過給別人？錢大夫怎麼說的？」青桐悶聲不答。

黃氏一臉嚴肅地說道：「桐丫頭，此事事關重大，縱然我和妳爹不在意，可還有妳其他弟弟妹妹呢！」

青桐煩躁地亂踢被子。「別管我，我沒事的，妳們快走吧！」

就在這時，看門的小廝稟報說，前街的錢大夫來複診了。

黃氏命薔薇和茉莉陪著青桐，自己帶著金嬤嬤出門去迎錢大夫。恰巧，在外胡天胡地了一夜的林世榮也帶著微微的醉意，和一個親隨晃了進來。

黃氏一看他那模樣便氣不打一處來。金嬤嬤悄悄扯了她一下，黃氏費了好大的勁才將氣勉強壓下來，迎上去勉強笑道：「喲，老爺這是去哪兒了？叫我們娘仨擔憂了一夜。」

林世榮面不改色地撒謊。「昨日在街上巧遇一舊友，說得投機，多喝了幾杯就歇在他家了。」黃氏心裡冷笑，嘴裡並沒有揭穿。

林世榮看了看揹著藥箱侍立一旁的錢大夫，皺著眉頭問道：「大清早的，又是誰病了？」

黃氏忙說道：「不就是白姊姊、桐丫頭和源哥兒他們嗎？昨兒個不知吃了些什麼，鬧肚子臉上還起了紅疹子。」

錢大夫早有準備地接話道：「昨晚是我出診。源少爺的不算太嚴重，最重的可能是大小姐，這紅疹子跟天花很像，又不全像，出在男娃身上沒什麼，就怕出在女孩子身上，嚴重時可能會破相。」

錢大夫話音一落，金嬤嬤就忍不住大叫一聲。「我的老天，府裡還有三位小姐呢！」

黃氏臉色一白，苦笑不已，多次欲言又止。

林世榮一聽到其他三個女兒也可能染上，臉色也不禁變了。捫心自問，他對雙胞胎女兒疼愛之心也是有的，但更重要的是，他怕女兒們容貌毀了會影響她們嫁入高門。他懶惰也沒心思去一一求證，只是大手一揮，吼道：「都死人吶！那還等什麼？趕緊把她移出去。」

黃氏面露不忍之色，試探著問道：「依老爺看移到哪裡好？要不移到聽雪堂？」聽雪堂以前是林世榮一位小妾住的地方，後來這個小妾跟人私奔了，院子自然就空了下來。

林世榮不滿地看了黃氏一眼。「那裡離我的書房最近，妳想讓那行瘟的東西來氣我？」

黃氏一臉為難，這時一個丫鬟適時插嘴道：「太太，咱們西郊不是有莊子嗎？人少還涼快。把大小姐先移到那兒吧，等好了再接回便是。」

黃氏要的就是這個效果，但為了裝得更像，仍拿眼瞅著林世榮。

林世榮懶得廢話。「就這樣吧！」

黃氏徹底放了心。以林世榮的態度來看，無論她怎麼搓揉青桐，只要別傳出惡名，他都不會在意。

林世榮大踏步回房去了。黃氏彎著嘴角，鎮定地指揮著眾婆子去碧梧院把青桐抬出來。白氏一見這幫氣勢洶洶的僕人，掙扎著要下來阻止，林安源也哭著要下床來幫姊姊；白嬤嬤自然也擔心，不過，她卻莫名地相信自家小姐，因此，嘴裡雖然不住地求情，但她同時也勸著白氏不要輕舉妄動。

青桐全然不像往日的威風八面，此時，正軟綿綿地蜷在床上。當如狼似虎的婆子們來抬她時，她只是象徵性地掙扎了幾下便不動了，讓黃氏看得大為快意。

青桐被眾人七手八腳地抬上了馬車，白嬤嬤哭著喊著送上青桐早就備好的包袱，眾人只想著抬人，也沒介意這種細枝末節。

馬車四周捣得嚴嚴實實，由兩個婆子押送、一個小廝趕車，就這樣，青桐被送到了十幾里外的西郊莊子。

那裡，崔嬤嬤和春蘭正磨刀霍霍等著青桐的到來。

馬車還沒停穩，崔嬤嬤和春蘭就迫不及待地上前掀簾，臉上帶著笑容，大聲說道：「哎喲，我的大小姐，老奴可把您盼來了，春蘭快去給小姐端藥來。」兩個婆子夥同崔嬤嬤把圍著面巾的青桐抬進房裡。

崔嬤嬤跟兩人寒暄幾句，她們還急著回府，也沒多逗留，便匆匆離開了。

待到三人一走，崔嬤嬤也懶得裝了，她把袖子一捲，露出結實粗壯的胳膊，昂著頭邁進屋，把門砰地一腳踹上，臉上掛著獰笑，一步一步地走向床上蜷縮成一團的青桐，咬牙切齒地說道：「我的大小姐，妳沒料到妳會有今日吧？喲，妳當初打老奴的威風哪兒去了？臭下賤的小要飯化子，妳也不秤秤自個兒幾斤、幾兩，就對奶奶我下手，今兒個我定要好好地叫妳嚐一嚐我的手段。」

崔嬤嬤說著撲上前來，伸出五短粗指便去掐青桐。青桐早在這兒等著她，等到她一上前，便突然坐起來，雙腿用力一夾，將崔嬤嬤的頭夾得緊緊的，一手抓住她的胳膊用力一擰，只聽得喀嚓一聲輕響，崔嬤嬤的右臂脫臼了。

「啊啊——」崔嬤嬤發出殺豬般的慘叫聲。青桐怕這時若來了幫手，自己對付不了，於是也跟著慘叫兩聲，以混淆視聽。

接著，她乘機空出手來從腳上拽掉一隻襪子，這是她摀人嘴的常用武器，隨身攜帶可方便了，是居家旅行必備之物。

崔嬤嬤趕緊叫道：「春蘭、春蘭——」剛叫兩聲，嘴便被青桐死死摀住了。緊接著，又是喀嚓一聲，崔嬤嬤的左臂也脫臼了。

青桐頓覺輕鬆許多，雙腿並起，使勁一蹬，將崔嬤嬤踹倒在地，赤腳跳下床來。青桐先把門閂上，再迅速回轉身，扒掉崔嬤嬤身上的衣裳撕成布條綁住她的嘴，把她拴在床腳上。

然後她再飛快穿上鞋子，腳踏在崔嬤嬤腳踝處，又踩又踮，崔嬤嬤疼得倒吸冷氣，一張肥臉五官扭曲，油汗混流。

就在這時，春蘭在門口歡快地叫道：「姑姑我來了。」本來按照約定，她是即刻就能端藥過來的，可她剛好去了趟茅廁；同時，又逼著那個看門的聾老頭給她捉了十幾條毛毛蟲。沒錯，她是要以其人之道，還治其人之身，這麼一來一回就耽誤了些工夫，也給了青桐各個擊破的機會。

春蘭聽到屋裡沒人應，又似乎聽到有人嗚嗚作聲，她以為崔嬤嬤終於得手了，想想也是，林青桐病成那樣子還威風得起來嗎？

「姑姑，妳快開門吶！」春蘭提高嗓門。

青桐臉色陰鬱，撥掉門閂，緊握在手裡，不聲不響地開了門。

春蘭一見不是崔嬤嬤開門，卻是本該起不了身的大小姐開門，嚇得一個激靈。她還沒來得及做出反應，青桐手裡的門閂已經招呼上去，砰砰幾下，正中她的腦門。

春蘭手裡的托盤啪地掉落在地，藥碗碎裂，藥汁濺得四處都是。

春蘭跟青桐交過手，知道自己一人不是她的對手，便想奪門而出去找幫手。青桐哪容得她出門，從背後飛起一腳，將她踢翻在地，腳踩著她的後腦勺，讓她嘴唇啃泥。青桐一邊像踩螞蟻似地踞踩著春蘭的頭，一邊說道：「妳和崔嬤嬤長期欺負我弟，我報仇不是理所當然嗎？本來想一報還一報，報完就算，沒想到妳們還不死心撞上來，那就別怪我心狠了。」

「嗚……噗，大、小姐饒命。」

青桐看了看四周，莊子裡十分寂靜，除了四周的高牆便是樹木，不聞人語，也沒有腳步聲。她想了想，今日在這兒似乎只看見崔嬤嬤、春蘭還有看門的一個駝背老頭。

「真是太好了。」青桐臉上浮現笑意，把春蘭拖到屋裡，綁到另一支床腳上。

崔嬤嬤嘴不能語，兩條胳膊疼得沒了知覺，全身不停流汗，此刻她看著同樣慘兮兮的春蘭也不知做何感想。

青桐手裡握著一把小刀，對著春蘭的臉比劃著，問道：「說說，那個女人打算怎麼對付我？」

春蘭此時嚇得要命，哪敢說謊，渾身抖得像篩糠似地，打著冷顫說道：「太、太，讓我們先用瀉藥和別的藥灌妳，讓妳身子變壞，起不了床……其他的就看我們的了，但不能讓妳太快死掉。」

青桐淡然一笑。「藥呢？」

「在、在廚房。」

青桐點點頭，將另一隻襪子塞進春蘭嘴裡，然後快步去廚房，路上，她特意繞了個彎，看到那個鬍子花白的駝背老頭，大聲問道：「你剛才聽見什麼聲音了？」

老頭將耳朵遞過來，高聲答道：「妳說啥？妳是生人？很快就熟了，哈哈。」

青桐放了心，沒再理他，然後找到春蘭所說的藥材，全部倒進鍋裡，她還嫌少，又去兩人房裡不管什麼藥全部拿來，混在一起亂煮，煮好了，用瓷盆端到屋裡。

她看著兩人說道：「本小姐大方嗎？妳們用碗我用盆來招待妳們，來來，別客氣。」

兩人欲哭無淚，欲叫又張不了嘴，只能如喪考妣似地看著青桐。青桐用鞋子當碗，舀起一鞋子藥汁先灌崔嬤嬤。

「啊呸呸，救命——」崔嬤嬤趁著鬆開嘴的工夫大聲喊叫。

青桐打了她一巴掌，打得她嘴角流血，接著趕緊再搗上她的嘴。

就在這時，忽聽得門外有動靜，青桐側耳傾聽，就聽見那個看門老頭又在跟人胡對了。

青桐轉頭看著面露希冀的兩人，找了條繩子將她們捆得更結實些，身上加蓋了兩層棉被搗著，然後關上門出去看個究竟。

青桐單腳跳著出門，把鞋子擰乾了才穿上腳，快步向門口走去。

看門的老頭正在跟一個大約二十來歲的青衣男子牛頭不對馬嘴的對話。

「我來討些水。」

「你找誰？」

「讓我進去。」

「……」

那個青衣男子一聽到腳步聲，忙轉過身來。青桐上下打量了他一眼，見他眸子清亮，一臉正氣，不似鬼祟奸邪之人，不等他搭話，便主動說道：「你有什麼事跟我說吧！」

青衣男子說道：「這位姑娘，妳家大人在嗎？」

「跟我說吧！你是要水還是要飯？」青桐略有些不耐地重複道，她還想著趕緊去「招待」屋裡那兩位呢，然後還要在天黑前趕回家。莊子裡沒有牲口，離最近的村莊也有十幾里路，她完成任務後要步行回去，沒時間窮耽擱。

青衣男子被她那「要飯」兩字膈應了一下，但他有求於人也不好計較太多，當下便說道：「我的兄弟中了暑氣，姑娘能否方便先借些水予我們？」

青桐抬頭朝外望望，果然看見左邊的雜樹林裡影影綽綽有人在走動，那應該就是他的兄弟。

「自己進來端吧，廚房在這邊。」

青衣男子剛要邁步，忽聽得樹林中有人粗聲粗氣地嚷道：「喂，忠老弟，你到底交涉好沒？不行我去。」

青衣男子答道：「好了好了，馬上就來。」說著，他順著青桐的指示，從水缸裡舀了一大盆水，他剛要離開，就聽見旁邊的房間傳出撲通一聲巨響。他嚇了一跳，隨口問青桐。

「這是什麼聲音？」

青桐瞥了一眼隔壁，漫不經心地答道：「家裡兩個僕人得瘋病了。」

「哦？」青衣男子也沒多想，微微一笑，端著水盆離開了。

他一離開，青桐趕緊閃進屋裡。崔嬤嬤和春蘭兩人正齊心合力地掙著身上的布條，那張大床竟然被兩人從屋角拖到了屋中間。青桐猜測兩人是想先用床頂住房門不讓她進來，然後再細細磨斷身上的布條。

青桐冷笑一聲，轉身在院子裡找了一條粗麻繩、一條狗鏈子，給兩人重新換了裝束，再轉身去院裡搬了塊大石頭，準備壓在床上。

青桐搬著石頭回身時，剛好遇到那個青衣男子和另一個黑壯大漢回來還水盆，兩人和看門老頭一起用驚詫的目光看著青桐。

青桐不冷不熱地說道：「盆放那兒吧，廚房裡還有饃饃和鹹菜，你們拿些去吃吧，一會兒我們家人要午睡。」意思是你們拿了東西趕緊走，就別進進出出了。

那黑壯大漢顯然不似青衣男子好性兒，一聽到青桐這話便有些不樂意，他把腰裡的錢袋震得叮噹作響。「妳這個黃毛丫頭，誰出門在外沒個難處？咱們又不白吃妳家的，有什麼好飯、好菜儘管端上來，一起結算便是。」

「對不起，我家不是客棧，不賣飯菜，我給你們水和饅頭，也是瞧在這位小哥的面上。」

黑壯大漢臉上越發掛不住，他圓睜雙眼，氣呼呼地喘著氣，呀呀怪叫一聲。

青衣男子趕緊攔住。「李大哥，你一個漢子，何必跟一個小姑娘計較？小心頭兒知道了又要罰咱們。」

黑壯大漢一甩膀子，悶悶地說道：「罷了罷了，就你們規矩多。」

青衣男子又向青桐說了些好話，接著又去廚房端水，黑漢子提了只大桶，黑著臉一起進去。

隔壁的崔嬤嬤和春蘭逮著這個機會，拚了命地用頭撞地，將床拖得嘎吱嘎吱直響。

青桐皺眉，正欲回屋，那黑壯漢子突然停住腳步，好奇地問道：「什麼聲音，像是有女人在叫？」

青桐用原話敷衍了一遍，那黑漢子生平卻是個好管閒事的主兒，他心中覺得此事太蹊蹺，當下便放下水桶想要去看個究竟。

青桐皺著眉頭，這人也太多事了，早知道就不該放他們進院。

她橫身攔著黑漢子，相當不客氣地說道：「這是我家，沒我的允許你不該亂闖。」

她越這麼說，對方心中疑心越大。

崔嬤嬤聽到門外有爭執聲，和春蘭越發拚了命地碰頭、拖床，將鐵鏈抖得叮噹直響。

黑壯漢子心頭發急，趁著青桐不注意，一腳踹開了木門，當他看到地上躺著兩個衣衫散亂的婦人時，頓時臉現怒容，咬著大白牙，伸手便去揪青桐。「好妳個狠心的丫頭片子，爺爺們到處尋妳不著，原來妳藏在這兒。」

青桐被他這話弄得丈二金剛摸不著頭腦，她一錯身躲開他的鐵爪，解釋道：「你大概認錯人了，這是我家的兩個惡奴，想加害於我，我才反綁了她們。」

青衣男子這時卻一臉狐疑地打量著青桐。他一開始就覺得這個女孩子跟平日所見的同齡姑娘不一樣，方才並沒多想，如今看到屋中這一幕，他的疑心也越來越重。

他們正在追查的人販子集團中，有一個女孩子跟青桐的年齡正好相仿，那夥人正是用小女孩為誘餌，或裝迷路，或裝可憐，或是乘機搭訕，將那些年輕的、有些姿色的女子引入圈套。

因人們對女孩子的警覺心低，所以讓他們屢屢得手；而且這幫人十分狡猾，幾次從他們手中逃脫，昨天夜裡雙方交手，他們的頭兒還因此受了傷，那夥人卻在這附近無端消失了。

青衣男子正擰眉思索，那黑漢子已經等不得了，彎腰便去解崔嬤嬤和春蘭身上的繩索。

青桐估量了一下對方的武力值，覺得自己力敵不過，她抬頭瞪著青衣男子。「這就是你們的感謝方式？」

她也不多廢話，轉身去開門。黑漢子以為她要逃，大喝一聲，伸手便來抓，青桐輕輕巧巧躲過，然後飛一般地出了門，黑漢子怒氣沖沖，在後面緊追不捨。

青桐跑到門口，突然停住，衝著雜樹林高聲喊道：「你們中誰是黑漢子的頭兒，出來答話，否則別怪我不客氣。」

「噗。」黑壯漢子本來挺生氣，這會兒一聽她小人兒故作大人說話，不由笑了出來。

過了一會兒，從林中走出一個十七、八歲、身著玄色衣衫的男子。他的眉頭上劃了一道細長的傷疤，臉色因失血變得有些蒼白，不過這也無損於他的英氣。

他靜靜地站在那裡，雖然一語不發，無形中卻給人一種壓迫感。那黑壯漢子突然間由一隻凶猛的大狗變成了家貓，他撓著大黑腦袋，笑嘻嘻地說道：「頭兒，我這不是找到線索了嗎？就想先審上一審。」

玄衣男子微微舒了口氣，條分縷析道：「那個女孩子我看見過背影，跟這位姑娘根本不一樣，再說，他們還沒這麼快到達這裡。還有，這個田莊是林家黃夫人的陪嫁莊子，他們哪裡進得來？你沒問清事情經過，便要去審人家，荒不荒謬？」

黑壯漢子有些不好意思地低下頭。玄衣男子又命他向青桐道歉，黑漢子扭捏了一陣，吭哧了一會兒，終於不情不願地低頭向青桐道歉；道歉歸道歉，他肚裡仍有疑問。「這位小妹妹，妳幹啥綁著那兩個女子？她們到底犯了什麼錯？」

青桐本想說這是我的私事，不勞旁人來管；但隨即一想，那個頭兒顯然是認得黃氏的，既然他已看到這一幕，乾脆就讓他知道好了。反正，抹黑黃氏最在意的名聲，是她不懈的追求之一。

於是，青桐便用客觀冷靜的語調，簡明扼要地說明了事情的經過。「……事情就是這樣的，那個黃氏面甜心狠，容不下我，縱容、攛掇惡奴欺我，我總不能坐以待斃，於是用了小手段懲罰她們一下，不想被兩位誤會，幸虧你們的頭兒還算有腦袋。」

眾人聽罷，大部分都默然不語，那黑大漢最容易激動，這會兒又開始義憤填膺。「怪不得人說，世上最毒不過婦人心，太可惡了。」

青桐卻一臉嚴肅地糾正他。「黃氏是可惡不假，但這一切的始作俑者是她丈夫。另外，你要罵就單獨拎出來罵，別一句話罵盡天下婦人，做人要講理。」

黑大漢給說得無語，尷尬地撓著腦袋。

玄衣男子若有所思地打量著青桐，突然一個想法湧入他的腦海中，他突然問道：「林姑娘，在下問妳一個問題。」

「沒錯。」

青桐看看天，飛快地說道：「快問吧，我今日事情多得很。」

玄衣男子微微一笑。「屋中那兩個僕人是林姑娘一人綁的？」

「在下斗膽猜測，林姑娘膽子應該不小？」

青桐輕瞥了他一眼。「這還用說嗎？」

她自以為事情已告一段落，便要舉步回屋。

玄衣男子還想再說什麼，突然有個小吏急急上前對他耳語幾句，男子臉色一沈，當即命令眾人收拾東西準備出發。臨走時他看了一眼青桐，又掃了一眼那個龍鍾老頭，當下正色道：「林姑娘還須小心，最近京郊附近不甚太平。」

青桐毫不在意，灑脫地揮揮手。「多謝忠告，再會。」

玄衣男子一行各自收拾東西離開了莊子。

青桐命令老頭關上大門，她捲起袖子，今日還很長，她要繼續招待兩人。

為了防止噪音引起不必要的麻煩，她不辭勞苦地將門窗用棉被封得嚴嚴實實，接著拿只小凳子坐在兩人中間，先一人給了一巴掌，然後再用崔嬤嬤的臭鞋給兩人灌了滿滿三鞋子藥汁。兩人拚了老命地大聲嘶喊呼救，可院裡除了一個聾老頭再無別人。

這個莊子是林家所有莊子中最荒僻的一個，田地貧瘠，離水源又遠，一年到頭沒什麼收成，幾乎等於廢棄了，所以黃氏才派個不中用的老頭看門。她把青桐打發到這兒，也是想著老頭耳聾聽不到什麼，即便知道些什麼，也無人可說去。她想著崔嬤嬤和春蘭無論怎麼折磨青桐也沒事，但她沒料到她布好的陷阱正好用在了這兩人身上。

青桐搧一嘴巴子，問一句。「說說那個女人的秘密，越陰私越好，一定要是我不知道的，說一句少打一巴掌。」

崔嬤嬤被打得唇破嘴腫，牙齒鬆動。

「……老奴全都說。太太她、她最怕蛇蟲，最愛乾淨。」

「好，春蘭妳來說。」

春蘭跟崔嬤嬤一樣慘，她的額頭滲著血絲，衣服殘破，髮亂如草，雙眸中閃爍著刻骨的仇恨，讓青桐看得不禁心寒。

這兩人她該怎麼處理？打一頓就算了？以後她們肯定要報復自己。她是不怕她們，可是千日防賊太累，況且還有碧梧院的人得照顧，以她淺薄的經驗來看，有失誤是難免的；她不能給自己留下禍患，但也不能簡單粗暴地殺掉她們，她得想好相對安全的辦法幹掉兩人。

春蘭臉上流露出一絲詭異的笑容。「大小姐，奴婢都說。」

春蘭停滯片刻，用乾啞難聽的聲音一字一句地道：「大小姐，您的母親才是原配，夫人雖說是平妻，但俗話說一家不能容二主，奴婢長這麼大就沒聽過誰家有這個說法。大小姐這麼有本事，何不幫白夫人爭取嫡妻的位置？那我們太太便是妾了。」

春蘭說到這裡，大膽地補充一句，有意拿話再激她一激。「呵，大小姐也就只能拿我們下人撒撒氣、發發威，怎麼不敢找正主去？我看您是怕我們太太的娘家吧？」

青桐誇讚一句。「說得不錯，挑撥得我也心癢癢，妳比崔嬤嬤這老貨可堪造就多了。」說罷用力賞了春蘭一巴掌。

這半個下午，青桐打得手都疼了，同時也從兩人嘴裡套出了不少有用的訊息，以後應該能派上用場。

那藥灌下去一個時辰後，就開始起藥效了，效果比青桐想像得還要猛烈，兩人已是奄奄無力。如果她不是有特殊體質，如果這藥被她們灌進自己肚裡，她能否活著都是個未知數。

最後，青桐給她們一人發一盆水喝，便準備回去了。

第十六章

青桐一路疾行。她看看日頭，這麼一折騰，太陽早已偏西，她記得城門關得很早，照這個步行速度有可能趕不及了。她四處張望，只盼著有輛車子經過，可是四周靜悄悄地，沒有車也沒有人，只有風吹過樹林和田野的聲音，道路兩旁的莊稼鬱鬱蔥蔥像連綿無盡的青色紗帳，一直綿延到天的盡頭。

青桐雖然膽大，可是見到這陌生景色，心裡仍有些發怵。來的時候為了迷惑車上押送的人，她一路半閉著眼睛，沒能好好看看路上的情況。她遲疑片刻，只好硬著頭皮邁開大步朝前疾奔。

出人意料的是，青桐很快便聽到了車子輾壓路面的聲音，她驚喜地轉過頭，心想就算對方不是拉車的，她也可以搭個便車。

車子越來越近了，那是一輛很尋常的馬車，兩匹黑馬並行，速度卻是十分從容。這條路上人跡罕至，城門又即將關閉，按說應該會行駛得很快才是，青桐心下有些奇怪，但也沒有細想。

馬車上的車伕也發現了路邊的青桐，路過她身邊時，他不由得放慢了車速，主動問道：

「妳要搭車嗎？還有幾人？多了就便宜些。」

青桐抬眼朝車伕看去，那車伕大約三十來歲，身軀精壯，面容十分平常，是那種讓人看了也記不住的類型。

車伕又問了一聲。「上來嗎？城門再有半個時辰就關了。」

青桐搖搖頭，手指著前面的莊稼地說：「不用了，我爹在那兒，我等他。」

那車伕也沒多說，而是略略一笑。

車伕將馬車稍往路邊趕了趕，離她更近了些，這讓青桐心中越發狐疑。因為驛道很寬，又沒別的車子，他們大可不必朝路邊靠近，現在卻偏偏要擦著她過，這其中必有古怪。她突然想起下午那個借水男子囑咐她要小心的話，看來這些人看她落單起了歹心了。

青桐立即做好戰鬥準備，她將右手伸進包袱裡，裡面有程元龍送她的袖珍彎刀和弓箭，她左手隔著布料按住刀鞘，右手迅速一抽。她剛做好準備，那馬車已來到她面前，車門突然打開，伸出一雙大手，像老鷹捉小雞似地來抓她的肩膀。說時遲，那時快，那雙大手一碰著青桐的衣裳，她已唰地一下抽出刀來，朝著那人的手腕狠劈過去。

那柄胡刀鋒利無比，雖不能做到削鐵如泥，但削肉如泥絕對是沒問題的。

那人哎呀一聲，痛得急縮回手，大聲咒罵道：「他娘的，這小娘皮還挺野。」

車伕本以為他們會像以往那樣十拿九穩，沒想到今日竟遇上了硬茬。

車伕「籲」地一聲勒住馬，跳下車來，要幫著同夥抓人。車中那人也跳了下來，這人生得膀大腰圓，生得一臉惡相，他一邊甩著流血的左手一邊對著青桐露出冷笑。

青桐左躲右閃，她明知道這個時候周圍根本沒人，但為了讓對方心生膽怯，她還是大聲呼救。

那個先前動手抓她的人在一旁氣急敗壞地叫道：「堵住她的嘴，快拖上車，老子好好調教這辣娘皮。」

青桐看這兩人都是練家子，而且又做慣了行當，肯定都是亡命之徒，好漢不吃眼前虧，還是先逃離了這個是非之地再說。

為了混淆視聽，她煞有介事地大聲呼喊。「表哥，快來救我——」一邊呼喊，一邊瞄著幾步開外的馬車。

那兩人聽她這樣喊，還真以為她表哥在附近，這一遲疑，動作就有些停頓。青桐要的就是這一瞬間的生機，她使出吃奶的力氣，一躍而起，跳上車轅，她學著車伕的樣子，大聲呼喝。「駕、駕。」誰知那兩匹馬，抖抖耳朵，睬都不睬。

「哈哈……」那兩人一面放聲大笑，一面直奔馬車而來。

青桐緊張地手心攥出了汗水，趕著不走，那就殺著走。青桐一個閃念，揮起手中的刀，在馬屁股上輕輕一插。

那匹馬朝天慘叫一聲，驟然狂奔起來。

「娘的——」

「停——」

這兩人一個大吼、一個慘叫。慘叫的那個上車時沒踩穩，被顛倒了，剛好他的衣領被鈎在車門側的鐵鈎上，於是他像支拖把似的，下半個身子在地上被拖著行進。

馬車的前車伕在後面像狗一樣狂追狂吠，青桐聽得十分開心，舉起鞭子猛抽另一匹馬，她打算將兩人押送到衙門，領取賞金。

可惜，她樂極生悲，馬車正駛得瘋狂，前面驟然出現了另一輛馬車迎面駛來。

按平常的情況，這條驛道可以並行兩輛馬車都沒問題，但是，青桐是第一次駕車，而且還有一匹馬受到了刺激和驚嚇，青桐能控制住牠們不往莊稼地裡去已是極限，哪裡還有餘力再管別的。

兩輛奔馳的馬車越來越近，眼看就要撞上。

青桐急得大聲吼。「你往左、我往右。」那車伕跟傻了一樣，根本忘了該有的反應。青桐看了看右手邊黃綠相間的莊稼地，還好，看上去不大硬，跳吧！

青桐雙手護著頭臉，背朝外，半閉著眼準備縱跳。

突然，她察覺眼前飛快地閃過一個人影，接著，她的身子騰空，被一人抱在懷裡躍了出去。

兩人在亂糟糟的莊稼地裡翻滾了幾圈方才停住。青桐驚魂剛定，就聽見路上喊殺聲一片。她立即坐起身來，揉著眼睛定睛往路上看去，其中有兩人她認得，一個是借水的青衣男子，另一個是跟她吵架的黑壯漢子，兩人正圍著那個車伕纏鬥。青桐不禁暗自慶幸沒硬碰硬，這車伕果然武藝非凡。

「咳咳，林姑娘，妳是不是應該先起身？」

青桐這才後知後覺地發現，自己竟然坐在人家肚皮上看人打架，這委實有些不雅，她趕緊跳下來，地上的男子正是下午的那個玄衣男子。

兩人面面相覷，面前這人，衣衫散亂，黑髮披散，古銅色的面龐上新添了幾道劃痕，應該是剛才救自己時弄傷的。

青桐一本正經地拱拱手。「多謝壯士捨身相救，請位閣下尊姓大名？」

男子看了青桐一眼，沒說話，他彎腰撿起地上半開的包袱，程元龍送她的小弓箭也掉了出來，男子拿在手中看了片刻。

青桐以為對方看上了這張弓，糾結片刻說道：「這位壯士，你換樣東西吧，這是別人送我的，不好轉送。」

玄衣男子突然一笑，將弓箭還給青桐。「這是我送出去的。」

「啊？」

「在下姓陸，名紹衡。」

青桐略一思量，恍然明白過來，原來這人是程元龍的表哥。

「真巧啊！」青桐找了句話說。

「是。」

話音剛落，那個黑壯漢子敞著衣襟露出黑亮亮的肚皮，跳了下來，大聲嚷道：「頭兒，人逮到了，就地審還是回去審？」

陸紹衡看了看天色，此時金烏西墜，晚霞滿天，夜幕正從四下裡浸漫過來。

「帶回去審。」說著他指了指黑漢子，向青桐介紹。「他叫張黑虎，面凶心善。」

那兩人被捆得結結實實，塞進了他們那輛馬車。陸紹衡面色古怪地將那柄彎刀從馬屁股上拔下，他輕輕擦拭著刀上的血跡，意味深長地說道：「這柄刀是表兄送給元龍的，這兩樣東西到了妳手裡也算物得其所。」

青桐伸手接過，點頭附和一句。「很多東西到我這裡都是物得其所。」比如銀子、襪子之類。

青桐坐到了陸紹衡的馬車上，兩人呈對角線對坐著，一路上，他問了她好幾個問題，而青桐只問他一個問題。「你是官嗎？能走後門嗎？」她擔心自己進不了城門，今晚的計劃得延遲。

陸紹衡似乎有些累，他靠著車壁，閉目養神，微不可見地點點頭算是回答。

一行人到城門外時，大門已經關閉。陸紹衡果然能走後門，守衛盤問了幾句便放他們進城了。

街上沒有行人，陸紹衡命人一路將青桐護送到林家。青桐臨下車時，正在小睡的陸紹衡突然睜開眼睛，十分遲疑地對著青桐說道：「林姑娘，今日之事……」

青桐聽他語氣有異，心頭頓生警惕，她看過一些古地球資料，說某些朝代，除夫妻外的男女不能有身體接觸，若是碰了，雙方就得成親。

青桐脫口而出道：「別想了，我不會對你負責的。」

陸紹衡被驚得睏意全飛。

青桐抱著包袱跳下馬車，回頭說道：「以後有用著我時儘管說，我欠你一個人情。還有，不要對別人說我回來了。」

說完，她踏著夜色快步離去，朝著不遠處的林府跑去。

待青桐走遠了，車內眾人再也憋不住了，一個個捧腹、捶腿笑作一團。

青桐沒有走正門，她乘著夜色從東南口翻牆過去。碧梧院裡的人都還沒睡，白氏屋裡亮著一盞昏黃的油燈，她此時正在不停自責。「這可怎麼好，早知道我就該拚了老命攔著不讓她們把貓兒帶走，那兩個惡奴不知道要怎麼折磨她呢！」

白嬤嬤勸道：「夫人，就憑我們幾個哪裡攔得住，老奴覺得大小姐應該沒事的。」

青桐推門而入。「我回來了。」

「啊——」白氏一陣驚喜。

白嬤嬤「噓」了一聲示意白氏小點聲，然後趕緊提著風燈出門，往四周照了一照才放心折回。

劉婆子笑著去張羅飯菜，今日青桐離開後白氏沒心情吃飯，飯還在鍋裡熱著，青桐因有事要做，只胡亂扒了幾口便算完事。

今晚月黑無風，正是做壞事的好時機。

青桐又走了一趟後院、廚房、花廳，凡是能過的地方都過了一遍，到了半夜才回去睡覺。

第二天，她一覺睡到日上三竿，為了不驚動對方，青桐讓碧梧院的人瞞下自己回來的消息。

白嬤嬤一大早便出去打探消息，半個時辰後，她一臉喜意地回來說：「大小姐、夫人，那黃氏母女三人從昨天下午就開始上吐下瀉，比咱們還嚴重呢！」

青桐心中暗笑，讓白嬤嬤和劉婆子都去打聽。

這一天，消息零零碎碎地傳來，比如說黃氏吃飯吃到蟑螂、毛蟲，或是睡午覺睡到水蛇和蜈蚣，連洗澡桶裡也有蛇蟲。黃氏哪裡受過這種待遇，一天下來驚嚇連連，飯吃不下、覺睡不安穩，一張原本紅潤的臉迅速萎黃下去。

這些報復得還不夠，青桐打算想一個長期有效的辦法好好「招待」黃氏，讓她再沒閒心來找自己的麻煩。

第三天早上，黃氏不放心崔嬤嬤她們，便派了個小廝騎馬去西郊的莊子裡探探情況，小廝帶回來的消息讓人大吃一驚。

原來昨天晚上，一夥強盜闖入了莊子，他們打量了看門老頭，打死了崔嬤嬤，綁走了春蘭，整座莊院被砸得稀巴爛。

黃氏聽罷，面色由黃轉白，怔怔地坐在椅上，半晌說不出話來。這時就聽金嬤嬤又問青桐的下落，那小廝說，不清楚，問看門的老頭，那老頭支支吾吾地也說不清，可能也被人綁走了。

黃氏恍然回過神來，心中湧上一股隱密的喜悅，被綁走了也好，就是怕傳出去，會影響兩個女兒的名聲。

林世榮當晚回家後，黃氏面帶淚意地向他訴說了莊子裡發生的事情。

林世榮聽罷，默然半晌，說道：「妳明兒個趕緊著人去通知崔嬤嬤的家人，說明緣故，多賠些銀子；那春蘭就算了，就算官府解救回來，她怕也沒臉活了。」

黃氏試探道：「那青桐呢？哎喲，都怪我，我要是多等兩天，說不定就沒事了。」

林世榮微微嘆息了一聲，想了想這個總是跟他對著幹的女兒，最後沈聲吩咐道：「就說她當場撞柱而死。這也是沒辦法的事，只能怪她命不好，本來林家好好的，她一回來就怪事不斷。」最後幾句話算是他給自己找的藉口。

黃氏似乎不敢相信就這麼擺脫掉青桐了，她仍有些不放心。「官府那邊……」她是怕他們真把人找回來了，麻煩是一，主要是名聲不好聽。

林世榮做為官府中的一員，對他們的做派十分瞭解，他只是了然一笑，說道：「把那個看門老頭打發走吧！」

黃氏擦了擦根本不存在的眼淚，誇道：「還是老爺想得周到。」

黃氏拖著病體，仍舊雷厲風行地處理了這一大堆事情。先是安撫了崔嬤嬤和春蘭的家人，他們見賠的銀子多，果真沒怎麼鬧。那個看門老頭，很快也被黃氏以極便宜的價格轉賣給了別家。

處理完這一堆雜事，黃氏病病歪歪地半靠在躺椅上。薔薇從書房端來一碗銀耳蓮子羹放在黃氏手邊，她嚐了一口，要再繼續吃時，突然見碗裡漂著一條白白胖胖的蟲子，黃氏氣得手一抖，湯碗掉落在地，摔得碎裂。

黃氏氣得站起來，對著金嬤嬤說道：「妳快去召集廚房裡的人過來，這兩天到底怎麼回事？問她們是皮癢還是享福享夠了？」

金嬤嬤很快就將人召了過來，黃氏青著臉審問了小半天，可是大夥兒不是互相推諉，或是就說不清楚。

「太太，廚房一向都是這樣的，誰知道這兩天竟出些稀奇古怪的事。」

黃氏心中早覺得奇怪，可是青桐不在府裡，碧梧院裡那幫老弱殘兵在她的監視下根本沒這能耐出手，到底是誰做的呢？

黃氏冷聲命令。「這頓板子先記下，從今晚開始，妳們分班輪流當值，若是再出此事情，妳們也別幹了，林府廟小，容不下妳們。」

林世榮當晚又沒回來，黃氏一人獨寢，睡到半夜，忽聽得屋頂有人抽抽噎噎。她猛然驚醒，大聲呼喚薔薇，待到人進來時，黃氏赫然發現來人竟是青桐，她的身上滿是血跡，臉色慘白。

黃氏嚇得大叫一聲，驚厥過去。青桐拿出早就準備好的藥汁給黃氏灌進去，輕手輕腳地走了，正如她來時一樣。等金嬤嬤聽到聲音來到黃氏屋中時，發現薔薇暈倒在外間，黃氏昏倒在裡屋的地上。眾人不知其故，胡亂猜測，又忙著去請大夫，整個葳蕤院亂成一團。

好事不出門，壞事傳千里。第二天早上，這起事件很快便不脛而走，傳得沸沸揚揚。那些閒人議論紛紛，話題中自然少不了橫死的崔嬤嬤和命運悲慘的春蘭，當然議論更多的還是剛認祖歸宗的林青桐，實在是她的名氣太大了，校場比射、鬧市口揍人等事蹟。當消息傳到李二成夫妻倆耳中時，兩人像被五雷轟頂一般，呆立不動，客人給錢也不知道收。

他們旁邊有不少攤販都認識青桐，紛紛湧上來七嘴八舌地安慰兩人。

有的還說：「這孩子命苦喲，那麼壯的一個孩子怎麼會病得要送到莊子裡呢？」

有人接道：「這還用猜，有後娘就有後爹。」

還有人惋惜嘆道：「要我說，這李家兩口子就不該帶孩子入京，就死活不承認孩子是林家的又怎樣？一家三口雖然窮些，可至少能活命。」

「你說得簡單，林老爺大小是個官，咱平頭老百姓能跟他硬頂嗎？」

有幾個稍熟些的一看夫妻倆神情不對，趕緊又搖又晃。「李二郎，你別這樣。」

王氏一反應過來，便放聲大哭起來，哭聲震撼街道，幾個婦人趕緊上前勸王氏。

李二成還是呆愣愣地，像失了魂魄一般，他喃喃自語。「不可能的，我們的桐兒那麼厲害，從小到大沒病過一回，她不會生病的，不會，一定是有人害她。」

聽到這個噩耗，夫妻倆也沒心思做生意了。王氏帶著淚把揉好的麵團和切好的菜都給了旁邊賣燒餅的，那賣燒餅的十分同情兩人，便多算了些錢給她。王氏也沒心情去數，有人幫著推車，她一路攙扶著像木雕一樣的李二成回去，李二成回到家後，什麼話也不說，只拿了菜刀在院子磨。

王氏勸了一會兒也累了，便說道：「咱們還是去林府打聽打聽吧！」

李二成仍然霍霍地磨著刀，一言不發。

房東聞訊趕了過來，她經歷的事多，一看李二成這樣子心裡覺得不對勁，便勸王氏道：「民不與官鬥。這是人家的親閨女，你們也只能上門問問，好好勸妳當家的，別做傻事。」

王氏擦著淚道：「不會的，我當家一向老實，他能做什麼？」

老婦人搖搖頭。「妳不知道，心裡有火能發洩出來倒沒事了，就怕憋著，越憋越難受，最後沒法收拾。」

王氏心中一驚，忙點頭稱是。

程府。一大早程元龍已沿著湖岸跑了三圈，雖然他可以隨便叫上丫鬟、小廝跟著他跑，但他總覺得缺少些什麼。

程安最後想了個主意，把林中的一條黑背白肚的大獵狗牽來跟著程元龍一起跑。於是三圈後，程元龍便和他的狗熱得一起吐著舌頭。他喘著氣看著狗，狗也看著他，他不知是不是猜疑慣了，總覺得這狗的眼神中含有輕視的意味。

他挑著眉頭問道：「這狗叫什麼名字？」

程安答道：「還沒取名呢，少爺是要給牠賜名嗎？」

程元龍捏著下巴答道：「嗯，就叫牠……飯桐吧！」

程安本來已經準備好一肚子的誇讚句子，聽到這個新名，只好將話嚥了回去，打著哈哈道：「飯桶，好、好。」

程元龍又問道：「咦，程玉呢？」

「少爺，他昨晚就稟過您了，說是今早趁著涼快，出門辦點事。」

程元龍哦了一聲沒再說話。他瞇著眼睛看著湖水發呆，突然覺得人生孤寂，就在他糾結要不要接著跑第四圈時，看見程玉一路小跑著過來，像是有什麼急事似的。

「少、少爺，出大事了。」程玉飛奔到程元龍面前，上氣不接下氣地說道。

程元龍一副氣定神閒的模樣。「能有什麼大事呢？慢慢說。」

程玉像竹筒倒豆子似的，噼哩啪啦將剛聽到的消息倒了出來。「少爺，不是咱家的事，是林府。那個青桐姑娘不知怎地突然染了疾病，然後就被送到西郊的莊子，誰知道我——」

程元龍一聽到青桐染了疾病，臉色頓時大變，惡聲罵程玉。「你能不能別這麼囉嗦，揀重要的快說，她怎麼了？」

「是是，她、她在西郊和丫鬟、婆子遇到強盜，為了林家的名聲，撞柱而死。」

「不可能。」程元龍臉上充血，大聲嚷道：「她不是那種人。」

「娘的，一定是那個毒婦在搞鬼。走。」

程元龍連晨衣都來不及換掉，抓起馬鞭，跨上駿馬，帶著程安、程玉，風馳電掣地朝林家疾馳而去。

他在半路上剛好碰上要來程家拜訪的陸紹衡，若是平常，程元龍當然高興遇到多時不見的表兄，但他這會兒一點敘舊寒暄的興致也沒有，他那張像發麵饅頭一樣軟乎的臉此時繃得緊緊的，一雙小眼睛裡燃著兩簇火，因為騎速太快，身上的肉顛得亂顫。

「你去哪兒？」陸紹衡不客氣地攔住他。

「你別管，回來再說。」

程元龍側轉馬頭避開，策馬而去。陸紹衡看著他絕塵而去的背影，搖搖頭，吩咐身邊一個老成的家丁跟去看看，別讓他惹事。

程元龍到達林府時，沒想到門首已經聚集了一大堆人。中間有個身著褐色短衣的男子正在跟看門人理論，那漢子他好像有些印象，應該就是青桐的養父李二成。

李二成這會兒已經沒了往日的卑微和客氣，他的神情悲憤淒涼。「為啥不讓我進去？青桐也是我閨女，我養了九年的閨女不明不白地死了，我進去問問都不成嗎？」

那看門人推著李二成。「我家大小姐的爹是我們老爺，哪裡多出來一個爹？你先回去，我們老爺、夫人都氣病了，不方便見客。」

一個不讓、一個不依，就在推擠中，忽聽得咯噹一聲響動，一把用布包著的菜刀掉落在地。

那看門人看到菜刀，越發理直氣壯，厲聲質問道：「大膽刁民，你揣著菜刀進府意欲何為？再不滾開，我就把你送去見官。」

李二成彎腰撿起菜刀，高高舉起來，示威性地說道：「你帶我去見啊！咱們正好說個明白，我要問問那個蛇蠍婦人，我閨女究竟得了什麼病，我養了她這麼多年，她連個頭疼腦熱都少得，為啥一回來就得病？就算得了病為啥不看大夫，為啥偷偷摸摸送到莊子裡去？」

眾人譁然議論起來，有的還問李二成，那青桐是否真的從小到大沒得過病，李二成據實回答。

李二成挺直身子看著眾人悲聲說道：「這孩子是我在江邊打魚時撿到的，撿回來沒奶吃，我一家一家地上門去求村中婦人給她餵奶，拉扯到這麼大，咱夫妻倆對她跟親生沒啥兩樣。後來江府的人來找，咱們夫妻雖萬分捨不得，但想著可憐天下父母心，她親生爹娘一定日夜懸念，便把孩子還給了林家，誰能想到……這才幾天吶……」李二成說著險些掉下眼淚來。

眾人聽得唏噓不已，有的心軟的婦人還跟著掉了眼淚。

他強忍著淚意，懇求道：「眾位鄉親們，不，街坊們，你們給做個見證，今日林府不給個說法，我就不走；若真是那婦人所為，我便砍了她，你們送我去見官吧！」

「這位大哥，千萬別衝動。」

「是啊是啊！」

李二成正想再說，忽聽得頭頂上傳來一聲冷笑。「見什麼官？走，跟著小爺進去，看哪條狗敢攔？」

程元龍說著示威性地舉舉手中的馬鞭。

那看門人一見是他，臉上的笑容頓時僵硬起來，苦著臉為難喊道：「程少爺，使不得啊！我們老爺身體不適，今日真不便見客。」

程元龍微偏了偏頭，提高嗓門，意味深長地說道：「身體不適？我看是心虛吧！」

程元龍說著話，縱身下馬，踏著沈重的腳步，一鞭甩開守門的，大步流星地跨了進去，李二成緊跟在他後頭。

此時的黃氏被折騰了一夜，她被金嬤嬤叫醒後，全身上下開始莫名地發癢，尤其是臉上癢得出奇，像是有千萬隻螞蟻在爬般。她起初忍不住撓了幾下，險些把臉皮撓破，於是她強忍著不去撓，抓著金嬤嬤的手低聲呻吟不止。

奇怪的事接二連三地發生了，不但是黃氏，接著是金嬤嬤還有林淑媛和林淑婉以及林世榮，全府上下一齊撓癢癢，還輪流如廁。

如果說一、兩件還是巧合，這麼多事連在一起，就不得不往深了想了。

黃氏低聲咒罵。「一定是那個小賤人搞得鬼。」

金嬤嬤道：「她會不會自己跑回來了？」金嬤嬤是親眼見識過青桐的實力的。

黃氏遲疑了一下，搖搖道。「不大可能，我當日親眼看得，她確實病得起不了身。聽人說，那天晚上共進去了五、六個強盜，她就是渾身是鐵能碾幾顆釘？怎麼能逃得了；若是真逃了，她除了回林家還能去哪兒？」

黃氏雖然嘴裡這麼說，心頭還是有一絲狐疑，她斷然吩咐道：「妳趕緊派人去碧梧院和她養父那兒盯著，她只有這兩個去處；對了，還有江家。」

黃氏話音剛落，就聽見一個小廝捣著肚子來急報。「太太，那程小霸王殺過來了。」

黃氏臉色越發難看，問道：「老爺呢？扶他出來。」

林世榮比黃氏好不了多少，他臉色蠟黃，神色萎靡，一臉陰霾。

他聽到程元龍不請自來，先是惱怒，接著是克制，並設法在臉上堆上笑容。「程公子再次蒞臨寒舍，不知有何見教？」

程元龍甩了個響亮的鞭花，毫不客氣地說道：「聽說林大人病了，我來瞧瞧你是心虛了，還是膽怯了。」

林世榮極力忍耐，故作淡然道：「程公子這是哪裡話，林某從不曾做過虧心事，何來心虛和膽怯。」

程元龍像是聽到天大的笑話一般，哈哈大笑三聲。

林世榮的臉色由黃轉黑。程元龍眼睛四處掃視一圈，問道：「喲，你那位賢慧夫人哪去了？她也心虛？」

林世榮答道：「賤內身體不適。」

「請她出來。」

「這……」

「嗯哼。」

林世榮只得吩咐一個難得沒生病的丫鬟纖草去請人。

過了一會兒，黃氏如弱柳扶風一樣蹣跚走出，面上還蒙了一塊紗巾。程元龍一看她這副慘樣，心情稍稍好了些，他隨即又想到那土包子的遭遇，心情再次低落下去。

他氣呼呼地再甩了個鞭花，只聽「啪」地一聲脆響，那鞭子剛好甩到了黃氏的臉上，將那片遮羞布打飛出去。眾人這才看清黃氏的臉上布滿了紅黃綠三種顏色的斑點，看上去實在目不忍睹。程元龍瞠目結舌地看著黃氏那張精彩萬分的臉，心頭忽然生出一個疑惑——這會不會是那個土包子幹的？

林世榮只聽得黃氏身體不適，並沒有進去看她，哪裡想到會是這種病症？他的眼中飛快地閃過一抹厭惡。黃氏素來極為愛惜自己的面容，現在竟然當眾露出自己最醜陋的一面，窘得恨不得鑽到地洞裡去。

程元龍毫無誠意地道歉道：「哎呀，黃夫人，小爺不小心甩到了妳，別介意啊！」

黃氏被打了還得擠出笑臉應付。

李二成握著菜刀，恨恨地盯著這夫妻兩人，啞聲質問。「青桐到底怎麼了？你們跟我說個清楚。」

林世榮和黃氏同時一怔，驚詫地看向李二成。原來這夫妻兩人一直都沒注意到李二成，還以為他是程家的一個隨從。

李二成向前逼近一步，重複問道：「你們今日必須要給我一個交代。」

林世榮輕蔑地瞥了李二成一眼，聲音冷漠而嚴厲。「青桐是我的女兒，她出了事我也很難過；至於要給你交代，那就不必了，你還是請回吧，想要多少銀子我給你便是。」

李二成沒想到對方竟會以為自己是藉機來要銀子的，氣得兩眼發紅，手腳亂顫，想罵人一時又找不出適合的詞。

程元龍在旁邊看著，正要助李二成一把，就在這時，又有人進來稟報說：「江家和狄家來人了。」

林世榮越發不耐煩。今日這是怎麼了？為何這麼多人來管自家的家務事？想到家務事，林世榮眼睛微亮，心中忽然有了對策。

他定定心神，吩咐小廝去領人進廳。

不多時，墨雲便領著江希瑞、狄君端和一個穿著頗為體面的嬤嬤走了進來。

狄君端手牽著淚水漣漣的江希瑞，臉色肅穆莊重，相較程元龍來說，算是相當禮貌了。

他進來先向林世榮夫妻問候，還跟程元龍打了招呼，可程元龍回應他的是嗤之以鼻，接著寒暄兩句，狄君端才委婉道出今日來意。「江老夫人忽聞府上出了大事，一大早心神不寧，故派晚生前來探望。」

林世榮裝模作樣慨嘆一番，黃氏也跟著演戲。

程元龍坐在一旁，蹺著二郎腿，冷笑著看戲。

狄君端接著話鋒一轉道：「還請林大人和林夫人將事情經過詳細道出，晚生也好向老夫人回稟。」

黃氏只好重背一遍臺詞，十分隱晦地指出青桐貪吃，加上水土不服，生了重病，怕她過給弟妹們，只好先移到莊子養息，結果不幸攤上意外。

黃氏話音一落，江希瑞霍然起身，哭嚷道：「妳說得不對，仙女姊姊不會生病的，她在船上吃那麼多都不曾病過。妳瞎說，一定是妳害了姊姊，繼母沒一個好東西。」

狄君端溫和制止道：「希瑞，不准亂說。」

林世榮見狄君端不似程元龍那麼難纏，心裡便有了譜，他一臉沈痛地說道：「我們夫妻兩人自從得知噩耗，一直心神不寧，臥病不起。俗話說，虎毒尚且不食子，林某也是飽讀詩書之人，怎會做出這等事？事情發生之時，我已經上報官府，等到強盜落網，事情便會水落石出。」

狄君端微微頷首，表示理解，又請林世榮節哀。林世榮稍稍放下心防，就在這時，狄君端驟然相問。「晚生聽聞，當日貴莊還有一個老僕沒有死透，請問他現在在何處，何不交給官府去錄口供？」

「這……」

黃氏微微一怔，趕緊機智接道：「那老翁又聾又啞，當時被人打暈，什麼也沒看到，事發之後，他終日心神恍惚，後來不知所終。本來說要派人去找，只是我們府裡上下亂成一團，一時也分不出精力去尋人。」

程元龍終於忍耐不住，連連冷笑三聲。「呵呵呵，繼續編，你們找不到人，小爺會替你們找到的。」

林世榮輕咳一聲，十分委婉地提醒道：「多謝兩位公子前來勸慰我們夫妻，只是這是林某的家務事，不好煩勞兩位。」他的言外之意便是，這是他的家事，閒人不必插手。

程元龍飛快駁斥道：「林大人，難道你不知道出了人命就不是家務事了？人命關天，自然官府可管，朝廷可管、人人可管。」

林世榮被噎得說不出話來，只好假裝咳嗽來掩飾。

眾人大眼瞪小眼，一時室內默然無聲。

剛好這個時候，金嬤嬤面帶異色地小跑進來，她悄悄俯在黃氏耳邊輕語幾句。黃氏臉色微變，喜怒莫辨。

黃氏抑制住內心的波瀾，醞釀了片刻，然後一臉激動地對著林世榮說道：「老爺，天大的好消息，桐丫頭自己跑回來了，可能就藏在碧梧院裡。」

眾人聽到這個消息，反應各異。

李二成當下激動得說不出話來；林世榮先是一臉驚詫，接著騰地一下站了起來，看看眾人覺得不妥，趕緊重新坐下，勉強在臉上擠出一絲笑容。「是嗎？太好了。」

江希瑞立即破涕為笑，拍著小手喊道：「我就知道仙女姊姊是不會死的，壞人都打不過她。」

狄君端微笑著看著江希瑞，心中暗鬆了一口氣。程元龍一張胖臉笑成了花朵狀，自己猜得果然沒錯，笑畢，他又冷笑著瞅著林世榮和黃氏兩人，抓住黃氏話中的漏洞道：「妳這話小爺就不懂了，什麼叫可能藏在碧梧院裡？你們別是想糊弄人吧？」

黃氏看了一眼金嬤嬤，金嬤嬤會意，上前彎腰向眾人道了個萬福，有條有理地分析道：「老奴到了碧梧院雖然沒見著大小姐，可老奴依據幾點推測她逃回來了。一是碧梧院中眾人並不十分傷心，見了老奴等人反而有些慌亂；二是老奴假意說夫人已經知道大小姐安然回來，請她速來主院見客，那白夫人便神色慌亂無措。試問眾人，如果大小姐果真遭了不測，那白夫人還不傷心欲絕？待到老奴假意試探時，如何又露出那般神色？」

程元龍不懷好意地嘖嘖讚嘆兩聲。「喲，這個老奴才還是有點腦子的嘛。既如此，妳家大小姐為何不出來見人？」程元龍說這話時，已經迫不及待地想進去看個究竟了。

金嬤嬤陪笑道：「大小姐可能受了驚嚇，老奴再去催一催。」

金嬤嬤又去次碧梧院，她到的時候意外地看見了周姨娘和她的一雙兒女，林安泊和林淑妍。

周姨娘沒料到金嬤嬤這麼快又來了，只得笑笑，解釋道：「我聽下人說，大小姐出事了，我怕白姊姊傷心過度便來瞧瞧。」

金嬤嬤皮笑肉不笑。「姨娘真是好心，一家子就該常走動才是。」

白氏生怕金嬤嬤起疑心，忙接過話道：「是啊，周妹妹確實好心。」

周姨娘仍是笑，沒再接話。

金嬤嬤眉頭一挑，不再廢話，直接對白氏說道：「白夫人，大小姐傷勢重不重？用不用請大夫來看看？這會兒江家、狄家和程家各來了人問大小姐的事，太太和老爺正帶著病應酬呢！」

周姨娘一聽江、狄、程三家都來人了，心裡不禁暗暗驚訝。想不到她小小年紀又是新來乍到，交遊竟如此廣闊，她側頭看了一眼林安泊和林淑妍，一臉若有所思。

白氏略有些遲疑，青桐囑咐他們幫著隱瞞，自己還是露了餡。

白嬤嬤見此時已經隱瞞不住，索性坦露開來。「大小姐是陸家的僕婦給送回來的，她本想立即去見老爺，可又覺得自己還帶著病，怕過給老爺、太太，因此便先歇下了，還請嬤嬤在太太跟前稟明緣由。」

金嬤嬤明知道白嬤嬤在說謊，也沒戳穿她，只笑道：「原來如此，大小姐想得周到。」

金嬤嬤在這兒跟白嬤嬤妳來我往地打太極，周姨娘和白氏時而插上幾句，劉婆子已經進去稟報青桐。

青桐聽著劉婆子的轉述，慢慢地穿著衣裳，嗯了幾聲，原本她想再躲一天一夜，等黃氏和林世榮高興夠了，病得狠了，她再突然出現。如今雖是計劃趕不上變化，但這也不錯，沒想到來了這麼多人關心，看來自己的人緣還不錯嘛！以後好好混，省得哪天「被自殺」了都沒人想起。

青桐在屋裡思量一會兒，決定再裝一裝。她重新戴上面紗，走路一瘸一拐，一副弱不禁風的模樣。

金嬤嬤見了她出來，驚呼一聲，臉上堆著笑噓寒問暖，上前攙扶著她。青桐轉頭對白氏等人說道：「娘，妳看看安源能出來嗎？我帶他去前廳見見客人。」

「好好。」白氏趕緊進屋去給兒子梳洗穿衣。

青桐回過頭時，正好對上周姨娘黯淡的眸子，她想了想又道：「你們也跟著去吧！」

周姨娘臉上一喜，拉著林安泊和林淑妍不迭地道謝。「快謝謝你大姊。」兩人異口同聲地道了謝。

金嬤嬤似笑非笑地打量著周姨娘，看來，她已經開始著手尋找幫手了。

青桐瞧著這個心思深沈的老婦人，她比崔嬤嬤那老貨的段數高了不止一倍，除了那日來架她上車出城外，幾乎跟她沒有明面上的衝突；不過，她是黃氏的人，兩人有利益上的衝突，黃氏折了兩個助手，以後會越發倚重金嬤嬤吧！金嬤嬤被青桐看得心裡發毛，忙問道：「大小姐怎麼了？」

青桐「虛弱」地靠在金嬤嬤身上，慢騰騰地朝前廳走去，一路上用漫不經心的口吻說道：「崔嬤嬤死得好慘，頭上破了碗大的窟窿，血流得滿地都是，她的眼睛睜著，死不瞑目。」

金嬤嬤沒來由得覺得身上有些發冷，她應付道：「是啊，真可憐吶！」

青桐忽然換了個陰森森的語氣又道：「金嬤嬤，妳說她是怎麼死的？」

「呃？不是被人打死的嗎？」

青桐神秘莫測地笑笑。「不，她是蠢死的。」

金嬤嬤笑得越發勉強，沒再接話。她明白對方是在向自己發出警告——不要招惹她，否則就跟崔嬤嬤一個下場。

如果有可能，自己也不願意捲入紛爭，可是她是黃氏的人，黃氏若讓她做什麼，她一個奴才，一大家子都握在對方手裡，她能拒絕嗎？當然不能；不過，她也不是崔嬤嬤那樣的蠢貨。

青桐起初走得很慢，等到林安源收拾妥當一起出來，才走快些。林安源身體還是有些弱，不過精神不錯，青桐決定等他好了，要趕緊著手訓練他。

一行人浩浩蕩蕩地進了客廳。李二成和程元龍等人雖然之前已經得到消息，可一看到活生生的青桐出現在他們面前，仍然十分激動欣喜。李二成瘸著腿推開人群奔過來，拉著青桐上上下下打量著她，笑中帶淚。「孩子，妳能活著就好。」青桐把臉埋在他懷中蹭了一下。

林世榮看著李二成萬分地刺眼，他輕咳一聲道：「孽障，既然好好的，為什麼要偷偷摸摸地回來？害得我和妳母親日夜掛念。」

青桐不似往日那樣疾言厲色，她用受到傷害的語氣答道：「我怕把病氣過給你們啊，這不是你們送走我的理由嗎？」

她頓了頓又道：「可是為何父親大人得到莊子被強盜襲擊的消息時，不是趕緊報官尋人，反而散播我撞牆死掉的消息？我怎麼可能死掉呢？我幾個月大時掉在江裡都淹不死，小時被巫婆燒也燒不死，又怎麼可能那麼容易死掉。」

黃氏的臉色已恢復正常，她趕緊截斷青桐的話。「菩薩保佑，還好桐丫頭命大。快來見見妳狄家哥哥、江家小弟弟還有程公子，他們一大早就來探望妳父親。」

青桐走過去，向三人一一問好。

程元龍樂得合不攏嘴，江希瑞滿臉帶笑，姊姊長、姊姊短地叫著。

狄君端比較矜持，笑得很是含蓄。他將老夫人的話轉述了一遍，又提了讓她放寬心胸，孝順父母，與弟妹和睦相處，不要太任性。

程元龍聽到狄君端這套說辭，從鼻腔裡發出一聲輕哼。「呵，這不是任性不任性的事，是明明有人整她好嗎？這個土包子，以後呢，妳別主動惹事，有人要惹妳，全交給小爺我，我認得人，我手中的鞭子可不認得。」

黃氏看著滿臉橫肉的程元龍，不禁大感頭痛。

這三個人該說的話都說了，而且已經待了不短的時間，狄君端比較識趣，最先提出告辭，過一會兒，程元龍也不得不跟著離開。

江希瑞好不容易見到青桐，一臉的難捨難分，直到青桐說以後會常常找他玩，他才一步兩回頭地跟著狄君端離開。

李二成雖然不捨青桐，但也只得跟著走了。青桐悄悄對他說，下午會去看他們。

客人散去，留下各懷鬼胎的一家人面面相覷，默然不語。

林世榮睜著一雙陰鬱的眼睛盯著青桐，青桐根本不看他，她盯著自家那小不點弟弟，恨不得把他拉拔長大，然後好痛快解決這個渣爹。

「姊、姊。」林安源不知所措地看著自家姊姊，小聲叫道。

的。

「嗯，沒事。」

青桐安慰他一句，轉頭看向黃氏，她像發現新大陸似地突然驚呼出聲。「太太，妳的臉怎麼了？又黃又紅又綠的，像開了顏料鋪子似的。」黃氏的臉上立即又多加了一種顏色，青的。

她極力擠出笑容，這笑若在平常看著還是不錯的，此時卻有些恐怖扭曲的意味。

林世榮恰巧不巧地捕捉到這一幕，不禁臉皮一抽，頓生厭惡，他扭過頭不再看她。

青桐好聲安慰道：「太太，別擔心，我聽說這種傷口好得快——少則三個月，多則半年，中間還不能生氣、不能吃辛辣、不能吃油膩、不能……」

黃氏聽到這話氣得頭重腳輕，幾乎要暈倒，她本以為幾天就能好。

青桐又補上一刀。「還有啊，這傷口千萬別撓會留疤痕的，有的人晚上睡覺會忍不住亂撓，就只好把手綁起來。哦，它還會發出異味；不過太太不用擔心，父親不會嫌棄的。」

黃氏的臉色像死人一樣死氣沈沈，她極力壓抑住才沒讓眸中流露出恨意來，看來，她是低估了這個賤種的實力。

青桐還嫌不夠，她伸手扯下面紗。「這個真太憋悶了。」

黃氏和金嬤嬤一齊看向她的臉，再次暗暗驚訝。不對啊，她臉上明明應該有紅斑的。

青桐淡然一笑，摸摸自己的臉。「原本是有紅點的，我擔心沒法去學堂，就找了個江湖郎中，買了點藥用。」

黃氏暗自咬牙，金嬤嬤卻默默記下青桐的話，準備抽空去找她說的那個郎中。氣完黃氏，青桐拉著弟弟和周姨娘有說有笑地離開了大廳。

兩幫人在碧梧院門口分手。

周姨娘牽著一兒一女腳步輕快地往回走。

行至僻靜無人處時，林安泊終於憋不住出口讚道：「大姊姊太厲害了，我要是像她一樣就好了。」

林淑妍蹙著眉頭，老氣橫秋地嘆道：「我們跟她不一樣的，人哪能想幹麼就幹麼呢？」

周姨娘讚許地看了女兒一眼，一臉鄭重。「小妍，妳以後要記得，妳是女孩子，斷不能像妳大姊那樣，妳要會忍，忍下去總有出頭之日的。」

林淑妍默默點頭。

快到門口時，周姨娘突然頓住腳步，拉著兒女掉轉方向，朝葳蕤院走去。

林安泊和林淑妍用不解的目光看著母親，周姨娘無奈地笑笑。「走吧！」

周姨娘來見黃氏，恰逢黃氏心情不好，吃了個閉門羹；不過，她似乎毫不在意，帶著兒女悠然返回紫蘇院。

當天晚上，林世榮在葳蕤院用過晚飯，出人意料地好聲安慰了黃氏一番，又細心詢問了她的飲食，最後兩人說著說著，又繞到了青桐的事情上，林世榮不禁再皺眉頭。「這次的事鬧大了，街頭巷尾都在議論這事，咱們林家想不出名都難。」

自然，誰說不出名呢？對這事實，黃氏沈默著不搭腔。

林世榮突然加重語氣道：「妳就那麼容不下她嗎？就按我先前所說的，養她個幾年，隨便找戶人家嫁了就完事，以後切莫再生事了。」

黃氏氣苦，她所做的一切明明都是他默許的，如今出了事，為什麼全賴在自己頭上？但是林世榮今天難得對自己如此柔情，她也不敢得罪深了，便像往常一樣嬌笑道：「老爺說得是，妾身知道了。老爺今晚還要去會友嗎？」

說是會友，誰知道會誰？黃氏早在前幾天已得了風聲，但她忙著對付青桐，只好將這事擱在一邊，現在她要騰出手來，好好查查這個狐狸精的底細。

黃氏咬著碎牙，肚裡轉了千百個彎兒，林世榮也在沈吟斟酌著，像是有什麼話要說。

「老爺這是怎麼了？」

「有一件事，要與妳說。」

「哦？」

林世榮啜了口茶，慢吞吞地說道：「這兩天讓人把聽雪堂拾掇出來，府裡要添個新人。」

「什麼？你說什麼？」黃氏尖叫起來。

林世榮看著她那副神色越發厭惡，連掩飾都懶得做了。

他沈聲道：「成親七年，妳至今無子，還設下種種計謀將後院姬妾一一逐出，我添一個新人又如何？我不是一定要徵得妳的同意，只是告知妳一聲罷了。」

黃氏渾身顫抖，聲音尖利而淒涼。「這就是老爺當日娶我時所說的『一心一意，絕不相負』嗎？白氏先撇一邊不說，周氏你說是同僚送的不好推辭，那後來的張燕燕、胡雪兒呢？你納新人去吧，再多納幾個來，我帶著女兒回娘家，找我哥哥評評理去，他當初怎麼就同意了這門親事？」

黃氏壓根兒就忘了，這門親事是她先勾搭上的。

林世榮心中明白，她這是拿自己哥哥來壓他呢！他當下冷笑。「又是妳哥哥？妳姪兒？難道我林世榮離了你們黃家就不成了？以後休要再提他們，我會憑自己的本事光耀我林家門楣。」

青桐在屋頂聽得真切，暗暗發笑。光耀門楣？作夢吧！今晚她本來是想探探黃氏的情況，然後再伺機行動，沒想到林世榮也在房中，那她就順便聽聽吧！

青桐很快便揀選出雙方對話中的關鍵內容，聽渣爹那意思，他似乎傍上什麼大官了，不然不會如此硬氣，會是誰呢？

青桐正坐在屋頂上望著夜空胡亂猜想，忽然聽得身後有異響。

她沒有出聲，急忙回頭一看。

屋頂站著一個身材挺拔的黑衣蒙面人，憑藉如銀的月色，靜靜地看著她。

第十七章

那人用低沈的聲音問道：「姑娘真是好興致，登高望遠？」

青桐盯著對方看了一會兒，悄悄拿出腰間的小弓箭防備著，嘴裡卻悠然說道：「本小姐專聽牆根，你呢？同道？」

「道不同。」

「採花？小偷？」

「……」

蒙面男子察覺出青桐的防備之意，故意變了下聲音，說道：「在下只是剛好路過，並無惡意。」

青桐低聲反問：「路過？從屋頂上路過？」

男子的聲音裡帶了些笑意。「對，從屋頂路過。」

兩人同時沈默，就著月光互相打量。

青桐有一種奇怪的感覺，這人似乎認識自己。她不說話，躡手躡腳地踩著瓦片往東南方走去，突然，她一個趔趄，腳踩歪了，發出一聲響動。

黃氏和林世榮正吵得歡，忽聽得屋頂上有響動，林世榮大喝一聲。「什麼人？」

黃氏則驚慌失措地叫道：「快叫墨雲、墨畫出去看看，有賊。」
青桐愣了一下，接著發出幾聲貓叫。「喵、喵。」
蒙面男子在一旁默默地看著，因他蒙著臉，青桐自然看不清他的神色如何；不過，就算看到了，她也不介意對方的感受。
她學得還挺像，但她終究還是怕被人發現，於是一邊叫著，一邊掉頭朝北去走，蒙面男子也隨她而去，兩人在林氏祠堂的屋頂上停住，這個地方白天都少有人來，更何況是夜晚。
黃氏和林世榮等人心驚膽顫地聽了一會兒，見再無動靜，以為真是貓，也沒再派人追趕。
院子裡重新安靜下來，四周只有夜風吹過樹林的沙沙聲和夏蟲的唧唧聲。
蒙面男子向青桐一拱手，壓低聲音道：「告辭。」
「等等。」青桐欺近幾步，隔著一段距離，伸長手臂去摘他的面罩。
男子輕輕一躲，低笑道：「等妳功夫精進了，再來摘吧！告辭。」
他越是這樣，青桐的好奇心越重，她再試，再敗，屢敗屢試，試到最後，她對男子的身手產生了好奇。她一直對古代武學感興趣，上次見了程元龍的師傅楊鎮，便下定決心要跟他學；現在她突然發現這個男子的功夫也不錯，而且顯然跟楊鎮不是一個路數的，這種飛簷走壁的輕功，躲閃靈活的招式，真的太適合她了。
青桐試探幾次後，發現對方並無傷她之意，便大膽跟他玩起了小貓捉大耗子的遊戲。

蒙面男子被她這種死纏爛打的做法弄得苦笑不已。

「在下有事要辦，請姑娘切勿糾纏。」說罷，他一把扯下黑色面罩朝青桐丟去。

青桐下意識地伸手去接，結果對方趁著這個間隙，溜之大吉，她雖然不甘，也只得罷手，悄悄溜回碧梧院，翻牆回屋睡覺。

次日上午，林淑妍帶著林安泊來找青桐姊弟倆玩耍。林淑妍看著青桐，小聲說道：「大姊姊，我們是不是又要多一個庶母了？」

「妳猜對了。」

林淑妍的臉上露出與她年齡不相符的笑容。「這樣也好，以後太太也許就沒工夫找我們的碴了，姊姊也可以閒上一陣了。」

「嗯。」青桐奇怪地看了林淑妍一眼。

青桐進京後發現，京城裡的孩子跟鄉下孩子的成長模式不大一樣，他們個個人小鬼大，心眼頗多。想起後世有人動輒嘲笑古人愚昧，處處流露出一副高出他們一等的優越感；到了這裡後，她才發現那些優越感多可笑，離開了高科技的輔助，她什麼都不會，幸虧她還有一把力氣，能做些最原始的體力活，否則，真的是一無是處。

青桐話不多，但兩人很少冷場，林淑妍總能找到話說，而且每句話都暗含一些消息。

「姊姊，看著妳那麼肆意反擊崔嬤嬤、春蘭還有太太，我真暗自高興；可是，君子報仇，十年不晚，姊姊和安源那麼小，以後有的是機會，千萬別把自己搭進去了。」

「哦。」青桐再次打量著眼前這個小她一歲多的女孩，她長得雖然比不上林淑婉、林淑媛那對雙胞胎好看，但還算清秀。一張小巧白淨的瓜子臉，櫻桃小口，眼瞼總是垂著，安安靜靜的，像是故意減低存在感似的。

「姊姊，他們……」

兩人正說著話，突然聽見院門被拍得咚咚響，白嬤嬤應了一聲，趕緊放下手中的活跑去開門。

白嬤嬤看著門外的一群人，不禁怔住了，旋即臉上浮笑道：「二小姐、三小姐，這位是表小姐嗎？什麼風把您給吹來了。」

林淑妍趕緊站了起來，小聲招呼三人。

雙胞胎冷淡地應了一聲，黃雅芙則鼻孔朝天，施捨似地「嗯」了一聲，接著用手搧了搧風，皺眉問道：「這院裡是什麼味道？這麼難聞。」

青桐端坐不動，不緊不慢地答道：「糞味，後院有菜地。」

「什麼？妳在院裡種菜？而且還用……」黃雅芙一臉驚訝加嫌惡，雙胞胎則是掩嘴而笑。

青桐十分厭煩這些閨閣女子們各種涵義的笑容，有話就直說，沒話就閉嘴，老是這麼笑來笑去的。「妳賤腳踏貴地，有何賤幹？」

黃雅芙柳眉一豎，嗤笑道：「大表妹有空還是多唸些書吧，省得連話都說不好，就是鄧夫人再憐憫妳，妳一竅不通也不成啊！」

青桐淡然答道：「我話說得很好，我覺得就該這麼說才對。」

「哼，我今日第一次來呢！」黃雅芙輕皺眉頭。「喲，大表妹就是這麼招待客人的？連杯茶都不知道上。」

白嬤嬤已經準備好茶點，正要端過來，青桐卻抬手制止了她。青桐三步併作兩步走到水井旁，親手打了半桶水，拿了兩只瓢過來，自己先舀一瓢，咕嚕咕嚕灌了下去，然後做了姿勢請黃雅芙喝。

黃雅芙瞠目結舌，她看著青桐這麼粗魯，不知怎地，心中莫名地輕鬆了許多，就憑這教養，也配狄……想到新聽聞的傳聞，她的臉不禁微微一紅。

林淑婉和林淑媛正等著黃雅芙向青桐發難呢，見她莫名其妙地臉紅起來，忍不住暗示道：「表姊，妳從外面來，告訴我們，街上有什麼有趣的消息沒？」

黃雅芙猛然想起自己今日的來意，臉上帶著笑，關切地問青桐。「大表妹，我聽說妳在西郊莊子裡遇到強盜了？當時事情的經過是怎樣的？妳怕不怕？他們沒對妳怎樣吧？畢竟——妳看上去比實際年齡要大嘛。」黃雅芙拖長聲調，臉上帶著惡毒的笑意。

青桐銳利的目光盯著她看了一會兒，接著又看向雙胞胎姊妹倆，面無表情地說道：「這才是妳們的目的？想透過嘲笑我來獲得快感？」

黃雅芙掩飾地笑道：「哎呀，我是關心妳嘛。」

青桐一言不發，突然向前逼近一步，黃雅芙嚇得忙後退一步，她虛張聲勢地喊道：「妳別亂來啊，上次的帳我還沒找妳算呢！」

青桐難得一笑。「妳真想知道？很好，我示範給妳看。」

黃雅芙不解地看著她，不知她這句話究竟是何意。

青桐的瞳孔一縮，淺淺的笑容倏地消失。雙胞胎悄悄對視一眼，她們總覺得這個場景似乎有些熟悉。

兩人還沒來得及細細回想，青桐已經動手了。

「他們先是這樣對付崔嬤嬤。」她一把扯過黃雅芙的頭髮，另一隻手掐著她的脖子說道：「老不死的，妳敢叫，爺就掐死妳。」

黃雅芙給掐得查手舞腳，直翻白眼，青桐做起現場採訪。「妳感覺如何？」

雙胞胎姊妹倆嚇得尖聲叫嚷起來。「妳趕緊放開表姊，否則爹和舅舅饒不了妳。」

「再叫，連妳們一起弄死。」青桐拽著黃雅芙往兩人身上一推。「他們就這樣對付春蘭。」

三人倒成一團，妳壓我、我壓妳，她們精心梳理的髮髻登時亂得不成樣子，衣衫也凌亂不堪。

青桐接著示範給她們看。「這還沒完，他們是這麼對付我的。」說著，雙手舉起林淑媛，在半空中轉圈。

林淑媛嚇得尖叫連連，只覺得頭暈目眩，眼冒金星。

「放開我，快點放開我——」

白氏聽到叫聲也跑了出來，在旁邊一臉焦急地勸著。

林淑妍在一旁臉上焦急，眼中卻閃過一絲報復的快意——她總能做到自己不敢做的事。

青桐正轉得起勁，忽聽得門外有個男聲大喝一聲。「還不住手！」正是林世榮來了。

接著是一個陌生、嬌得能滴出水來的女聲。「哎喲，那位力大無比的便是老爺的大千金了？老爺休怪，這是孩子間逗著玩呢！妾身小時候也常被姊妹們這麼轉著玩，可有意思了。」

黃氏咬著牙道：「玉妹妹的愛好可真特別，不如讓青桐也舉著妳玩玩，重溫幼年的樂趣如何？」

青桐只好放下了林淑媛，對方跌跌撞撞地撲到黃氏懷裡，小聲啜泣起來。

青桐注意到依偎在林世榮身邊那如花似玉的女子，她應該就是渣爹昨晚所說的新人了，速度真夠快的。

這時，黃雅芙和林淑婉已經反應過來，一起向林世榮和黃氏告狀。

「父親、母親，表姊聽說大姊回來了，好心來看她，她倒好，一言不合就去掐表姊，我去勸阻，她又把我拎起來轉圈。」林淑媛紅著眼睛用十分委屈的聲音率先說道。

林世榮聽罷狠狠瞪了青桐一眼，厲聲質問。「青桐，妳就是這樣招待客人和照顧妹妹的？」

青桐兩眼望天。「她還沒說她是怎麼來看我的呢——『大表妹，我聽說妳在西郊莊子裡遇到強盜了？當時事情的經過是怎樣的？妳怕不怕？他們沒對妳怎樣吧？畢竟——妳看上去比實際年齡要大嘛。』」青桐捏著嗓子維妙維肖地學著黃雅芙的嗓音說話。

「連我這個傳說中的傻子都能聽出來，她是懷著一顆骯髒齷齪的心來嘲笑我，打擊林家的面子，不知道各位聽出來沒有？」

林世榮臉色略變，目光轉向黃雅芙。他最擔心的就是怕這事污了林家的名聲，她倒好，偏偏別有用心地提及此事，果然是沒教養。

黃雅芙見姑父目光不善，急忙辯解道：「姑父，我不是有意，我們姊妹之間不過是話趕話罷了。我……」

林世榮語氣轉冷。「但願妳不是有意的，妳比幾個妹妹都大，待人處世的道理也應該懂得多，什麼話該說、什麼話不該說，想必妳父母也早該教妳，望妳以後休要再提此事。」

黃雅芙氣得臉色脹紅，她用委屈的目光頻頻看向黃氏。

黃氏自然不能眼睜睜地看著自家姪女受委屈，她剛要出聲說話，那個玉姨娘卻及時搶過話頭。「瞧老爺這話說的，黃老爺和黃夫人那麼識大體的人，怎麼會教出不知禮數的女兒？

我看八成是咱們家這三個小丫頭之間鬧嘴舌，殃及了池魚，雅芙好歹是客人，老爺可別說話太重了。」

黃氏臉色僵冷地打量著玉冰清容光煥發的臉，忍著對這人的氣，出言圓場，接著又安慰黃雅芙和林淑媛。

最後，她將目光定在今日的罪魁禍首青桐身上，青桐兩手一攤。「啥也別說了，我今日很累，你們都回去吧！我只簡單說一句，以後這種事誰來問我，我就這麼示範給她看，不明白就再示範，直到明白為止。」

黃氏輕咬著牙，胸膛氣得微微起伏著，黃雅芙一臉不忿地瞪著青桐，青桐懶洋洋地打了個哈欠。「諸位慢走，我先回屋休息了，這身體太嬌弱，稍微一動就累。」

玉冰清噗哧一聲笑了出來，她饒有興致地打量著這個傳說中又呆又狠的大小姐，心裡轉過幾個念頭，她想了想，仰臉嬌憨地責怪林世榮。「老爺也真是的，只拉著妾身朝這院裡來，也沒說要見孩子們，妾身什麼都沒準備。」

林世榮對她十分溫柔。「這有什麼好準備的，左右是一家人。」

玉冰清卻有心交好青桐這個打手，因此當下忍痛割愛，取下手腕的一只通體碧綠的玉鐲子，笑著硬塞到青桐手裡。

青桐低頭看了片刻，很認真地還回去。「無功不受祿，沒錢回禮，不能收。」

玉冰清掩嘴輕笑，一副妳不收就是看不起我的表情。「喲，妳這孩子是嫌禮輕？快別推讓了，我一瞧見妳就喜歡得不得了。」

話說到這分上，青桐也沒再推，大方地收了。

至於林淑媛等人，玉冰清可沒那麼大方，她只推說以後再補便算了，當然，黃氏也不稀罕她的東西。

黃氏和雙胞胎還想再告狀，卻被玉冰清一聲「好累」給擋住了。林世榮一瞧她的嬌弱樣，二話不說帶著她回聽雪堂歇息去了，只留下黃氏等人在那兒白瞪眼。

黃雅芙打抱不平地看著黃氏。「姑媽，妳看那個小賤人的張狂模樣。」

黃氏本來還想再找碧梧院的麻煩，此時被那個玉冰清攪亂了心緒，什麼事也提不起興趣。

黃氏帶著眾人悻悻然離開。黃雅芙走到門口還特意回頭看了青桐一眼，她因為在林家受了委屈，午飯都沒吃便離開了。

當晚，金嬤嬤藉口說有人下毒，各門各院都要搜查一翻，輪到碧梧院時，青桐不慌不忙地讓他們進來搜個夠，對方自然是一無所獲。

金嬤嬤離開後，白氏暫時鬆了口氣，她和白嬤嬤就著油燈察看明日青桐上學堂帶的東西。

白嬤嬤道：「看來，還是要買兩個小丫鬟，不然別人家都有伴讀丫鬟，就咱家小姐沒有也不好看。」

白氏點頭。「是要買的，明日就讓劉婆子去找個中人過來，要不是這幾日大事不斷，早該著手買了。」

自從青桐回來後，白氏的處境得到大大改善，月例按時發不說，連例年的拖欠都補上了。上次青桐還拿回來一些射箭比賽的賭注金，買兩個小丫鬟的錢還是有的。

林安源身體好了些，他依偎在姊姊身邊，一張小嘴說個不停。

「姊姊，我什麼時候可以練武？要練多久才能像妳一樣厲害？」

青桐摸著他那軟軟的頭髮，盯著燈光說道：「咱們的先天稟賦不一樣，練武只是讓你強身健體而已，你還是要多讀書。」書她自己也是要讀的，但她不能考科舉，讀書只是修身消遣罷了。

林安源重重點頭。「姊姊我會的，我聽周姨娘說若是當上大官，就能給姊姊和娘親掙個誥命。」

青桐笑了笑，她不知道誥命是什麼東西，但弟弟這麼說，想必是不錯的。

突然，她想起了林世榮和黃氏這對合璧雙賤，便用嚴肅的口吻問道：「將來，你打算怎麼對待父親和黃氏呢？」

林安源想起那兩人，先是不由自主地瑟縮一下，脫口而出道：「再也不讓他們欺負娘親。」

「如果他們還要欺負呢？」
「……打回去。」
「如果他們聯合很多人罵你不孝順呢？」
「這……」林安源簡單的小腦瓜實在無法思考這種複雜問題。
青桐看著這個弟弟，如果可以，她也不想讓他過早地面對世界的殘酷；可是他已經開始面對了，以他的處境，他沒有條件天真無邪，自己又不可能一直護著他，說不定哪天就會離開，所以她希望他早點強大起來。
「不管怎樣，你以後要懂得報恩和報仇。不懂報恩，人聽說了以後就不會對你施恩；不懂報仇，人聽說了以後就都來欺負你。青子曰：『報仇不避親。』明白嗎？」
林安源像小雞啄米似地亂點頭。「明白。」
白氏在一旁做針線活，聽到一兒一女的對話，臉上帶著滿足的笑容。她真的要求不高，能讓他們一家團聚，衣食豐足就行了。說到一家團聚，她突然想起了下落不明的老父親。
不知他老人家是否還在人世，白氏想著想著，忍不住淚眼矇矓起來。
青桐問道：「怎麼了？」
白氏擦著眼淚說起了自己的老父。「不知道這輩子還能不能再見到他。」
青桐說道：「只要他活著，就有見面的機會，我以後多打聽打聽。」
話雖這麼說，白氏已經不抱什麼希望了。

母子三人說話到夜深方睡。

次日便是青桐上學的日子，白氏和白嬤嬤盡其所能將青桐裝扮了一番。青桐斜挎著深綠色布包，這是她讓白氏按照她的意思縫製的，裡面裝著程元龍送的那張袖珍弓箭和一把匕首。

白嬤嬤將她送到林府大門口，碰上林淑婉和林淑媛正要出發。兩人一看到青桐，一起扭過臉去不搭理她，青桐視若無睹，直接上車。今天跟著雙胞胎同去的是薔薇和茉莉，兩人見了青桐不禁有些害怕，不自覺地往邊上縮了縮。

青桐沒搭理她們，靠著車壁閉目養神，馬車一路顛簸著前行。

行到半路，忽聽得車伕「籲」地一聲停下馬車，接著聽見他恭敬謹慎地說道：「表少爺。」

林淑媛和林淑婉一聽到動靜，忙掀開車窗薄簾，欣喜地叫道：「表哥。」青桐順帶瞧了一眼這個表哥。他是黃雅芙的哥哥——黃啟功，生得一雙風流桃花眼，薄唇高鼻，長身玉立，看皮相還不錯，就是目光不大正。

黃啟功身邊還有一人，生得黑胖滾圓，身下的馬比別人的馬瘦些，估計是累得，那人顯然跟程元龍是一國的，但不知怎地，同樣是胖子，青桐就是瞧這人更不順眼。

黃啟功對兩個表妹笑得很和氣，對青桐則直接忽視，而青桐對他也是視如糞土。

黃啟功轉頭對那個黑胖子不知說了什麼，那黑胖子臉上掛著輕浮的笑容，策馬向前，朝青桐問道：「林大小姐，請問妳可知程元龍程少爺在何處？」

青桐存心戲弄道：「喏，在你身後。」

誰知她話音一落，街角處便竄出來一匹黑色駿馬，直朝他們這邊飛馳而來，馬上端坐的正是程元龍。

他將鞭子甩得啪啪直響，人未至，聲先到。「呵，我說今日怎麼出門就聽見烏鴉叫呢，原來是你們在這兒啊！」

黑胖子一看到程元龍，就像小狗碰到大狗那樣，立即變慫了，如果他有尾巴一定是夾著的。

「程公子，我剛才還惦記著你呢，還向這位小姐打聽你在何處。」

程元龍揚著下巴，傲然說道：「奇了怪了，你向人家一個不相干的外女打聽我的下落做什麼？難不成令堂不見了，你便隨便拉住一個男子打聽下落？」

黑胖子被噎得說不出話來，敢怒不敢言，還得小意陪笑。

黃啟功的目光在三人身上轉了一圈，微笑著說道：「景賢只是開個玩笑，程公子不必當真。」

程元龍笑道：「哦，玩笑啊，我也是在開玩笑嘛。」

何景賢黑臉暈紅，氣得攥著拳頭，臉上卻陪笑道：「是的，都是玩笑。時辰不早了，咱們快點走吧！」

眾人又上路。何景賢和黃啟功特意跟程元龍拉開一段距離，不遠不近地跟著，程元龍策著馬時快時慢，但大多數時候還是跟林家馬車並行。

青桐趴在車窗看風景，順便曬曬太陽。

何景賢奚落青桐不成，反惹一身羶，一肚子氣沒處撒，看到青桐便覺得十分礙眼，趁人不注意狠狠剜了她一眼。青桐瞧見了，回他一個挑釁的笑容，誰叫他不長眼。

不料這個笑容卻被程元龍給捕捉住了。當時朝陽初升，陽光像碎金似地跳躍進車窗，落在青桐那白裡透紅的面頰上，使得她那張表情有些呆板的臉驟然生動起來。程元龍看了一眼，然後又多看一眼，心想這土包子笑起來還挺好看的，應該多笑笑才對。

薔薇離青桐最近，她見程元龍連連往車裡看來，以為對方是在看自己，心中既喜又憂，喜的是有人喜歡自己，憂的是程元龍那模樣實在……

薔薇還在這兒糾結不已，青桐卻在車裡問程元龍。「胖子，我什麼時候能去看楊師傅？」

「我幫妳問過了，他說楊家功夫不適合女孩子學，那是要下苦功，打熬力氣的。」

青桐不滿地繃著臉接道：「我有力氣。」

程元龍笑笑。「這也沒什麼，我練功時妳在旁邊跟著，他總不能攆妳走，我估計著妳只要堅持幾個月，師傅心一軟就收下妳了。」

「好，就這麼辦。」

大約兩刻之後，眾人到了京華書院，學堂門口車水馬龍，擁擠不堪。林家的馬車停在了車馬場，薔薇和茉莉分別扶著林淑婉和林淑媛下車，沒人顧得上青桐，她也根本不用人扶，車門一開便跳了下去。看她那模樣，雙胞胎交換了一個鄙夷的笑容，抿嘴不語。

下車後，兩人故意躲開青桐，青桐便跟在程元龍和程安、程玉身後。

程元龍不好帶著她在學堂裡招搖，便將她交給鄧文倩。鄧文倩不大願意跟程元龍接觸，臉上帶著得體但略帶些疏離的笑容說道：「程公子快去上課吧，無須擔心她。」

程元龍客氣地衝她點點頭，大步離開了。

他一走，打扮得花枝招展的鍾秀，笑嘻嘻地湊了上來。「文姊姊，那個程元龍對別人不假辭色，對妳倒是客氣得很。」

鄧文倩淡淡一笑。「此言差矣，他雖然頑皮，但分寸還是懂得的，除了他的對頭，他對大多數人都還算客氣。」

鍾靈，也就是鍾秀的姊姊，見鄧文倩神色有異，忙擠上來打圓場。「哎呀我這個妹妹別的挺好，就是心直口快，她在家就嚷著想見姊姊，今日見了，估計是歡喜過頭了，連話都說不好。」

鄧文倩臉色稍霽，補償似地衝鍾秀笑笑，很快便將話題轉向別處去了，她溫和地詢問青桐一些學業上的事情。「上次不是跟妳說了，讓妳父母帶妳再來一趟，測一測妳的程度，以便決定分到哪間學館，妳怎地沒來？」

鍾靈掩嘴一笑，陰陽怪氣地說道：「文姊姊，妳真是『兩耳不聞窗外事』，妳連最近的新聞都沒聽說嗎？」

鄧文倩猛地意識到自己這個問題有些不大適合，便帶著歉意的笑容看著青桐道：「好妹妹，我一時沒想起來，妳那天一定嚇壞了，還好妳沒事。」

鍾秀在旁邊問道：「妳真的沒事？可是雅芙她……」

青桐盯著鍾秀看了片刻，冷冷說道：「我沒出事，她很失望。」

鍾秀言不由衷地接道：「也不能這麼說，妳們畢竟是親戚嘛，她關心妳。」

青桐懶得多說，這個黃雅芙如果老老實實便罷，如果再這樣處處針對自己，那她就別想好過。

四個人正說著話，黃雅芙帶著兩個伴讀丫鬟嬝嬝婷婷地走過來了。她今日精心打扮了一番，身著一襲鵝黃滾白邊的繡羅裙，耳朵上掛著紅寶石的耳環，頭上插滿釵環，走起路來叮噹作響。

鄧文倩笑著招呼一聲，拉著青桐說道：「雅芙來了，妳們先說話，我帶著青桐去先生那裡問問分館的事。」

女學不比男學人數眾多，男學按年齡和學業程度分成了六個學館，但女學目前只有兩個，一個是林淑婉那種年齡段的，一種便是鄧文倩她們這樣的年紀。青桐是兩邊都不占，京裡的人喜歡算虛歲，青桐現下虛歲已經算九歲了，而且她身材高䠷，去林淑婉她們那邊有些不大合適，又怕在這邊程度會跟不上。

黃雅芙十分厭惡青桐，一聽到要分學館，立即脫口而出道：「文倩，妳可別徇私，她該待哪裡就待哪裡。」

鍾靈也不喜歡青桐，她剛要附和黃雅芙，心中轉過幾個念頭，又覺得這個呆子留在她們這兒也不錯，便忍住了，笑著說道：「我看她還是跟我們一處合適，有不會的地方剛好有文姊姊教她，否則，難道妳讓那些比她小的孩子教她嗎？」

青桐不屑地瞥了鍾靈一眼，挑釁地說道：「我一定要留在妳們這館，妳等著瞧，妳除了話多、壞水多，哪樣都比不過我。」

鍾靈半張著嘴，驚詫地看著青桐。她簡直要氣笑了，這個鄉下來的土包子竟敢說比她強？

青桐挺直脊背傲然離去，留下鏗鏘有力的一句話。「不服來戰。」

華猶美拉星球上的女性都十分自強，自尊心更強，她們一有機會就會展示自己的聰明才智，即便低調如青桐，很多時候也會當仁不讓，特別是受到輕視的情況下，她絕對會全力迎戰。至於輸贏，那已經無所謂了，在她們的文化中，輸不是問題，但若連迎戰的勇氣都沒有，那才是真的怯懦無能。

鍾靈和鍾秀等人先是面面相覷，然後搖頭，臉上流露出心照不宣的笑容。

黃雅芙乘機踩著青桐吹捧鍾靈。「嘖嘖，瞧她那模樣，果然是井底之蛙，誰不知道，靈姊姊和文姊姊是咱們書院有名的才女，就憑她？斗大的字認不得幾個，還敢來挑釁靈姊姊。正好，三個月後，咱們書院有個掄才小試，我就等著看她笑話。」

所謂掄才小試，就是由書院舉行的內部考試，主要針對男學生們，包括經義、詩詞、算術、騎射等等，每次都會排出名次來。像上次的考試榜首就是狄君端，上上回是陸紹衡，至於程元龍，幾乎每次都是倒數；而女學生們考試的內容自然跟他們不一樣，她們主要比試琴棋書畫之類。

青桐跟著鄧文倩去見了幾位女先生，教書法的是一個寡婦，夫家姓李，人稱李夫人；教禮儀和女德的是位從宮中退役的老宮女，姓魏；鄧夫人暫時帶著她們讀四書，唸誦些詩詞，有時男子學堂那邊的先生也會來講一講課。

其他老師對青桐都是平常的態度，唯獨魏先生，她明顯得不喜歡青桐，將她從走路的姿態、說話的表情聲音等等，一一批評個遍。

魏先生說完長長的一串話後，板著臉問道：「現在，妳知道什麼是禮儀了嗎？」

青桐認真地思考著，再確認一遍。「就是剛才妳說得那樣？」

魏先生語氣有些不耐煩。「妳方才有在聽嗎？」

青桐點點頭，驀地板著臉，用挑剔冷漠的目光看著魏先生，滔滔不絕地指出一長串問題。「妳怎麼能這樣走路？步子碎得像餃子餡似的；妳是怎麼說話的？太挑剔、太冷漠；妳的舉止太僵硬，一點也不靈活。」

魏先生那如古井一樣的雙眸中終於有了一點波動，她冷冷地盯著青桐，不怒自威。

青桐不但給她提出了問題，還指出了解決方法。「沒關係，慢慢改就好了，邁開步子，自然灑脫地走吧；說話帶著點溫情吧；沒事練練拳，能讓身形靈活。」

說完這些，她眨眨眼。「先生，我說得對嗎？我全部按照妳教的說的。」

魏先生氣得說不出話，其他人更是默然無聲，最後鄧文倩把青桐拽到身旁，低聲規勸她。

據說，最後魏先生說她教不了這個學生，氣得拂袖離去。

雖然才來半天，但青桐的名聲已經很響亮了，眾人相信假以時日，她定會成為書院的女版「程元龍」。

有人說起青桐，便這樣說：「你知道嗎？女學館那邊來了愣得像程元龍的女孩，敢和先生對著幹。」

程元龍得知消息後，先是嘀咕一句「果然是土包子」，接著又有些感慨，他有一種終於有了「戰友」的微妙感覺。

第十八章

今日，青桐約程元龍放學後見面，實際上是跟他提向楊鎮學武的事，但其他人不明真相，有膽子大些的人還不知死活地起鬨。

程元龍白眼一翻，正欲開口怒叱，卻見青桐舉起布包輕輕地朝那起鬨的人背上一拍，和顏悅色地說道：「你可以跟來。」

被拍的人一個趔趄，險些摔倒。程元龍咧嘴一笑，好心地扶住那人，而後再拍一次。「小爺去跟師傅練功，你要來嗎？」

「不、不去。」起鬨的忍著痛，一溜煙離開了。

其他人要麼裝作看書，要麼看向別處，再沒人敢笑了。

程元龍帶著程安、程玉在前，青桐跟在身後。程元龍瞥了她一眼，提醒道：「妳怎麼連個伴讀都不帶？要不把我的丫鬟借妳用用？」

青桐想起程府的丫鬟那副高高在上的模樣，又想到白氏的話，連忙搖頭拒絕。「我娘已經去買了。」

四人很快便到了楊鎮的住處。楊鎮正領著一幫弟子在外院打拳，一看程元龍帶了個小姑娘進來，眾人便有些不樂意，但見師傅沒說什麼，他們只好閉口不言。其中有一個跟著楊鎮練了五、六年叫李洪的弟子表現得最為不滿，一雙倒三角眼斜瞪著青桐，大厚嘴唇都快咧到耳朵邊上了。

楊鎮見程元龍進來，掃了一眼淡淡說道：「去換了衣裳再來。」

程玉連忙遞上包袱，程元龍抱著衣服便朝一間草房走去。青桐習慣性地舉步跟上，程元龍臉色微紅，拿眼瞪著青桐。「妳真傻啊，我去換衣裳妳跟來幹麼？」

青桐猛然醒悟。「喔，你換衣服啊！我不幹麼，你去吧！」

程元龍哼了一聲，推門進去了。

青桐站在門外，低頭看看自己的長裙，她今日沒準備練武的衣裳怎麼辦？她正在低頭思量的時候，忽然聽見一個爽朗的女聲。「喂，妳就是那個力氣很大的林青桐？」

青桐猛一抬頭，便看見一個十二、三歲的綠衣少女正歪著頭好奇地盯著自己看，這女子生得高䠷豐腴，長臉濃眉，眉宇間有股英氣。

嗯，氣場跟自己相合，青桐默默評判道，她衝對方善意地微笑一下。「是的，妳是誰？」

綠衣少女大大方方地說道：「我叫楊木蘭。」

青桐點點頭，由衷地讚道：「好名字。」接著，她頓了一下又補充一句。「跟我的一樣好。」

楊木蘭噗哧一聲笑了出來，雙眸閃著亮光，她決定了，一定要想辦法把這個活寶留下來陪自己。

楊木蘭是個自來熟，加上這幾句話已拉近了雙方的距離，她熱情地過來拉著青桐主動說道：「妳沒來得及準備衣裳，先穿我的吧！」

青桐也沒客氣，道了聲謝便跟著她進去換衣裳。

楊木蘭帶著青桐邊走邊說道：「其實我也想跟著爹爹練功，但師兄們總說女孩子在場，他們不自在，還怕我拖累他們。哼，一會兒，妳幫我好好打壓打壓他們。」

楊木蘭說話的工夫已經翻揀出一件半舊的青色衣裙。青桐迅速換上，把裙襬稍稍一紮，倒是十分適合，楊木蘭十分高興。「太適合了，咱們走吧！」

兩人關了門正要離開，不料從旁邊屋子裡竄出一個光著膀子、身材精壯的少年，大著嗓門喊道：「木蘭，妳跟誰說話呢？」

楊木蘭嫌棄地嚷道：「二哥，你又光膀子，沒看見有女客嗎？」

「哦哦，我這就去穿衣裳。」那少年一陣風似地跑開了，青桐都沒來得及看清他的長相。

楊木蘭挽著青桐的手笑道：「妳別介意啊，我二哥那人一向不大講究。」

青桐搖頭，她介意什麼？只要身材夠好，他脫光了也沒什麼。

楊木蘭和青桐到了前院的練武場上時，楊鎮正在教弟子們使棍棒。這些弟子們拉開距離，伴隨著此起彼伏的呼喝聲，手中揮舞著一節節長短粗細不一的木棒。這些弟子們按武藝水準高低排位，排在最前的是四個大弟子，他們是有領頭和示範作用的，其中就有那個極看不上青桐的李洪。

舞了一陣，楊鎮大聲叫停，眾人齊唰唰地一起停下。

楊鎮看了青桐一眼，面無表情地說道：「妳先跟著練吧，到最後排找個位置。」楊木蘭見父親沒搭理自己，便也跟著混進去。

眾人除程元龍外，一個個都擠眉弄眼，齜牙咧嘴表示不滿，但又沒人敢直接出面反對。

那李洪憋了一股火，看了眾人一眼，又看看青桐和一旁的楊木蘭，眉頭一皺，朗聲對楊鎮說道：「師傅，不是有規矩不讓女子進武場嗎？」

楊鎮淡淡說道：「唔，她跟別的女子不同，權且破例一回吧！」

李洪還想再說，青桐聽到有人反對自己，已經穿過人群，大步躍了過來，她定定地看著李洪說道：「規矩是用來打破的，既然師傅已經同意，你還有什麼好說的？」

李洪見她如此張狂，絲毫沒把自己放在眼裡，心中已有些惱怒，冷冷地說道：「這是練武場，不是繡樓。妳一個女孩子家出現在這兒，一是於禮不合；二是會擾亂眾師弟們的精神；三是……」

青桐亦冷笑。「於禮不合？請問這禮是你定的嗎？再說，如果我能擾亂你們，那說明你們的專注力本來就不強。」

李洪有些氣急敗壞。「妳簡直是無理取鬧。」

青桐不想跟他廢話，她同時也看出很多人都不滿自己，那就當場表現一下震懾他們好了。

她劈手奪過身旁一人的棍棒，挺著胸脯，傲然說道：「你們男人就是多嘴，來來，咱們用實力說話。」

眾人瞠目結舌地看著這個呆呆傻傻的女孩子，她也太大膽了吧？李洪可是他們的二師兄呢！他五歲習武，歷經三個師傅點撥，刀槍棍棒，十八般武藝雖不說精通，但在他們中間也算是數一數二的。

楊鎮看著兩人爭執到要動手的地步，他不得不出面干涉，他出聲制止道：「休要胡鬧。」旋即他看向青桐問道：「妳以前可練過棍法？」

青桐清聲答道：「用過燒火棍。」眾人想笑而不敢笑。

青桐忽然手指著李洪。「但足以對付他。敢對一陣嗎？」

李洪被她這般挑釁，早已忍無可忍，他壓著怒火向楊鎮施了一禮，然後再向眾人拱手道：「師傅，眾師兄弟們，非是我心胸狹小，非要跟一個女子計較，只因她著實過分，師傅和眾師兄弟們放心，我點到為止，絕不傷她。」

程元龍輕哼一聲，正想幫著青桐說上幾句，誰知青桐早已大聲接過話頭。「你計較便計較了，承認心胸狹小也沒什麼，偏偏還裝大度，大度的人會揪住這點小事不放？至於『點到為止，絕不傷她』這話，等你贏了才有資格說。」

這一反駁，氣得李洪臉色發青，再也忍不住了，他連笑三聲。「好，我今日就讓妳見識見識什麼叫做真正的棒法。」

李洪說著，將衣襟掖好、繫好，手裡拿著一根手臂一樣粗、磨得光滑的榆樹棒，縱身一跳，來到場外空闊處，叉開兩腿站好，擺出一副練家子的架式。

青桐仍是那副漫不經心的模樣，倒拖著棍棒悠然走過來。

突然，她清喝一聲。「注意，開打——」

她的喊聲很突兀，動作更突兀，眾人一時都沒看清她是怎麼舉起棍棒的，她的棍棒像一條蛇似地在半空中靈活地飛舞著，呼呼的風聲在耳邊不絕於耳。李洪練了十幾年的武藝也不是白練的，他舞得極有章法，一招一式都有講究，青桐則是一點章法都沒有。

十幾個回合之後，李洪逐漸收起了輕視之心，開始認真對待起來。

圍觀的人也從起鬨到認真觀看，大多數人被青桐給震懾了，有的人還小聲議論青桐的來歷。

「這誰啊？從哪裡來的？」

程元龍得意洋洋地抱著膀子觀看著，就等著眾人來問，等到有人想起問他時，他跩跩地說道：「她嗎？跟我很熟——可我就是不告訴你。」

眾人默默翻個白眼，不再理他。

就在這時，有人呼喊道：「快看，二師兄的步法要亂了。」

眾人屏氣凝神看去，果然，李洪的步子已經開始出現亂象；再反觀青桐，她的棍棒舞得虎虎生風，快得讓人眼花繚亂，雖然仍是東出一棍、西挑一棒，亂無章法，但卻有效地將對方逼得屢屢後退。

李洪喘息連連，汗如雨下，連連退了幾十步，眼見青桐又舉棒逼上來，他又急又怒，心想，今日若是敗在一介女流手下，以後他還怎麼混？

心思一亂，他也顧不得什麼「點到為止」的規定了，他發了狠力，舉起棍棒，猛地向青桐的心窩戳來。青桐靈活一閃，像一陣風似地躲到了李洪身側，她高高舉起棍棒，學著孫大聖的口吻。「妖孽，快快受死。」

李洪大吃一驚，舉棒來擋，青桐只用了三分的力氣，輕輕地向下一劈，竟將李洪那成人手臂一樣粗的棍棒劈成兩半。

圍觀的眾人頓時譁然起來。李洪先是驚愕，接著一張臉脹成了豬肝色，青桐收回棒，再毫不費力地一戳，將已無鬥志的李洪戳倒在地。

青桐上前一步，居高臨下地看著李洪，淡淡說道：「點到為止，我絕不傷你。」

李洪滿面羞慚，繼而惱羞成怒。「妳——」

眾人再也忍不住，一齊鬨然大笑起來，其中數楊木蘭和程元龍笑得最歡暢。

圍觀的人中還多了兩個人，一個是穿衣復返的楊木昆，另一個則是閒逛路過的陸紹衡。

李洪往日在眾師弟面前頗有些威信，今日被一個小姑娘落了臉面，是又羞又憤，恨不得將臉埋起來，此時他不怪自己挑釁在前，學藝不精，反而更是怨恨青桐。

眾人譁笑幾聲，便被楊鎮揚手制止了，他肅著臉緩緩說道：「都別笑了，準備練功。」然後他轉向李洪，此時楊木昆已經把他扶了起來，李洪氣息紊亂，低頭不語。

楊鎮看著他這副樣子，不由得眉頭微皺，道：「切磋武藝有輸有贏原是正常，以往你的師兄弟們輸給你的還少嗎？男子漢大丈夫，贏得起也要輸得起，你正好反省一下，以後不可口出狂言。去吧，洗把臉再來。」

李洪翕動著嘴唇，想說什麼又說不出來，只好低著頭快步離開。

李洪離開後，楊鎮目光中帶著某種深意看向青桐，輕輕嘆了口氣道：「妳這個孩子，終究是鋒芒過露。」

青桐握著棍子朗聲答道：「可我不露鋒芒，別人就輕視我。」想她以前雖不像姊姊們是風雲人物，可也頗受尊敬，極少有當面受辱的經歷；現在可好，什麼低等雄性、弱智雌性都敢來挑釁她，此時不露鋒芒露什麼？

楊鎮只是搖頭，沒再說旁的，這時一直淡然旁觀的陸紹衡上前施禮叫道：「楊師傅。」

楊鎮臉色稍緩，衝他點頭。「紹衡來了，今日正好指點指點你的這些師弟們。」

楊鎮是陸紹衡的開蒙師傅，兩人關係一直很是親近，聽他這般說，陸紹衡也沒推辭。

「指點不敢當，與眾位一起切磋吧！」

休息片刻後，眾人各歸各位。那李洪也低著頭悄悄返回原位，他再也沒先前那種驕盛之氣，反倒是像一隻鬥敗的公雞。青桐見他這樣，越發鄙視，這人沒勝就驕，敗了便氣餒，注定成不了氣候。

陸紹衡說話間已在中央空地上拉開架式，他身材挺拔魁梧，渾身散發著凜然的英銳之氣，一雙虎目炯炯有神，聲音洪亮如鐘，難得的是他態度謙虛自牧。他先是談了自己當初學武時所走的彎路和心得，接著動手比劃演練，他教得認真，眾人學得也用心。楊鎮微笑著觀看一陣，便悄悄離開歇息去了。

陸紹衡演練了一陣，便說可以與有意願切磋的師弟們對戰練習。眾人躍躍欲試，陸紹衡挨個兒對戰，有時還加上幾句簡單的評點，現場氣氛越來越熱烈。

程元龍湊到青桐跟前，小聲說道：「包子，方才打得真好。」

青桐白了他一眼。「你能不能別叫我這個，我討厭這綽號，胖子。」

程元龍哼一聲回她個白眼。「我已經去掉『土』了，包子多好聽。」

楊木蘭也插進來談話，三人正說得熱鬧。

就聽見一個人突然高聲說道：「林師妹何不與陸師兄切磋切磋，讓我等也好開開眼界。」青桐不用抬頭，便知是誰說的，除了那個心懷不甘的李洪沒別人。

此話一出，眾人齊唰唰地看向兩人，有的人眼中已流露出興奮之光。

李洪心中盼著讓青桐出醜，好消消心頭之氣，又似笑非笑地補充了一句。「當然，陸師兄若是憐香惜玉就算了。」

陸紹衡一言不發，看了李洪一會兒，那雙銳利的眸子把他看得無所遁形。李洪不禁有些退縮，但話已出口又不能收回，他掩飾地輕咳一聲，硬著頭皮繼續說道：「那是玩笑，請師兄別介意。」

青桐不理他，一雙幽黑的眸子落落大方地看向陸紹衡，將他上上下下打量一遍，然後坦然承認道：「我目前打不過他。」

李洪不禁一怔，他沒料到青桐會這麼痛快承認，心中因敗給她而起的羞恥感多少減輕了些。呵呵，她也有不如人的地方，但是那股讓她當眾出醜的念頭越發堅定起來。

他陰陽怪氣地說道：「沒想到林師妹也有這麼謙虛的時候。」

青桐緩緩踱到人叢中，站定了，看著李洪，很是認真地糾正道：「自信和謙虛並不矛盾。我面對你時是正常的自信，對他是謙虛，你這人很容易讓人自信——無論是武藝上還是人品，汝懂否？」說到後面三個字，青桐暗自為自己擊節稱賞，她的古文越來越好了。

「懂……」李洪臉皮抽搐，心頭有股邪火亂竄一氣，好不容易才壓下來。

青桐揮舞著棍棒，對陸紹衡做出一個邀請的姿勢。「來吧，咱們戰一場，了卻他的卑微心願。」

「好。」陸紹衡很是乾脆地答道，聲音裡帶了些許笑意。

眾人一齊起鬨叫好，一下分散開來，為兩人騰出場地。
程元龍遲疑地撓著頭，不知該為誰叫陣助威。
兩人在空地中央站定，拉開架式。
「點到為止，不可傷人。」
「知道。」
兩人四目對視，等了一會兒，青桐見對方遲遲不肯動手，只得提醒道：「我的規矩是雄性優先——你先來。」
「……」陸紹衡微黑了臉。
兩人終於交上了手，這一場對戰可謂是精彩萬分。
陸紹衡功力非凡，招式穩當，棍法精湛；青桐出招奇詭，身形靈活多變。兩人半空閃展跳縱，揮打騰挪，兩根棍子，伴著風聲劈打戳挑，快如閃電，讓人眼花繚亂。兩條身影時而交錯而過，時而廝打在一起，男的如展翅大鵬、女的如雲中仙鶴，讓人目不暇給，這場對戰先不論輸贏，單就觀賞而言，已讓人感覺賞心悅目、心曠神怡。
程元龍在一旁看著，時不時喝上幾句彩；不過，他歡喜之餘又有些失落，他什麼時候也能這麼威風、瀟脫？他不由自主地低頭看看自己那圓滾滾的身材，深深嘆了口氣。減重、減重，程元龍在心中狂叫道。
大約過了小半個時辰，兩人同時停了下來。兩人面流薄汗，臉泛潮紅，對面而站，陸紹衡一雙眸子越發湛亮有神，出聲說道：「妳很有天賦，假以時日必將功力大成。」

青桐很是認真地拱手回應。「英雄所見略同。」

眾人再次哄堂大笑，這笑聲自然跟方才不同，這是一種善意的起鬨，陸紹衡也不由得跟著笑了。

唯有李洪笑不出來，他十分不識趣地問道：「請問陸師兄，這是算誰贏？」

陸紹衡灑脫笑道：「切磋而已，輸贏重要嗎？李師弟以後不要太拘泥勝敗了。」

李洪扯出一個比哭還難看的笑容。「師兄說得是。」

陸紹衡不再理會他，其他人也不怎麼搭理他，李洪形單影隻地站了一會兒，便灰溜溜地離開了。

天色已晚，眾人陸續散去，青桐自然也要離開，楊木蘭難得有脾氣相投的朋友，對她頗有些不捨。

「以後會經常見的。」青桐說道。

「說得倒是。」楊木蘭開心笑道。

陸紹衡騎著馬和程元龍及青桐一起返家，他們繞了個彎將青桐送回林府。

黃昏來臨，暮色四合，群鴉歸巢。陸紹衡抬頭望望頭頂黑壓壓的鳥群，聲音清淡。「妳一直都這麼好鬥嗎？」

程元龍以為對方問的是自己，不屑地答道：「你還不知道我嗎？我當然好鬥，鬥蛐蛐兒、鬥狗、鬥……」

他話未說完就被陸紹衡無情打斷了。「你以為我會問你這麼顯而易見的問題嗎？」

程元龍給噎得無語。

青桐這才明白他問得是自己，她坐直身子，清清嗓子答道：「你為什麼會問我這種顯而易見的問題？」

這回輪到陸紹衡被噎了。程元龍怔了片刻，拍著大腿悶笑起來，真是一報還一報啊！

程元龍激賞地看著青桐，這包子真是挽回臉面，報復對手的利器啊！他一激動，當下便脫口而出。「青桐啊，妳要是男的，小爺我就和妳拜把子。」

青桐給他提出個折衷方案。「你可以當我的綠顏知己，跟紅顏相反的那種。」

程元龍臉色發綠，幽幽說道：「綠顏……哼，妳想得倒美。」

時間在兩兄弟交錯黑臉被噎的過程中飛速流逝，路到了盡頭，三人的對話還遠遠未盡。

青桐到家時，天已經全黑了，碧梧院裡早點了燈燭，白氏等人做好了晚飯等著她。

林安源更是早早候在牆邊，仰著小臉巴巴地等著，弄得翻牆而入的青桐差點踩著他的腦袋。

青桐跳進來，揉揉他的頭髮。「你能不能別站在這裡？要是一腳把你踩壞了可怎麼辦？」

林安源笑道：「不會的，姊姊不會踩我的。」

青桐牽著他進屋，兩人一進來，就有兩個眼生的丫鬟迎上來端水擰帕，好讓青桐擦臉。

白氏笑指著兩人說道：「這是白嬤嬤幫妳挑的丫鬟，妳一會兒給取個名吧！」

青桐側頭打量著兩人，一個十歲左右，身量尚小，生得圓臉圓眼，一張略顯黯黃的臉上分布著幾顆雀斑，顯得樸實可愛；另一個十二、三歲，鴨蛋臉，大眼睛，雖未完全長開，但已能看出其秀麗的姿色。青桐點點頭，大體還算滿意，前者看上去很安分樸素；後者，她暫時看不出別的。

青桐掃了一眼被月光籠罩的院子，靈機一動給她們取了兩個自以為很好聽的名字。「妳們就叫喇叭花和灰灰菜吧！」

青桐話音一落，兩人面面相覷，一臉震驚。

白氏和白嬤嬤等人也怔住了，她們著實沒想到青桐取名的本領這麼……與眾不同。

白氏委婉地提醒她。「這……還是換一個吧！」

青桐只好妥協。「那就多取個學名，一個叫桑葚一個叫白果。」

白氏覺得相比前者，已經算是好的了，便點頭同意。

解決完丫鬟的取名事宜，眾人便準備吃飯了。白氏笑咪咪地給一雙兒女布菜盛飯，而白嬤嬤等人忙活完後，青桐便打發她們在另一桌吃飯。

白氏胃口不大，為了陪青桐吃飯，她吃得極慢。他們也沒有「食不言」的規矩，白氏邊吃邊跟青桐叨嘮這一日所發生的事情。

「妳去學堂後，妳爹新納的那個玉姨娘來了，坐了好一陣子，還送來了一疋天青色的緞子，我拒絕不得，只好收下了。她才剛走，隨後周姨娘帶著淑妍也來了……」

青桐問道：「沒人欺負你們吧？」

白氏忙回答。「當然沒有。不過……」白氏又道：「我心裡頭就是不踏實。」

青桐將大碗公裡的飯菜扒拉乾淨，慢悠悠地說道：「妳一定要踏實，同時，還要讓敵人不踏實。」

不知黃氏現在踏實否？她替她準備的「高麗村毀容膏」不知她是否收到了？青桐突發奇想，如果她將這個消息透露給那個玉姨娘會怎麼樣？青桐火速翻開桌上的《孫子兵法》找到「借刀殺人」一計，就著燭光看了一會兒，拍板定案。

夜深人靜，青桐待院裡眾人入睡以後，悄悄爬起來，竄上屋頂去探敵情。她照例先去看黃氏，林世榮最近剛得了新人，哪有工夫搭理黃氏？而且，她一臉的紅點讓人瞧著倒胃口，林世榮連多看兩眼都覺得煩。

青桐掀開那片活動的瓦片朝下看時，只見房中燭影搖曳，黃氏和衣半躺在美人榻上，金嬤嬤正往她臉上塗著什麼東西。

主僕兩人偶爾說上幾句話，聲音不大，但青桐聽力極好，她能聽到個七、八分。

金嬤嬤說道：「太太，您這臉不知何時才能好，這兩天老爺一直宿在那個賤人房裡，這樣下去該如何是好。老奴還聽說，那賤人到處走動，紫蘇院和碧梧院都去過了，她初來就想拉攏人心，真是可笑。」

黃氏的聲音透著一股陰冷。「我看她得意到幾時，拉攏人心，哼，這樣也好，省得我要一個個地費心。」

說到這裡，黃氏突然問道：「大小姐這兩日怎樣？」

金嬤嬤想到青桐，語氣不由得一滯。「太太要老奴說，大小姐的事還先放到一邊，畢竟，眼下最要緊的是聽雪堂那位。」

黃氏輕輕一笑道：「嬤嬤放心，我自有分寸。」

兩人繼續絮叨，但大多都是無用的家常對話，青桐聽得直打哈欠，她正想離開，忽聽得金嬤嬤話鋒一轉道：「太太，老奴瞧著老爺最近怎麼跟往常不一樣？好似有恃無恐一般……」

金嬤嬤的疑問很正常，林家人丁單薄，林世榮無依無靠，開始還指望著黃家提攜，所以起初幾年，他對黃氏是百依百順，甜言蜜語，如今卻是敷衍冷落，氣焰漸長。

黃氏咬牙冷笑。「他當然有恃無恐，聽說他是攀上了燕王。」

金嬤嬤失聲叫道：「老天，老爺是怎麼搭上線的？」

「說起來可笑，那何九爺搭上了燕王身邊的近侍劉公公，咱們老爺又跟何九爺交好……」

青桐側耳傾聽，顯然兩人知道得也不多，她聽到的很有限。

青桐在屋頂貓了一會兒，輕手輕腳地離開，本打算去聽雪堂走一遭，可惜的是墨雲、墨畫兩人警醒，險些被他們發現，她只好無功而返。長夜漫漫，無心睡眠，青桐找了偏僻場地練了一個時辰的功夫才回去睡覺。

時光靜靜流逝，青桐的生活逐漸開始規律起來。她每日天未亮即起，先練半個時辰的功夫然後讀書，稍歇息一會兒，開始吃朝食，時辰一到便帶著喇叭花和灰灰菜去學堂讀書，下了學後便去楊師傅那兒習武。

喇叭花和灰灰菜雖有學名，但不知怎地，這兩個奇葩名字早已傳到眾人耳中，學裡的小姐、丫鬟們見了兩人便笑著調侃一番，青桐坦然承認，索性不再改名。

這日學裡休假，青桐便偷懶多睡了會兒，只聽喇叭花來報說：「玉姨娘來了。」

青桐伸伸懶腰，起身簡單梳洗完畢，那玉冰清便帶著一陣香風，嫋嫋娜娜地進來了。

「我的大小姐妳可起來了，讓我好等。」

青桐聽到她這又酥又嗲的聲音，背上直起雞皮疙瘩。

玉冰清，玉潔冰清，這名字裝得清純，讓青桐不禁多看了一眼玉冰清，發現她兩眼帶著媚惑之意，一舉一動都帶著風情，頓時對她以前的職業產生了疑問。

轉念一想，這也不關她的事，青桐聲音平淡。「玉姨娘，妳三番兩次地示好是什麼目的？」

玉冰清掩嘴嬌笑。「瞧大小姐說的，我好歹也算是妳的長輩，聽說妳小時候沒少受苦，這不心疼妳嗎？能有什麼目的。」

青桐雖然看了不少兵法，但一時半刻還是學不會這種曲裡拐彎、話裡有話的說話方式，她只好按照自己的方式直截了當地說道：「妳不用說我也知道，敵人的敵人就是朋友嘛。」

聞言，玉冰清再笑。

青桐伸手從床上的多寶格裡拿出一包藥粉。「喏，這是上次用剩下的，用上一次管一個月，算著時間快到了。」

黃氏對那張臉在意得很，青桐本來買通了一個江湖遊醫，然後假裝與之接觸，想讓黃氏上當；誰知黃氏藥是買了，但她並沒有自己用，而是先讓身邊的幾個丫鬟試用了十幾次，結果試出了問題，便再不敢用。她當機立斷派人去抓那個江湖郎中，好在對方的跑路本領非同一般，一聽到風聲便立即撤退了。

青桐的計劃暫時落空，奇怪的是黃氏一時半刻也沒來找她的麻煩；不過，她是個居安思危的人，她覺得黃氏還是太閒了，她想多找點分散精力的事情給黃氏做，省得總被她干擾自己的發育成長。

這下子，她正想打瞌睡就有人來送枕頭了。

玉冰清捏了捏青桐給她的紙包，打開一角輕輕嗅了嗅，似笑非笑地說道：「大小姐在這方面還是嫩了些，這藥太普通了。」對於各式藥物，她算是半個行家。

「哦，那妳就看著添加吧！順便勻給我一份。」

「好的。」

兩個人暫時達成了協議。

玉冰清剛離開碧梧院，灰灰菜便急匆匆地捧著一張帖子跑進來說道：「姑娘，這是鄧小姐下的帖子。」青桐接過一看，原來是鄧文倩邀請她一起去南山郊遊。那就去吧，既是郊遊就要穿得簡單方便些，青桐隨意穿了一身素淨的家常衣裳，讓白嬤嬤準備了一籃子簡單吃食，帶著喇叭花和灰灰菜便出發了。

半個時辰後，三人下了馬車，到了帖子上說的集合地點。青桐下車一看，見眾人已大致聚齊。那些盛裝打扮、穿紅著綠的女孩子們三三兩兩地聚在一起說笑寒暄，十幾匹毛色各異的馬兒正在悠閒地吃著草。

仇人相見，格外眼尖，黃雅芙和鍾靈最先發現了青桐的身影，兩人默契地使了個眼色，黃雅芙起身笑問道：「青桐表妹，妳是怎麼來的？」

青桐淡然答道：「用雙腳走來的。」

黃雅芙打量了一眼青桐那身樸素的衣裳，嘴角一彎，繼續別有深意地追問道：「聽說妳最近很是用功，想必今年十月的大考定能一鳴驚人。」

青桐懶得跟她廢話，冷淡地說道：「驚不驚人，妳到時不就知道了？」

黃雅芙有備而來，對她的冷漠並不放在心上，拿話相激道：「琴棋書畫，妹妹似乎並不擅長，現在用功也來不及了，剩下的便是騎射算術之類了；除了射箭之外，妹妹還會什麼？妳騎過馬嗎？」

大晉的風氣還算開放，對女子的束縛並不算多，不少貴族女子都善於騎馬。鍾靈雖出生於文官之家，但騎術卻很了得，黃雅芙深知這一點，所以打算投其所好，先殺殺青桐的威風。

青桐拈著一塊點心送入口中，實話實說。「沒騎過馬，倒是騎過牛、豬以及人。」

她的回答照例引起一陣笑聲。

鄧文倩輕輕晃著明珠耳環，溫婉笑道：「雅芙，這場郊遊是我和大哥發起的，妳們別胡鬧，青桐還沒來得及學習騎馬，妳可別激她。」

黃雅芙聽出鄧文倩話中的警告之意，忙笑道：「我這不是在問她有沒有騎過嗎？這是我的不是，忘了她以前是在鄉下長大，還以為她學過騎術呢！」

她們正說著話，忽見草地那端來了一大群騎著高頭大馬的少年，眾姑娘的目光立即被吸引了過去。

黃雅芙像換了張臉似的，飛快地收起了方才的張揚刻薄，變得文靜而嬌羞；那鍾靈也是雙眸發亮，只有鄧文倩仍舊平靜如常。

青桐看看眾人，默默想道：這便是書上說的，人類的發春了。

她百無聊賴地給他們進行雌雄配對。

黃雅芙看上的是狄君端；鍾靈的是……青桐的一雙眼睛在人群中搜索著，結果碰到了另一個熟人——陸紹衡，兩人的目光在半空交錯，又飛快分開。她繼續配，下一個鍾秀，沒找到匹配的；鄧文倩太深沈，看不出她對哪個有意。

咦？胖子怎麼沒來？青桐剛想起程元龍，便聽見不遠處傳來一陣囂張的叫喊聲。「讓一讓，小爺來也。」

程元龍策馬駛入人們的視線，緊跟在他身後的是何景賢和黃啟功。程玉和程安一人帶著一個大食籃子，各騎著一匹矮馬跟在後頭。

程元龍扶著程玉下了馬，目光在人群中搜索一圈，看到青桐時，嘴角上揚，瞇著眼笑了一笑，接著他很大方地擺手吩咐程安。「去，把這籃吃食拿過去給她們嚐嚐。」

程安走過來放下食籃子，眾人興致缺缺地掃了一眼，見裡面全是燒雞、烤鵝之類的熟食，還是整隻的，她們個個都嫌油膩，撇過臉去不作理會；青桐卻十分高興，於是她取出懷中的小刀，一塊、一塊地割著吃。陸紹衡飛快地瞥了青桐一眼，臉上浮現淺淺的笑意，接著跟身旁的人說話。

鍾靈一邊跟黃雅芙和鄧文倩說話，一邊用眼睛的餘光瞄著那邊。鍾秀看著姊姊那樣，很是善解人意地提議道：「這樣乾坐著怪悶的，不如咱們比賽騎馬如何？」說著，她悄悄對鍾靈附耳說道：「好姊姊，那陸紹衡是從小在邊關長大，聽說最喜歡豪爽大氣的女孩子。」

鍾靈臉頰飛紅，小聲責怪鍾秀。「可惡的小鬼頭。」

黃雅芙做為稱職的跟班自然積極回應鍾秀，為了襯托鍾靈的豪爽大氣，她還特地拉上沒騎過馬的青桐。「哦，我又忘了，妳從來沒騎過馬，那妳在旁邊看著吧！」

青桐沒法告訴黃雅芙，她在地球沒騎過馬不假，但她在母星時，別說活馬，連鐵馬、金馬、機器馬都騎過。

她看鍾靈和黃雅芙不順眼，打擊她們自然是一大樂事。

就在鍾靈躍躍欲試，準備用英姿颯爽的騎術贏得某人的注意時，青桐抹抹充滿油光的嘴角，拍著衣服上的草屑，霍然起身說道：「我願與妳一比。」

眾人驚詫地看著她，先前還說只騎過豬，怎麼這會兒又要比賽了？

青桐用平靜的口吻說出讓對手氣得吐血的一句話。「雖然沒騎過，但對付她已綽綽有餘。」

鍾靈壓抑著怒火，正欲開口，鍾秀已代她說了。「呵，好大的口氣，那就比吧！林大小姐請先挑馬。」

青桐掃了一眼眾馬，不是矮就是弱，她的目光很快掃向了男子們那邊。眾少年們也聽說了她們要賽馬，群情不由得激憤起來。

程元龍是一個唯恐天下不亂的主兒，他大聲為青桐叫好，並大方地貢獻出自己的坐騎——一匹全身火紅名叫飛紅的汗血好馬。

「不可。」

「不行。」

吵吵鬧鬧中，兩道反對的聲音幾乎同時發出。

眾人一怔，卻見這兩人是陸紹衡和狄君端。

狄君端神色溫和地看向青桐，語氣卻頗為堅決。「妳以前從未騎過馬，不知騎馬的危險之處，不能兒戲。」

陸紹衡不像狄君端那麼客氣，他用有些不客氣的語調說道：「請先把騎術練好再來挑戰。」

青桐神色平靜地衝兩人點點頭，算是招呼致意，接著一言不發，從程元龍手中接過韁繩，然後縱身一躍，乾脆俐落地翻身上馬，一臉挑釁地看著鍾靈。「選馬吧！」

程元龍這時也有些緊張起來，他訕訕著說道：「那誰，包子，妳要真不會騎就算了，面子以後再掙回來就是，不要緊的。」

青桐低頭回答。「要緊，我不能輸給自己鄙夷的人。」

鍾靈和鍾秀氣得險些吐血。

鍾靈微沈著臉上了馬，黃雅芙早讓人騎馬在草地的另一端繫上一條紅綢帶，規定誰先奪得紅綢帶便算誰贏。

程玉幫著用刀在地上劃出了一道線，兩人勒馬上前站在線後，靜等程安發出信號。就在這時青桐突然問道：「等等，請問如果她摔傷了我不用負責吧？」

鍾靈惱怒地瞪了她一眼，壓著火氣道：「那是當然，同樣，妳摔傷了也跟我無干。」

「好，擊掌為誓。」

鍾靈無奈，只好伸出右掌與她擊掌，哪知青桐指的卻是腳掌。「哦，忘了說，我指的是腳掌。」鍾靈隱忍不發，一張俏臉氣得通紅。

圍觀的眾人格格大笑，狄君端卻是憂心忡忡地看著青桐，無奈地搖頭。陸紹衡低頭吩咐了兩個小廝一聲，兩人悄悄跟了上去。

一切準備就緒，程安發出響亮的信號，兩人同時風馳電掣地飛馳而去。鍾靈騎術嫻熟，一馬當先，衝在了前頭，青桐不慌不忙地追了上去，兩人有時齊頭並進，有時錯開數步，一時難分伯仲。

鍾靈本以為以自己精湛的騎術，能甩開青桐一大段距離，哪裡想到她會這樣緊追不捨，心下不由得著急起來。

那些少男、少女們一起湧到山地四周的高坡上，興致勃勃地觀看比賽，有的人大聲鼓掌叫好，現場氣氛越來越熱烈。黃雅芙本來想大聲為鍾靈激勵，但看到心上人在旁邊，於是大聲變成好秀氣的小聲；而鍾秀現在是無慾則剛，女子中數她叫得最響亮，一旁程元龍比她喊得更響，兩人像是在比賽一般。

豔紅的綢帶在風中飛舞，終點越來越近了。鍾靈望著前路，忽然心生一計，調轉馬頭朝著一個大水坑的方向騎去。她們原本可以繞過這個水坑，但鍾靈仗著自己騎術高超，自信能越過這個水坑。

眾人在高處看得分明，不禁暗暗為兩人捏一把汗。狄君端連連搖頭，一臉焦急地叫一個親隨小廝前去接應。

程元龍緊張得直捶打大腿，陸紹衡則故作輕鬆地對程元龍說道：「也好，縱使落水也摔得不重。」

鍾靈夾緊馬腹，拽緊韁繩，揚鞭策馬試圖飛躍這個水坑；青桐搶先一步，高喝一聲。

「給我飛——」

飛紅揚首嘶鳴，四蹄騰空，一道紅影閃過，飛躍而去，穩穩地落在水坑邊緣。青桐略略回頭看一眼鍾靈，只聽得「撲通」一聲巨響，鍾靈連人帶馬一起落入了大水坑中，濺了青桐一身水花。

青桐快騎一陣，伸手取得了紅綢帶，再回頭，翻身下馬去拉鍾靈。這時眾人已經湧了上來，鍾家的幾個侍女已經把鍾靈拉了上來。

幸而鍾靈並未受大傷，但此時全身濕透，一身泥水，顯得狼狽不堪，鄧文倩忙讓人帶她到附近的農戶家裡更衣梳洗。相較於狼狽的鍾靈，青桐這個冠軍暫時無人關注。

這會兒陸紹衡卻悄悄移到青桐身邊，說道：「我看妳這無窮無盡的精力似乎無處發洩，不如來幫我一個忙如何？」

第十九章

聽到陸紹衡的建議，青桐拒絕得很乾脆。「不，我忙得很。」而且她有些不爽對方的那種語氣。「你的意思是我閒得沒事幹，才跟這種人比？那你說說遇到這種情況我該怎麼辦？用袖子捣著嘴格格笑幾聲岔開話題？還是用我這雙如秋水般的大眼睛，可憐兮兮地看著你們等待垂憐？」

「……」陸紹衡被噎了一下。

青桐很響亮地哼了一聲，兩眼望天，不再理他。

陸紹衡似乎想起了什麼正欲開口，卻見程元龍走了過來，他臉上流露出一副與有榮焉的神情，笑咪咪地看著青桐，又拍了拍自己的馬。「不愧是小爺的坐騎，好樣兒的。」

陸紹衡這時又問道：「請問，妳都忙些什麼？」

青桐手指著正被眾人簇擁著走過來的鍾靈說道：「我要練習琴棋書畫、學習六藝，還要順便贏了鍾靈。」

陸紹衡不由得笑了，京城裡的女孩子們學習琴棋書畫是從小浸淫，多年用功，豈是她短時間內就可以追趕上的。

「我建議妳還是別抱著這種心思，不如跟我一起將此案偵破，這也算功勛一件，而且我可以順便教妳如何贏得這場考試。」

程元龍看看兩人，剛要插話，鍾靈和鍾秀她們已經走了過來。

鍾靈換了一身水紅衣裙，頭髮已經簡單梳過，略施脂粉，顯得清麗水靈，她並沒有來找青桐興師問罪，相反卻朝她盈盈一笑，柔聲說道：「青桐妹妹別見怪，方才我是一時興起才要與妳比試，妳怎麼樣？有沒有受傷？」

青桐怔了片刻，鍾靈對她惡語相向她不奇怪，但突然這麼客氣，她反而有些不自在。

程元龍不像青桐反應那麼慢，他自然知道對方是醉翁之意不在酒，露出兩排白亮的牙齒衝著鍾靈一笑。「哎喲，小爺一來，女孩們都變溫柔了，真是最難消受美人恩吶！」

眾人無言以對。鍾靈俏臉飛紅，暗咬銀牙，心說這人真夠無恥。

鍾秀年少氣盛，可不管那麼多，她快人快語道：「程少爺，我看你想多了吧！」

程元龍不屑地瞥她一眼道：「妳放心吧，小爺可沒把妳算進去，我喜歡白皙的美人，一白遮百醜嘛。」

鍾秀臉現怒容，她最大的遺憾就是膚色有些黑，此時被程元龍戳中痛腳，氣得杏眼圓睜，一雙明眸噴著怒火。

陸紹衡沈聲制止程元龍。「元龍住口，以後不許再說這些上不了檯面的損人話。」說罷，他向鍾秀略一拱手道：「元龍一向喜開玩笑，請鍾二姑娘不要計較。」

鍾靈嫣然一笑，代替妹妹說聲沒關係，趕緊轉過臉勸慰鍾秀。鍾秀雖然憤怒但也不敢真和程元龍徹底撕破臉，只好順著陸紹衡這個臺階下了。

程元龍沒再理她，翻著白眼，哼著小曲，對青桐說道：「包子，走，咱們去打獵，留在這兒沒勁。」

青桐沒有馬，程元龍當即吩咐程玉把他的馬牽過來，這匹馬自然比不上程元龍的那匹，但也不錯了。

青桐翻身上馬，取出小弓箭，跟著程元龍朝林中奔馳而去。

陸紹衡頓了頓，隨即策馬跟上，其他人也尾隨其後，眾人浩浩蕩蕩向林中騎去。女孩子們有的摘花，有的坐在草地上閒聊，有的在下棋，還有的在耐心等待其中一部分人回來。

陸紹衡見青桐騎術高超，箭法精準，不禁暗自激賞，當青桐接連射下一松雞和一野兔時，他脫口而出道：「若妳是男子，我定要帶妳去邊關歷練一番。」

青桐在母星時也曾服過兩年兵役，對他的說法頗感興趣。「邊關要打仗嗎？」

一聽到打仗，陸紹衡的臉色不禁一沈。程元龍皺了皺眉接過話頭，道：「漠北那幫蠻夷又不安分了？」

陸紹衡不欲多說，只乘機勸程元龍。「先不說那些了，爺爺和父親都不放心你，你以後安分些，別再像以前那樣了。」

程元龍不服氣地昂頭爭辯道：「我哪樣了？我又沒強搶民女，也沒當街殺人。」

眼看著兩人話題要歪樓，青桐有些不滿，她咳嗽一聲提醒兩人。

陸紹衡隨即反應過來，道：「打仗跟妳們女子也沒什麼干係，妳不用操心這些。」

青桐滿臉地不贊同。「怎麼會沒干係？我無論是智力還是武力都比你們強，我既然駕臨你們這裡，理所當然地當擔負起一分責任。」

陸紹衡和程元龍相視苦笑，都沒接話。

狩獵進行了一個時辰便草草結束了，程元龍和青桐都嫌不過癮，三人滿載而歸，其他人也各有收穫。

當眾人回到草場時，青桐正好看到狄君端，對方衝她微笑著點點頭。青桐見他空手而歸，大方地把一隻帶血的七彩山雞送給他，狄君端微微一驚，然後笑著收下了。程元龍不知怎地，一看到這人就不順眼，青桐看他臉色不好，以為他也想要，便送了他一隻野兔。

程元龍策馬擠到兩人中間，用挑釁的語氣對狄君端說道：「狄公子，真是可惜啊，沒想到你打活物準頭這麼差，要不要小爺賞你一隻獵物？」

狄君端只是微微一笑，並不在意程元龍的挑釁，但他身邊的朋友卻忍不住幫腔。「程公子有所不知，狄賢弟非不能也，而是不願意傷害牠們的性命。」

「不願傷害野獸？那你平常可吃葷菜？難道因為看不見就不算傷害？真是虛偽矯飾。」

陸紹衡再次趕來救場解釋，狄君端大度地一笑，兩人隨口攀談起來。

那邊的女孩子們也聽到了他們的爭執，黃雅芙忍不住為狄君端打抱不平。「程公子真是有些過分，狄公子那麼寬容大度的人他也不放過。」
鍾靈接道：「真是難為陸公子了，總為他這個表弟收拾爛攤子。」
鍾秀小聲說道：「那個姓程的跟姓林的一樣討人厭，只希望下次出來遊玩時，別再看到他們。」
此時太陽西斜，眾人開始收拾東西準備歸家。那些小廝、丫鬟們收拾毯子、帳幕，有的趁著這會兒工夫在採摘野花、野果，眾小姐們站在一處說話。青桐讓喇叭花和灰灰菜各拎著一串獵物，她自己也沒空著手，黃雅芙和鍾靈等人嫌惡地閃到一邊，用手帕搧著風，嫌棄獵物的血腥味，青桐懶得理會她們。
陸紹衡等人在她們身後不遠不近地跟著，他們本來是要一起入城，但沒走多遠，一個小兵模樣的男子騎著一匹快馬來報。陸紹衡臉色微變，當即跟眾人拱手告辭，帶著親隨小廝飛快離開。程元龍心中好奇，稍一遲疑也策馬跟了上去。
陸紹衡繃著臉說道：「你來幹麼？我有急事，你先回吧！」
程元龍越發好奇。「到底什麼事？我也能幫你。」
陸紹衡剛要說話，忽聽得身後樹林中傳來一陣不同尋常的喀嚓聲，陸紹衡扣馬聆聽，只覺得那種詭異的聲響越來越近。
他大聲叫道：「不好，有獸群。」
程元龍也愣住了，他隨即反應過來。「不可能，這又不是深山。」

陸紹衡沒時間解釋，他略略一想，毅然掉轉馬頭，他要辦的事情是要緊，但救人更要緊。他們火速往回趕去，沒走多遠，便聽得前方傳來一陣刺破耳膜的尖叫聲。「啊——救命——」

接著是人喊馬嘶，空氣中傳來一陣陣難聞的腥臊味和血腥味道。

程元龍失聲喊道：「青桐在那裡——」

眾人誰也沒再說話，只是拚命策馬快行。等他們到了事發地點，不由得呆住了。

一群受了傷的野豬正發了瘋似地橫衝直撞，為首的幾頭是足足有三、四百斤、長著長獠牙的野公豬，牠們遇樹撞樹、遇馬撞馬，地上已經躺了三、四匹受傷的馬。那些人有的跑開了，沒來得及離開的幾個女孩子正瑟瑟發抖地躲在樹上，狄君端他們一幫少年正舉著刀劍左突右砍，有的衣裳被撕爛，有的身上受了傷、掛了彩。

陸紹衡等人很快也加入了這場戰爭，他們或是拉弓射箭，或是舉刀猛砍。

程元龍比較關心的是青桐的安危，他大聲喊道：「土包子，妳在哪兒？」

「我在這裡。」

青桐很快便有了回應了，程元龍抬眼看去，聲音是從一棵樹上傳來的。

青桐的話音一落，又有兩隻大野豬衝了過來，牠們不要命似地用身子撞樹，用獠牙咬樹幹。那棵不大粗的樹被折騰得搖搖欲墜，同在樹上的黃雅芙和鍾靈嚇得尖聲大叫；鄧文倩稍好些，沒叫出聲，只是拚命咬著唇，身子劇烈地顫抖著。

陸紹衡拉開弓向樹下的野豬射去，可惜野豬皮糙肉厚，尋常的弓箭對牠們沒什麼殺傷力。野豬繼續啃咬撞擊樹幹，樹搖晃了幾下，鍾靈和喇叭花一個沒抓穩，兩人幾乎同時慘叫著從樹上摔落下來。

她們爬得不高，而且樹下又是鬆軟的草地，只要不觸及要害，摔傷不是問題，但可怕的是地上還有野豬。「咚、咚」兩聲巨響，兩人摔落在地，樹下的野豬怔了片刻，接著張開臭烘烘的大嘴要來撕扯兩人。

其他人都被野豬圍攻，他們自顧不暇，哪裡能趕過來相救，程元龍和陸紹衡又離得遠，他們只能焦急地一邊射箭、一邊往這裡突圍。

眾人幾乎不忍目睹這一幕慘景，樹上的幾個女孩子更是失聲哭叫。

就在這千鈞一髮之際，從樹上飄下一個青色的身影，青桐右手握著一把閃著寒光的匕首，穩穩地落在那頭最大的野豬背上，緊緊抓住牠的耳朵。

大野豬不停地掙扎亂甩，試圖把她甩開，青桐乘機舉刀快準狠地插進牠的左眼。後面幾頭野豬，齊湧上來圍攻大野豬背上的青桐，那大野豬眼睛被扎了吃痛，拚命地猛甩亂撞。

青桐被甩落在地，連忙爬起來繼續再戰，身形不斷閃躲，邊躲邊拉弓，連射三箭，箭箭射入野豬的眼睛。那隻大野豬已經全瞎了，牠像瘋了似地亂撞亂咬，豬群大約是沒了指揮也跟著亂了套。這時眾人反應過來，齊心協力地拚殺，陸紹衡和程元龍也趕了過來，陸家小廝則將昏死過去的鍾靈和喇叭花挪到安全地帶。

青桐在地上撿了一把劍，重新殺入野豬群，連斬三隻最凶猛的野豬，豬群沒了領袖又遭此重創，再無戀戰之意，紛紛竄入樹林，四散奔逃。

眾人互相看著，喘著氣，無不流露出一副劫後餘生的慶幸。他們還沒來得及說話，卻聽得樹林中又有了動靜，眾人剛剛鬆懈下來的神經又開始緊繃起來。

「哈哈，好好，真沒想到你們中原也有這麼勇敢的女子。」

眾人一怔，不解地循著聲音望去。就見那林中走出一群身著奇裝異服、頭上紮著小辮、腰掛大刀的男子，為首的是一個黝黑健壯的青年男子。

青桐看著眼前這幫人，為首的男子深目高鼻，高大威猛，氣勢十分剽悍凌厲，有點像她在村裡見到的那隻十分凶猛的中華田園犬。

陸紹衡上前一步，客氣地拱拱手。「請問，諸位是……」

那領頭的男子生硬地還了個禮，說他們是商人，今日天氣晴好，來林中狩獵，遇上一群野豬便在後面追趕，不想竟讓野豬衝撞了他們。

陸紹衡犀利的目光在這人身上打了個轉，只覺此人不簡單，心中並不信他的說辭，面上微微笑道：「原來如此。大晉可不比塞外地廣人稀，可任意馳騁狩獵，這裡人煙密集，還請諸位以後多加小心，切勿傷了百姓。」

青年頭領哈哈一笑沒接什麼話，他的目光越過眾人停在一身血跡的青桐身上，朗聲問道：「敢問這位姑娘芳名？」

青桐習慣性地反問道：「你呢？」

男子放聲大笑。「在下胡嚴申。」

青桐點點頭表示知道。「哦。」

胡嚴申還想再次追問，程元龍搶先答道：「我們中原跟你們不同，女孩家的閨名是不能隨便告訴別人的。」

胡嚴申略一沈吟，但也識趣地沒再追問。

雙方還在這兒大眼瞪小眼，彼此說些試探的廢話，就聽見有人喊道：「鍾姑娘和、和喇叭花醒了。」

聽到這個名字，若不是場合不適合，眾人肯定忍不住又要笑。

青桐趕緊回身去看兩人，陸紹衡等人緊隨其後，那群異族商人亦跟上看熱鬧。

喇叭花的腳扭傷了，但看上去沒有大礙；鍾靈倒有些嚴重了，她的右臂摔傷了，醒來後便感到鑽心得疼。黃雅芙此時正蹲在她旁邊，柔聲地安慰，難過得險些掉眼淚。

眾人圍攏上來，狄君端站在人群外說道：「我們趕緊入城找大夫吧！」

鍾靈突然抬起眼睛，在人群中掃了一圈，驀地狠狠盯著青桐，大聲嚷道：「是妳推我下來的？」當時她從樹杈上掉落時，感覺有人推了她一把，她雖沒看清是誰，但在樹上五人中，她跟青桐最不對盤，所以理所當然地懷疑上她。

青桐冷冷地盯著她，不等她開口駁斥，喇叭花已經先開口了。「鍾姑娘，妳好好想一想，若是我家小姐有心置妳於死地，她當初何必要冒險托妳上樹？以她的能力，她本可以和鍾二姑娘一樣騎馬逃離險地，若是她做的，她又何必冒死跳下樹來救我們，她大可以待在樹上不動。」

喇叭花這兩句質問，堵得鍾靈一時說不出話來。

眾人也紛紛勸說鍾靈不要胡亂懷疑，黃雅芙也輕聲勸道：「是啊，靈姊姊，妳別多想，青桐妹妹不是那種人，她不可能因為要妳退出考試而想出這等陰狠的法子。」

此話一出，鍾靈剛剛壓下去的懷疑又重新湧了上來，是啊，她的右臂傷了便沒法再和青桐比賽了；她甚至不知道自己的胳膊還能不能恢復原樣，一時間又氣又怕，理智頓失，再次厲聲嚷道：「林青桐，就是妳！妳怕輸給我，還想當著眾人的面出風頭，博得救命恩人的美名——」

程元龍被氣笑了，他冷笑道：「這姑娘不是腦袋也摔壞了吧？」

陸紹衡道：「扶著她上馬車，快些進城。」

青桐突然道：「我想我知道是誰推她了，要不要我給妳模擬一下當時的場景？」

她的目光定定地看著黃雅芙，黃雅芙硬撐著與她對視，一臉委屈地道：「青桐表妹，妳這是什麼意思？」

青桐淡然一笑。「什麼意思妳心裡明白，請鍾靈傷好後，好好想吧！」

唯恐耽誤鍾靈的傷勢，陸紹衡同那群異族商人說了幾句話，雙方便分道揚鑣。

眾人一路無話迅速往城中趕去，半路上遇到了幸運逃脫的鍾秀和幾個少年。鍾秀樣子還好，而那幾個少年臉上多少有些羞愧之色，畢竟危險來臨時，丟下女眷和同伴逃走很是有些不厚道。

進城後，鍾靈執意先回家，眾人只得送她回鍾府；青桐則帶著喇叭花和灰灰菜找了家醫館包紮了一下。

喇叭花心有餘悸地說道：「今日奴婢本以為沒命了，多虧了小姐。」

灰灰菜在旁邊接道：「是啊，奴婢當時嚇得都叫不出來了。」灰灰菜是農家出身，當時野豬來襲時，青桐第一時間命令她們上樹。灰灰菜和幾個會爬樹的婢女不費力氣地便攀上了離她們最近的一棵樹，青桐她們也選了一棵就近的樹爬上去，其中鄧文倩和鍾靈還是青桐托上去的。

「現在知道習武的好處了嗎？以後都給我好好練。」

兩人異口同聲。「是，小姐。」

眾人回到家，白氏等人得知後，免不了又是一陣後怕。沒過兩天，青桐的威名便傳揚開了，她現在的名聲是毀譽參半。

與此同時，林府也發生了一件讓青桐喜聞樂見的事，那便是黃氏險些毀容了。青桐也不知道那個玉冰清到底使得什麼手段，讓黃氏臉上的傷疤越發嚴重，甚至不敢出門，據說葳蕤院裡已經砸壞無數銅鏡。容貌一毀，林世榮更有理由不去黃氏房裡，這兩人都不是省油的燈，他們一天三吵、兩天一鬧，弄得整個林府整日雞飛狗跳。

黃氏如今也顧不上搭理碧梧院的人了，她的當務之急是要除去玉冰清，為此她甚至和周姨娘聯手；但周姨娘為人狡猾，她從來都不肯明確地選邊站，只是小心周旋其中，有利便沾，淺嚐輒止。

夏去秋來，到了九月掄才時，鍾靈臂傷未癒，和青桐的賭約也只能失效。在考試中，青桐取得騎、射第一名，其他幾門成績只是平平，其中禮儀這門眾望所歸地得到倒數第一。

韶光荏苒，轉眼間，五年過去了。

青桐從一個呆呆的女童長成了一個亭亭玉立、呆呆的少女，而她的戰友程元龍由於禁受不住父親的逼親，跟著陸紹衡一起到邊關去了。

說到陸紹衡，青桐還幫過他一次忙。她扮成一個逃荒女孩，吸引了人販子的注意，打入敵人內部，一舉摧毀了人販子位於京郊的最大巢穴，再次獲得了一些民間及官方榮譽。

青桐正半躺在梧桐樹下的竹椅上閉目養神，便聽到林安源的呼喚聲。「姊姊，妳猜誰給我寫信了？」

青桐打了個呵欠，懶懶地接道：「還能有誰，胖子唄。」

五年時間，林安源已從一個瘦弱孩童長成一個俊秀少年，他現在和林安泊都在學堂讀書，並且已經通過了童子試。

林安源笑嘻嘻地說道：「姊姊，胖子三番五次地告訴我，他如今越來越瘦，變得玉樹臨風，現在出門已經有很多邊疆姑娘朝他扔擲果子了。」

青桐卻是一臉不信。「扔果子又怎樣？我還朝人扔過石頭呢！」

姊弟倆有說有笑，林安源特地跟姊姊說了學堂裡的一些趣事，青桐默默地聽著，神色有些抑鬱。

林安源小心翼翼地問道：「姊姊妳最近怎麼了？總是一副鬱鬱寡歡的樣子。」他實在想不出原因，這幾年來，府裡的人幾乎沒人敢惹姊姊，因為誰惹了她誰就會莫名倒楣幾個月。

如今黃氏已經完全失了林世榮的寵愛，玉冰清一方獨大，將她壓得死死的，若不是黃氏娘家有些勢力，她的下場會更慘；而母親身體康健，他在學堂裡順風順水，又得先生看重，實在想不通姊姊還有什麼別的煩心事。

青桐望天輕嘆。「你不懂，不懂女人的宏偉抱負，我覺得我懷才不遇。」

林安源給噎得無語，雖然共處了這麼多年，但他有時還是搞不懂姊姊的某些想法。

青桐從十三歲起便不再上學了，只一心一意地跟著楊鎮練武，後來楊鎮覺得自己已經教不了她了，便為她推薦了另一名高手，名叫雲中鶴。他人如其名，如閒雲野鶴般雲遊四方，青桐一年到頭也見不到他幾回；雖然如此，她的功夫卻是日漸精進，因此她對這個師傅大體上還是很滿意的。

青桐突然想起了什麼，一躍而起道：「我去楊師傅家看看。」

林安源忙道：「讓喇叭花和灰灰菜跟著吧！」

「不用了。」青桐擺擺手，她比較喜歡獨來獨往。

青桐像一陣風似地出了林府，快步行在熙熙攘攘的大街上，但她今日倒楣，竟和何景賢那個黑胖子迎面撞上。

話說這何景賢正應了那句老話——山中無老虎，猴子稱大王。自從程元龍逃婚後，京城一霸退出，他立刻做為二霸粉墨登場。

同是做為京城霸王，兩人的格調差得不是一星半點兒。何景賢生得像黑熊一樣肥壯，而且是男大十八變，越變越難看，他氣質猥瑣，自命風流實則下流，有時見了美貌的女子還會出言調戲。因為他乾爺爺是宮裡掌權太監，再加上又沒鬧出太大的事，所以城中巡捕、京兆尹等都是睜一隻眼、閉一隻眼，民不告，他們不究，就算告了也不大究。數年下來，這何景賢越來越猖狂，青桐跟這人正面交鋒幾次，兩人是仇人相見，分外眼紅。

何景賢老遠就看見青桐了，他抖抖身上華貴的衣衫，覥著肥肚，臉上掛著輕佻的笑容，不懷好意地說道：「喲，這不是林大小姐嗎？多日不見這小模樣越發俊俏了。」

青桐面無表情地瞥了他一眼。「多日不見，你胖若兩人。」

何景賢黑臉泛紅，哈了一聲，不怕死地伸出油膩的爪子在青桐臉前一晃。「我聽說妳專好爺這口，如今那姓程的不在，不如妳跟著少爺我怎麼樣？」

若是以前，他還真不敢怎樣，但現在程元龍遠在邊關，他家乾爺爺越發得勢，父親的位置也隨著水漲船高，他還有什麼怕的？青桐會武功不假，可他身邊帶了六名高手呢！

青桐看著他反胃，冷著臉繼續往前走，誰知那何景賢不屈不撓地跟在她身後一路胡言亂語，那些圍觀的人群意味深長地笑著，跟在後面看好戲。

走過一條街後，青桐的耐心已經用完，她霍地停住腳步，最後一次警告道：「這可是你自找的。」

何景賢色迷迷地盯著青桐說道：「人說馴服烈馬很有意思，依我看，馴服妳這種烈美人更有意思。」

「是嗎？」青桐的聲音冷如寒冰，她突然運起掌風，「啪啪」甩了何景賢七、八個巴掌，何景賢的臉被打得歪在一邊，掉了兩顆牙。

何景賢氣得雙眼赤紅，高聲吩咐。「他娘的，都給我上，抓著她先帶到府裡。」

青桐輕蔑地笑了笑，掄起一拳，將一個侍衛打翻在地，再飛起一腳，將另一個侍衛踢飛到當街，嚇得人群尖叫著散開。

她毫不費力地接連解決兩個侍衛，另外四個見此情形，不禁有些遲疑，但主人命令已下，他們又不敢反抗，只得硬著頭皮一擁而上。

青桐左踢右擋，拳起腳落，只聽得「砰砰」數聲，那四個侍衛像一團軟肉似地倒在地上，一個個或抱著腿、或摀著襠部慘聲呻吟，現在只剩下了黑塔一樣的何景賢了。

何景賢知道自己根本不是青桐的對手，嚇得臉色發青，不由得後退數步。

青桐像貓捉耗子似地逗著何景賢。「來來，陪奶奶我好好玩，今日讓你長長見識。」她唰地一下抽出腰上的寶劍，輕巧地舞了一個劍花，唰唰幾下，劍光頻閃，把何景賢逼得步步後退。突然，她輕輕一挑，何景賢身上那身淺藍色的華貴綢衣像碎紙片一樣飛得滿天都是。

「妳這個賤女人——」何景賢臉似豬肝，一雙黑手胡亂扯著衣服。青桐再挑，不多時，何景賢身上的衣裳已經所剩無幾了，他能搗住上面，卻遮不了下面，一身肥肉赤裸裸地呈現在眾人面前。

他羞得恨不得找個老鼠洞鑽進去，再看那些侍衛，被青桐打得已爬不起來，他氣急敗壞地叫道：「快去我家叫人，重重有賞——」然後邊喊邊跑。青桐在背後不緊不慢地追著，時不時地甩幾根繡花針刺激一下他那身肥肉，街邊那些閒漢哈哈笑著，也在後面跟著看熱鬧。

青桐一路將何景賢送到何府後門，何景賢喘著粗氣，回過頭來惡狠狠地說道：「林青桐，妳給我等著，別忘了妳父親是我何家的門下走狗。」

青桐哼了一聲。「哦，你家也是走狗，你們都是狗，同行嘛。」

何景賢擠進了門縫，灰溜溜地進去了。

青桐笑了笑，選了條偏僻的巷子離開了。她此時根本沒料到，今日這番舉動是捅了一個馬蜂窩，使得她不得不將原計劃提前幾年施行。

青桐追得何景賢當街裸奔的事當下便傳開了，有的人甚至連當事人下體的顏色大小都鑽研了出來。

青桐早在幾年前就是個話題人物，但那時跟現在又不大一樣，畢竟她那時還小，現在已到了議親的年齡，這下子她的名聲更是如雷貫耳又讓人退避三舍。

「這林大小姐算是毀了，以後誰敢娶她喲！」

「是啊，娶這麼一頭母老虎回家，還要命嗎？」

青桐可沒空理會這些閒吃蘿蔔淡操心的無聊議論，她腳步輕快地到了楊家，楊鎮不在，楊木蘭熱絡地迎她進去。這幾年來，兩人的交情日漸增長，雖然未能成為無話不談的閨蜜，但楊木蘭已算是青桐為數不多的朋友之一。

楊木蘭今年已經十八，跟她父親的一個學生訂了親，明年就要成親了。

楊木蘭笑盈盈地打量青桐，見她素衣素裙，烏髮白膚，雙眸清澈幽冷，身材苗條康健，身上有種尋常女孩沒有的光風霽月，英姿颯爽，就是神情嚴肅了些，總板著張臉。

楊木蘭誠心勸道：「青桐，妳小小年紀不該總這樣板著臉，要多笑笑才好。」

青桐糾正道：「我一直都是這樣，我在書上看到過，我這種類型的應該叫『冷若冰霜、豔若桃李』吧！」

楊木蘭瞠目結舌，她還是不習慣青桐這麼直白地自誇，她輕咳一聲戲謔地問道：「那麼豔若桃李的妳將來想挑一個什麼樣的夫婿呢？」

這個問題楊木蘭前些日子已經跟母親私下裡討論過，兩人都認為程元龍和陸紹衡可能對青桐有點意思，而且兩人都沒成親，這越發落實了她們的猜測。

青桐微微蹙眉，又來了，不久前她母親白氏問過這個問題，黃氏和玉冰清也提過，今日楊木蘭也問。

青桐略一思索，開口反問楊木蘭。「妳對妳的未婚夫婿什麼感覺？」

楊木蘭聽到這問題，一向豪爽的她臉上也泛起了紅暈，忸怩了會兒答道：「能有什麼感覺，雙方父母都同意了的，我們彼此又知根知底……」

青桐覺得她沒有回答到點子上。

「那妳覺得程元龍和陸紹衡哪個好？」楊木蘭試探著問道。

青桐當下搖頭道：「兔子不吃窩邊草，妳怎麼想到他們倆了？他們是我朋友。」

楊木蘭有些不信，她再次追問，試圖從青桐的神色裡看出點端倪，可是最後她失望了。

兩人又聊了一會兒，青桐問道：「楊師傅什麼時候回來？」

楊木蘭道：「我也不知道，他最近很忙，常常早出晚歸。」

青桐又等了會兒，還是沒看到楊鎮，她只好向楊木蘭告辭說下回再來。

從楊家出來後，青桐又拐了彎去看看養父母。李二成夫妻倆現在的日子過得頗為滋潤，他們先是辛苦積攢了兩年，再加上青桐的幫助，後來在平安街開了一個食肆。青桐幫忙尋了一個老大夫，幫夫妻倆看好了病，前年生了一個女兒，名叫青枝。青桐現在可說是弟妹雙全了，她一有空便會來瞧瞧這個白白嫩嫩的小妹妹。

青桐走到門口，大聲喊了聲。「我來了。」便推門進去。

王氏一聽到聲音，就抱著青枝笑著迎上來，雖然他們有了親生女兒，但兩人對青桐的感情並沒減少。

王氏把孩子交給青桐，自己則去倒茶、拿點心，她一邊忙活一邊隨口問青桐幹麼去了。

「去了楊師傅家，他不在，跟木蘭說了會兒話就回了。」

王氏聽到楊木蘭，微微笑了笑道：「妳跟她倒挺合得來。」

青桐「嗯」了一聲，接著低頭逗小青枝。小青枝歡實地掙著小短胳膊，咿咿啞啞地叫著。

王氏看著兩個女兒突然感慨道：「日子過得真快，一眨眼妳都這麼大了，我還記得妳小時候可乖了，一天到晚也不鬧，小麥就能看住妳。」

王氏提到花小麥時，神情不覺一黯，青桐敏感地察覺到了，她問道：「娘是不是聽到家鄉的消息了？」

王氏沈重地嘆息一聲。「唉！是啊，前幾天，有幾個討飯的來到食肆門口，妳爹好心，把剩飯給了他們；誰知，其中有一人竟叫出了妳爹的名字。妳爹覺得驚訝，就細細問了那人的籍貫姓名，這一問才知道，原來是咱家那裡遭了水災，他們是逃荒來了，那人是咱們鄰村的，認得妳爹。」

青桐的心慢慢往下沈，她探問一句。「那花小麥他們家怎麼樣了？也來京城了嗎？還有王三胖。」整個李家村裡，青桐除了自家，也就對他們兩家感情深些，其他的像她的野奶奶、野大伯們，她才懶得管呢！

「可憐的小麥，她、她被她爹賣了。」

「什麼？她爹不是死了？」青桐的嗓門不由得提高了些。

王氏再嘆。「那個賭鬼，倒不如死了好些，聽說把小麥賣了二十兩銀子。」她怕青桐不明白又補充一句。「災年女孩子的價一般都是四、五兩，最多也不超過十兩。他賣了二十兩，簽的是死契，肯定是賣到那下三濫的地方去了，好好的一個孩子就這麼毀了。」

青桐的心上像澆了一桶涼水似的，旁人對她的壞，她記住；對她的好，她同樣記住。花小麥是得到她認可的朋友，那個渣爹花大虎怎麼可以這般無恥?!

她壓下心頭的不快，趕緊問道：「能找到她嗎？我可以贖回她。」這幾年她揭懸賞告示、打獵，沒少賺錢，區區二十兩肯定拿得出來。

王氏無奈地搖搖頭。「誰知道她被賣到哪兒了，上哪兒找去。」

母女倆正說著話，就見李二成微紅著眼一瘸一拐地走了進來，王氏吃了一驚忙問道怎麼了。

李二成低聲說道：「我今天特意去找人打聽了，那些人說，咱娘……洪水來時因腿腳不好，被沖走了。」

王氏先是驚訝，接著又加了點悲傷的神色，問道：「咱在家時，娘的身子不是挺硬朗的嗎？」

李二成一臉悲戚地搖頭，表示不知道。雖然高氏很偏心，對他不好，可她畢竟是自己的母親，聽到這個噩耗，哪能不傷心？青桐情緒沒什麼波動，她對這個奶奶一丁點感情都沒有，如果說李二成夫妻倆和花小麥一家讓來到地球的她認識到什麼是人類的愛和溫暖，那高氏、何氏等人就讓她認清了人類的劣根性。

不過，她現在情商高了點，還知道安慰一下李二成，請他節哀順變。

「還有，我還打聽到，大哥、三弟他們可能將青梅、青榆也賣了。」

「老天，他們怎麼也幹這事。」

青梅和青榆是青桐的野堂姊，不過，時隔數年，她有些記不清兩人的長相了，只記得她們倆很精明刁鑽。

青桐在養父母家坐了會兒，便要離開。

臨走時，她還特意問道：「食肆裡還需要什麼野物嗎？」

李二成搖搖頭，說暫時不需要，然後又苦留她吃飯，可青桐說家裡還有事，下回再吃。

青桐一進林府，便覺得家裡的氣氛不同尋常，像是暴風雨來臨前的那種壓抑沈悶。

果然，她一跨進門就被墨雲請進了葳蕤院。

花廳裡，林世榮臉黑得像鍋底，緊抿著唇，冷冷地盯著青桐。

「孽畜！妳幹的好事！」林世榮狠狠拍了一下身邊的紫檀木茶几，震得茶杯跳了起來。

這陣仗青桐一點也不怕，她冷靜反問道：「我是孽畜，你又是什麼？老雄孽畜？」

林世榮氣得渾身顫抖，厲聲喝道：「來人，給我請家法，好好教訓教訓這個孽障。」

玉冰清連忙嬌笑著勸道：「哎呀老爺有話好好說嘛，別氣壞了身子。」

黃氏一臉假笑，接道：「是啊，老爺別跟她一般見識，一會兒讓她跟你去何府賠禮道歉就是了。」

林世榮鐵青著臉，手指著青桐怒罵道：「有這個不肖女在，我會少活十年。」

青桐糾正道：「你算錯了，可不止十年。」

「妳——」林世榮再也忍不住了，大吼一聲，抓起一只青瓷茶杯狠狠地向青桐擲去。青桐輕輕一擋，茶杯彈了回去，反砸在林世榮臉上。他「哎呀」摀臉慘叫，玉冰清和黃氏也跟著叫了一聲，連忙上去察看他的傷勢。

青桐往前湊了湊，見林世榮額角瘀青，臉上鮮血淋漓，她暗自幸災樂禍了一陣，然後大聲說道：「我這就去請大夫。」

「攔住她——」林世榮很沒風度地大嚷道。他平日的溫文爾雅此刻蕩然無存，雙眼泛紅，面容猙獰扭曲。

黃氏說道：「老爺，依我看還是先帶她去何府吧！別的事回來再說。」

林世榮遷怒於黃氏，伸手甩了她一巴掌。「死婆娘，竟在這兒瞎嚷嚷。墨雲、墨畫，你們都死了啊，還不給我拿下這個畜生！」

墨雲、墨畫哭喪著臉站在門口，進退兩難。他們不敢不聽老爺的命令，但也絕對不敢動大小姐，五年前他們都不是她的對手，更何況是現在。

青桐見他們兩人一臉為難，很是體貼地說道：「我來幫你們。」說著，走上前，一腳一個像踢蹴鞠似地將兩人踢開。「你們這下有藉口了，起不來了。」

她這一舉動徹底地激怒了林世榮，若是就讓她這麼出去，他一家之主的威嚴何在！他氣急敗壞地大喊道：「所有的丫鬟、小廝、護院都給我進來，抓住她，否則我饒不了你們。」

「這……」黃氏既覺得痛快又有些擔憂。

玉冰清仍是怡聲相勸，並不忘抽空向青桐飛個友善的眼波示好，大概是怕殃及她這條池魚吧！

林世榮一聲令下，外院、內院的僕人們能到的都到了，林林總總有二十多人。林世榮這兩年攀上了貴人，雖然官階未變，但手頭寬裕許多，吃穿用度上升了幾個檔次，連僕人也添了不少。

雙方正在僵持，忽聽到有人進來急報。「何府劉管家來了。」

林世榮不禁一怔，神色慢慢恢復正常，他用帕子擦擦臉上的血跡，吩咐道：「快請到書房，我一會兒就到。」說罷，他站起身，狠狠地瞪了一眼青桐。「畜生，我一會兒再和妳算帳。」

「好的，雄老畜生。」青桐淡然對答。林世榮正惦記著何府的事，沒聽清她說什麼，可臨近她的下人們卻聽到了，眾人臉上掩飾不住地驚訝，他們還真沒見過這樣當眾忤逆父母的女孩子。

林世榮匆匆進內室梳洗整裝，玉冰清輕移蓮步前去服侍，黃氏情知爭不過，只得恨恨地留下來。她轉過頭看著青桐，笑得一臉詭異，青桐也難得回她一笑，心平氣和地說道：「黃夫人，給妳提個建議，我以為妳這樣的尊容實在不適合笑。」

黃氏給氣得暗自咬牙。

青桐繼續建議。「像我這樣吧，冷若冰霜。當然，妳是豔若爛杏。」

說罷也不等黃氏回應，她一陣風似地離開了，留下面面相覷的一群下人。

黃氏一回到內室，雙胞胎姊妹便迎了上來。「母親，那個小賤人簡直太囂張了，我們還要忍她到幾時？」

黃氏的臉上浮出一抹陰狠可怖的笑容。「好孩子，用不了多久了。」何家可不像程家那麼大度，何景賢更不是程元龍，林青桐一定會為自己的行為付出巨大的代價。

第二十章

林世榮擦淨臉上血跡，顧不得找大夫上藥包紮，便去書房招待劉管家。

劉管家四十來歲，生得乾癟精瘦，一雙眼睛少黑多白，骨碌碌轉個不停，他一見林世榮這般模樣，忙問道：「大人這是怎麼了？」

林世榮自覺威嚴掃地，言語支吾，只說不小心磕著了，劉管家微微一笑，很是理解地沒再追問。

下人很快端了好茶上來，林世榮招待劉管家喝茶，劉管家輕輕啜了口，讚道：「好茶。」

林世榮心中忐忑，偏偏劉管家東拉西扯就是不說正題，只好說道：「方才我已聽說街上發生的事，劉管家可在場？果真如傳言那樣？還是人們以訛傳訛？」

劉管家格格笑了兩聲。「事情真相如何，林大人難道不曾審問令嬡嗎？」

林世榮唉了一聲。「小女自幼在鄉下長大，無人管束，頑劣得很。」

劉管家冷不防問道：「不知令嬡今年多大了？」

林世榮怔了一會兒，不確定地道：「應該快十五了吧！」

劉管家再笑一聲，慢吞吞地說道：「我家少爺先前與齊家小姐訂了親，不想那齊小姐沒福，今年年初得了病死了，我們老爺正忙著給他說親呢！」

林世榮眼睛一亮，心中的石頭落了地。心說，難不成這就叫不打不相識？他又想到，當日青桐和那程元龍似乎也是這樣，他再想到何府與日俱增的權勢，想到如果攀上這門親對林家的種種好處，不覺喜上心頭。

林世榮怕劉管家輕看自己，硬壓抑著喜悅，做出一副若無其事的模樣，說道：「何家本就是詩書世家，如今何大人日漸高升，將來前途不可限量，何公子又生得一表人才，才華揚溢，不知哪家小姐有此福分？」

劉管家笑嘻嘻地說道：「明人面前不說暗話，老奴今日就給大人交個底。我家少爺自小性子古怪，尋常的女子一般入不了他的眼，誰知竟和令嬡不打不相識，回去之後念念不忘。」

林世榮心中大喜，面上卻躊躇道：「只是何老爺那裡……」他太清楚自家女兒的底細和名聲了，恐怕何大人、何夫人那裡不好過關。

劉管家眼珠轉了兩圈，拈著稀疏的山羊鬍別有深意地說道：「雖說婚姻大事，應該聽從父母之命，但老奴聽說令嬡脾性非同一般，這門親事若經過她的同意想必會更順利些，老奴斗膽想請令嬡多與何府走動……水到渠成之時，我家老爺見少爺執意如此，也只得同意了。」

林世榮有些遲疑。劉管家心中冷笑，稍頓了頓，慢悠悠地又說道：「聽我家少爺說，老爺準備舉薦一人任雲州同知，那可是多少人求之不得的實缺啊！」

林世榮心中狂喜。想當初，他初進京時何等的雄心勃勃，覺得憑自己的才華定能幹出一番大事業；哪知進京後才發覺做官依靠的不僅僅是才華，重要的是有人提拔扶持，可惜林氏一族早已衰落不堪，他的岳家黃家也不能給他太多助力。

他有時會後悔娶了黃氏，早知道自己應該再等等才好。他在一個閒散職位上一待數年，幾乎快被磨得沒脾氣了，後來好不容易經人牽線，投到何大人陣營，而何大人的義父正是皇上跟前的紅人之一，也是齊王殿下的寵侍。

劉管家見魚兒上鈎了，笑得越發和藹，故意壓低聲音道：「大人何等明智，難道看不出這京中的風向要變了嗎？聽人說，陛下要立太子了……」

兩人交談了一個時辰，林世榮滿面笑容地將劉管家送出了門，返回書房後便派人去叫黃氏來。黃氏來的路上已將事情猜得八九不離十，進屋後卻不主動開口，只是噓寒問暖。

林世榮忍了一會兒，只好將劉管家的話複述了一遍，問道：「妳是主母，青桐的婚事妳也有作主的權力，我問妳，這事妳怎麼看？」

黃氏卻叫起苦來。「我是主母，這話真好笑。這個家裡，除了媛兒和婉兒，又有誰聽我的？便是我這張臉被人毀了，老爺何曾替我作主？」

林世榮明白她指的是誰，面上卻仍推做不知。「我這不是正想辦法找名醫給妳治嗎？」

黃氏知道再多說也沒用，又怕把他惹煩了，轉頭去找玉冰清幫忙，因此只好順坡下驢。

「行，我等著便是。老爺想要我怎麼做？」

林世榮抿了口茶，漫不經心地說道：「這等事哪是我的分內事？只要能結成這門親事，不拘用什麼方法都行。」說到這裡，他飛快地補充一句。「只是記得別損了林家的名聲。」

黃氏臉上浮現出一絲奇詭的笑容。「這事也好辦，無非是讓兩人多見見面，讓青桐多順著那何公子。」

林世榮回到聽雪堂時，又試探著問了玉冰清的看法。玉冰清一聽他的打算，不禁暗自一驚，她很快便將事情想了個通透——這何景賢分明不安好心，他若真對青桐有意，何不直接向爹娘稟明前來林家提親？他分明是先給林世榮畫個大餅，再利用黃氏與青桐的不和來設計她。

至於如何設計，對於一個女孩子來說，最嚴重的莫過於失去名節，她真替青桐心寒，這是怎樣的一個父親啊！

玉冰清多少有些物傷其類的感覺，不過，這種感覺很快便一閃而過，她接著打起了算盤，自己能在這件事得到什麼好處，好處是如果林世榮真能升了官，謀了實缺，她自然跟著富貴；可是……青桐是好惹的人嗎？若是失敗了呢？她豈不是連帶恨上自己了。

她與黃氏鬥，那是不可避免的；但與青桐卻不是非成敵人不可，相反，她們幾年來一直是若即若離的盟友。玉冰清雖然說不上有多善良，但她是一個清醒的人，思來想去，她決定不參與這件事，只靜觀其變便可。

劉管家一回何府便匆匆從東面角門進去，趕到何景賢房中稟報事情。

自從何景賢出了裸體事件後一直羞於出門，他遷怒打罵了幾個丫鬟、小廝，連府裡的狗都被打怕了，遠遠地躲著他，而他的貼身小廝至今還跪著沒起。

劉管家笑盈盈地將林世榮的態度說了。「少爺果然神機妙算，那姓林的一聽有好處便迫不及待地上鉤了。」

何景賢冷笑兩聲。「很好，我要把那個賤人弄進府裡好好調教，爺我最喜歡馴服烈馬了。」

跪在地上的小廝一聽說自家少爺要娶林青桐，嚇得臉色一白，不顧自己的處境，小聲說道：「少爺，使不得，要真娶了那妖女進來，府裡還不亂了套？她一言不合就開打，小的們還有命嗎？」

何景賢見他們怕成這樣，更覺得沒臉，氣得狠踢了兩人幾腳，狠狠罵道：「沒出息的慫貨，我堂堂的何家大少爺會怕她一個野丫頭？」

眾人低頭不語。

過了一會兒，何景賢又道：「你們以為我是娶她當正房？哈，還真敢想啊，作她的春秋大夢去吧！」說到這裡，何景賢的小眼中冒出兩簇怒火，臉色陰鬱可怕，聲音又低又快。

「她林青桐不是驕傲嗎？不是誰都不放在眼裡？我就是要徹底毀掉她的驕傲，把她踩在腳下，讓她一輩子都翻不了身、抬不起頭來。」

何景賢的貼身小廝何三小聲道：「可是少爺，那、那林青桐的功夫那麼高，要怎麼制伏？」

何景賢沈默片刻，接著示意劉管家說話，劉管家陰沈地笑了。「這很好辦，到時挑了她的腳筋、手筋就行，一個廢人，咱們府上還是養得起的。」

那何三、何四不由得打了冷顫，互相看了一眼，暗暗咋舌，然後低頭不語。

出事的第二日，林世榮讓人來請青桐去何府道歉，青桐拒絕執行，她不認為自己錯了，這次跟程元龍那件事不同。那時她初來京城，而且對程元龍的惡感並不深；但她對何景賢卻不然，那是一種徹底的厭惡，從頭到腳的鄙夷。

奇怪的是林世榮並沒有再次威逼她去道歉。接下來的幾天，林府很平靜，碧梧院也很平靜，但青桐仍隱隱感到不安。

這天，她突然問林安源。「如果父親出了事，你們會怎麼樣？」

林安源愣了一會兒答道：「怎麼會出事？姊姊是聽到什麼風聲了嗎？」

青桐執意要問：「我是說如果。」

林安源答道：「還能怎樣，真到了那一天，咱們三人就相依為命度日唄。我一定要好好讀書，將來讓妳和母親享福。」由於幼年的遭遇，林安源看遍了世態炎涼，比一般孩子早熟許多。

青桐欣慰地看著弟弟，拍了拍他的肩膀道：「如果真有什麼事，或是我離開了，你一定要擔起責任來。」

林安源聽到這話，頓覺不安，忙問她到底怎麼了。

青桐一時半刻無法解釋，只好笑笑。「沒什麼，提前留言。」

林安源細心觀察著青桐的表情，心頭突然湧上一陣莫名的不安，但他一時又說不出什麼原因。他仔細想了想，突然他腦中靈光一閃，他在學堂時似乎聽到有人小聲議論姊姊與何景賢的事，他一靠近，那些人又不說了，恐怕，姊姊所擔憂的便是這件事了。

林安源暗暗嘆息一聲，這個姊姊哪兒都好，就是脾氣有點大，受不了半點委屈；不過，他也深知姊姊的為人，她絕不會無緣無故地揍人，定是那姓何的得罪了她。

於是，林安源怡聲問道：「姊姊，妳與那姓何的到底怎麼回事？他又欺負妳了？」

青桐簡明扼要地將事情闡述了一遍，林安源氣得俊臉通紅，怒聲罵道：「這個無恥之徒！仗著有個太監爺爺就了不起了。」他後面本想說要替姊姊報仇，可一時又想不出對付何景賢的辦法，心中漸生出一種無力感，神色變得沮喪起來。

姊弟倆正說著話，這時白氏和白嬤嬤神色惶然地推門進來了。

白氏眼含淚光，擔憂又無奈地嘆道：「青桐……娘都聽說了。」

白嬤嬤深知青桐的脾氣，只是委婉地勸道：「我的好姑娘，那姓何的出言輕薄本就該打，妳打他一頓便罷了，怎能做出那種事？」

劉婆子也接道：「可不是嗎，這樣做不但極大的羞辱了何少爺和何家，對姑娘的名聲也不利啊！」

青桐臉上仍舊平淡無波，何景賢這種在公共場合明目張膽的侮辱挑釁行為，要在她的母星上已經夠判他監禁判刑的罪狀了；但在這裡，根本沒人管，既然如此，她只能用自己的方式來處理了。

白氏抹了把眼淚，細聲細氣地勸青桐去給何家服個軟、道個歉。「好孩子，娘知道妳委屈了，可是妳爹依附著何家，這事恐怕不能善了。咱們去何府說幾句軟話，這事是何公子有錯在先，他們家縱然生氣也有該有節制，娘陪妳一起去，妳只須露個面，剩下的由娘和白嬤嬤來說。」

青桐擲地有聲地答道：「我又沒錯，為何要道歉？」

白嬤嬤急忙接道：「我的小姐，道歉並不都是因為犯了錯，誰叫咱們勢不如人呢？退一步天寬地闊。」

青桐掃了兩人一眼，默然無聲。

林安源說道：「娘親，姊姊說得對，她本沒有錯，讓我想想，看有沒有旁的辦法。」林安源將自己的同學、老師在腦中快速篩選一遍，突然，他腦中靈光一閃，大聲說道：「姊姊，妳忘了一個人了。」

青桐當然明白他指的是程元龍，這個人一向是何景賢的剋星。

白氏先是一喜，接著神色重新黯淡下來。「可惜他不在京城，遠水救不了近火啊！」

「不對。」林安源擺著手道：「我忘了告訴妳們了，我聽人說，他快要回京了，他父親已經派了人親自去邊關接他回來——」林安源硬生生地將「成親」兩字嚥回去了，他知道姊姊跟程元龍的交情不一般，生怕這個消息讓她不快。

林安源觀察著姊姊的神色，眉毛上揚。「姊姊，說不定他過幾天就回來了。」

青桐慢慢搖搖頭。「我們不能總靠別人幫忙，我一般不喜歡麻煩別人。」

「可是……」

就在這時，忽聽到有人在門口笑道：「大小姐在嗎？」這是葳蕤院裡的金嬤嬤的聲音。

白氏已經應答了。金嬤嬤滿臉堆笑，帶著薔薇和茉莉走了進來，彎腰說道：「夫人、大小姐、大少爺，老爺和太太這幾日都睡不安穩，總是夢見老太爺罵他們不孝，解夢的人說，這是老太爺想孫子、孫女了，讓老爺、太太帶著兒女多拜拜。」

青桐冷笑著接道：「是嗎？我昨晚也夢見外婆罵我爹不孝，解夢的說她老人家想見女婿了，讓他去地下拜見他。」

金嬤嬤格格乾笑幾聲。「大小姐越來越風趣了，老爺和太太作夢的事是千真萬確的。」

青桐道：「我的夢也是。」

金嬤嬤斂了笑容，對白氏說道：「夫人您看怎麼辦？」

白氏一臉躊躇，一時拿不定主意。

林安源想了想忙道：「嬤嬤，您回去稟報父親，作為長孫我一定會到場；至於別的姊妹們，推選一個最端莊賢淑的去便是，我姊姊這樣的，爺爺怕是不喜歡。」

金嬤嬤怔了一下，不由得多看了一眼林安源，心中暗嘆，當年那個瘦弱怯懦的稚童果然長大了。

這時白嬤嬤也反應過來了，笑著說：「是啊金嫂子，我們大小姐性子拗、不會說話，要說招人喜歡的莫過於三小姐和四小姐了。」她說的正是黃氏的一對雙生女。

金嬤嬤笑了笑，道：「老奴只是來傳話的，大小姐還是要親自去跟老爺、太太請示一下才好。」說完金嬤嬤便帶著人離開了。

她們一走，林安源便蹙著眉頭低聲道：「姊姊，我雖猜不到他們要做什麼，但我心裡就是不踏實，妳聽我的，好好待在家裡，我去看看他們搞什麼名堂。」

青桐一臉無所謂。「去還是要去的，不過我要先準備一下。」

回到房裡，她先習慣性地翻開《孫子兵法》，用炭筆在三十六計中的「上屋抽梯」和「釜底抽薪」上畫個了圈，然後叫喇叭花和灰灰菜進來。

這兩人經過五年的練習，功夫也有很大長進，雖然比不上青桐，但對付兩個武功平常的男子倒沒問題。

青桐氣定神閒地吩咐道：「喇叭花去打探消息，灰灰菜妳負責採買東西，要最強力的春藥三包、慢性毒藥兩包……」兩人領命而去。

青桐的嘴角微微一彎，逸出一抹清淺的笑意。她打開抽屜拿出一把雪亮的匕首，輕輕用布擦了擦，再從牆上取下彎刀和包袱，不緊不慢地將東西一一收拾妥當。

燕北關。程府的管家之一程萬帶著兩個隨從，一路風塵僕僕地趕到燕雲城，他拿出路引和書信，守城士兵檢查一番後順利放行。

程萬很快便找到了程元龍所在的北大營，層層通報上去後，他終於見到了自家少爺。

程萬打量著面前這個一身戎裝的少年將士，不由得驚詫地張大了嘴巴，這跟他記憶中的少爺相差太大了。面前的這位男子身材健碩挺拔，先前的一張圓胖的臉已經變窄、變長許多，膚色也不復以前的雪白，在邊關常年的風吹日曬下變得有些略黑，但這卻絲毫不影響他的英俊。他鼻梁高挺，一雙眸子如黑寶石一樣，整個人顯得英氣勃勃，十分精神，猛一瞧跟陸少爺有幾分相似，再仔細看，倒是挺像老爺年輕時的樣子。

程元龍此時正用十分複雜的目光看著程管家。

「少、少爺好，老奴給您請安了。」程萬滿臉高興得過了頭，竟結巴起來。

程元龍很滿意對方的表現，矜持地點點頭問道：「我父親讓你來做什麼?押我回去?」

程萬滿臉堆笑。「不敢不敢，老爺實在是太想少爺了，已經五年了啊!」

程元龍輕輕哼了一聲，面上雖不在意，但也有些淡淡的歡喜。

他雙手背後，在帳中踱了幾步，命一名小兵進來倒了茶水，然後漫不經心地問道：「家裡一切可好？」

「老爺、太太都好，小姐、少爺也好。」

「我京裡的那些朋友呢？」

程萬畢恭畢敬地答道：「也都很好，張新泉張公子已經成親了，娶的是王家的三小姐；劉征劉公子正在說親……」

程元龍並不意外，這些他早知道了，他現在最想問的是某個人，可直接說出來又覺得不好意思，就在他這一愣神的工夫，程萬已經會意，連忙補充道：「其他的也很好。楊木蘭楊姑娘已經訂親，還有那林家大小姐……」

前一個程元龍興致一般，一聽到林青桐，他的耳朵唰地一下豎了起來，不知那程萬是不是故意的，說到關鍵處特意停了下來。其實他是錯怪程萬了，實在是因為青桐的事蹟特別精彩，程萬一時不知該挑哪件事說。

他思索片刻才娓娓道來。「林大姑娘仍跟以前一樣。聽說她又單獨上山打了幾次野豬，那些家裡莊稼被野豬糟蹋的人家還特意送菜謝她；她揍了幾個調戲良家女子的登徒子；捉了一個臭名昭彰的採花賊……」

「哦。」程元龍的臉上不由得帶了些笑意，一雙眸子熠熠生輝。程元龍頓了頓，又故意問道：「她沒有訂親嗎？」

程萬笑了兩聲。「我的少爺，您想想，這樣的女子誰敢娶回去？還不整天打得雞飛狗跳？就算有人願意，家裡的長輩也不同意啊！」

程元龍不屑地嗯了一聲，慢悠悠道：「那是，一般的軟腳蝦確實不敢娶。」就在這時，他突然想起一個人，飛快問道：「對了，那個狄君端成親沒？」

程萬心中有些詫異，這個狄公子跟少爺並無交情啊！不過，他還是很快回答道：「這個狄公子說來真讓人惋惜，他父母準備給他訂的那家小姐得病死了，老奴出發時，親事還沒訂呢！」

程元龍劍眉微蹙，半晌沒言語。

程萬小心翼翼地問道：「少爺，您看咱們什麼時候啟程回京？」

程元龍仍舊一言不發，像是坐禪一樣。

程萬又道：「老爺說了，少爺的親事再不能拖了，太太中意的是她甥女陸姑娘、老爺中意的是鍾家姑娘，宮裡頭的貴妃娘娘前些日子也說要給少爺賜婚呢！」

程元龍「啪」地一下拍案而起，脫口叫道：「要糟了。回去，明日就啟程回京，我這就去找表哥。」

程元龍和陸紹衡風餐露宿，一路快馬加鞭暫且不表。再說青桐，金嬤嬤來傳話後的次日清晨，林世榮用白布包著臉，帶著林安源、林安泊兩人去祠堂祭拜列祖列宗；黃氏和玉冰清則帶著林淑婉、林淑媛、林淑妍還有青桐一起去龍福寺燒香。

林青桐早知道這次所謂的祭拜不會有好事發生，她的預測是對的。她到了之後，黃氏果然開始暗算她，在她茶水裡下了藥，想把她和何景賢湊成一對，徹底毀了她的清白。好在林青桐早有準備，她將計就計，假裝喝了藥，把趕來的何景賢和他的管家打暈了，湊成一對；同時又在黃氏和她姪兒黃啟功的茶裡下了藥，把兩人也湊了一對。

事後，何景賢因為剛才運動太激烈，身體虛弱不堪，被人架著回府了，至於黃氏和黃啟功醒來，那叫一個震驚和絕望。

黃啟功後來也走了，最後只剩下了黃氏。

黃氏見著林世榮也在一旁，臉上絕望憤怒到極點，反而露出一個毛骨悚然的笑容，她招手叫林青桐。「妳過來，我有話對妳說。」

青桐嘆息一聲，走近她，微微低下頭。「妳說吧，我和爹都在聽。」黃氏早就做好準備，突然舉起手中的簪子用盡最後一點力氣，猝不及防朝青桐的右眼狠狠戳去。

說時遲、那時快，就在這一瞬間，青桐的身子靈活一轉，一把扯過離她最近的林世榮，說道：「快來聽，她有話說。」

林世榮根本來不及反應，就被青桐摁下頭去，黃氏的簪子狠狠地刺進了林世榮的左眼。

林世榮「啊」地一聲發出慘叫，雙手摀著鮮血淋漓的眼睛。黃氏呆若木雞，帶血的簪子咯噹一聲落在地上。

「老爺——」下人怔了一會兒才猛然反應過來，紛紛朝林世榮湧過來。

青桐趁亂拉起林安源，小聲說道：「快走吧，回家給老爺請大夫去。」

林安源有些遲疑，青桐硬把他拽走了。

姊弟兩人比其他人先回到家，為了讓白氏等人瞭解形勢，青桐簡短地做了個說明。

白氏和白嬤嬤等人嚇得面無人色，白氏喃喃自語道：「貓兒，妳惹了大事了，他們不會放過妳的。妳爹、黃家、何家都不會放過妳的，我們該怎麼辦？」

林安源倒顯得很鎮定。「母親，事情已發生，害怕也沒用，我們好好想想法子吧！」他接著又道：「也不知道元龍哥哥什麼時候回京。」

天黑以後，黃氏才被人抬回來。林世榮也請大夫來看傷勢，不過那隻眼可能要廢了，他心中又添了對青桐和黃氏的恨意，自不消說。

黃氏回來後便陷入瘋癲狀態，時好時壞，壞時六親不認，打人咬人砸東西，無所不為。

林世榮命人把她遷到一處僻靜的院落，只配些粗笨的、不值錢的家具，任她砸去；不過額外配的繩子、布條倒是一樣不少，其中的寓意不言而喻。

黃家的人第二天便來了，來的是黃雅芙和黃氏的嫂子杜氏，三人抱頭痛哭一陣，趁著黃氏清醒時說了半個時辰的話，至於內容為何，青桐不得而知。

林青桐雖然不知道黃氏和黃家的談話內容，但她很快就通過內線得知了父親要大義滅親，他準備將自己帶到寶珠寺任由何家發落。

林青桐默默做好心理準備，在去寶珠寺的路上，將這個曾經拋棄她們母女，數次不顧她生死的父親推進了糞池，對外聲稱，父親是意外跌進糞池喪生。同時，她又順便把想置她於死地的何景賢以及黃啟功還有一幫隨侍殺死，為自己解決了後患。她回到家時，黃氏也已上吊身亡，她的雙胞胎妹妹則被黃家接走了。

當然，何景賢不能說死就死了，他的家人自然要追究責任，好在林青桐做得隱蔽，再加上程元龍恰好從邊關趕回來了，幫著她一起處理後續事件；為了她，程元龍甚至還進宮去求秦王——他的表哥。

秦王殿下對林青桐的大名也略有耳聞，他很是痛快地答應了表弟的要求，且在幫助林青桐的同時，也順便查了一下她的底細。

秦王看著程元龍，徐徐吐出一口悶氣，用惋惜的口吻說道：「那個林青桐，果然不同尋常，我身邊的二等侍衛竟不是她的對手，可惜是個女孩子，否則又是一個可用的俊才。」

程元龍的眼珠滴溜溜轉了一會兒，心裡尋思，林世榮和黃氏剛死，青桐肯定要守孝三年，這三年，他也有可能離京；若他不在，那何老賊狀告不成，肯定不會善罷甘休，到時她要是有個三災八難，他也是遠水救不了近火。她若是能為秦王所用，也算得了張護身符，否則，光看在他的面上，秦王能護她多久？以她那愛闖禍的性子，萬一以後惹上不該惹的人呢？

程元龍主意打定，肅然說道：「殿下，我覺得正是因為她是個女孩子才更得用。」

「哦？」秦王一臉好笑地看著這個表弟，雙目炯炯地等著他說下去。

「因為她是女子，所以不用擔心她謀反，讓她做什麼事，也不容易引起敵方的注意；還有就是，將來、將來說不定是咱們……自己人。」說到後半句，程元龍饒是臉皮再厚，臉色也不禁泛了紅暈，說話也開始吭哧起來。

秦王看著他那窘迫模樣，不由得大笑起來。「哈哈，怪不得母妃那麼喜歡你，一看到你準有好笑的事。」

說到這裡，秦王沈思片刻，摸著下巴，慢悠悠地道：「自己人？我倒想瞧瞧她的真面目。」

程元龍心中警鈴大作，語氣中帶了些緊張。「您瞧了跟沒瞧一個樣，我實話跟您說，我長這麼大沒見過她這樣粗魯潑辣的女孩子，初次見面，她就打人；再見面她罵人，再見，她把我一把推倒在地，吃飯如秋風掃落葉，罵起人來像針尖鋒芒……」

秦王那雙明亮得能洞悉一切的眸子，靜靜地打量著滔滔不絕的程元龍，若有所思地說道：「你越這麼說，我倒越想見見她。這樣，我三日後去西郊打獵，你順便帶上她。」

三日後，秦王帶著一干人去西郊秋獵，隨行的還有一些世家子弟及其家眷，本來青桐也在被邀之列，臨行時卻被陸紹衡一句話給攪了。「她如今正值父喪，哪能出來遊玩？」

秦王一聽覺得陸紹衡言之有理，便沒讓程元龍邀她來。

青桐由於正在守孝中，每日只能乖乖地待在家中，看看書、練練劍，有時幫著白氏打理一下家務。林世榮死後，白氏做為原配理所當然地掌起了家，林安源是長子，再有青桐這尊凶神在旁，周姨娘自然不敢有其他想頭。

之後，林安源埋頭刻苦攻讀，白氏專心料理家務，雖然沒了林世榮這個養家人，所幸家裡還有些財產和兩個田莊鋪子，府中人口不多，倒也過得下去。

青桐徹底解決了那天地不容的夫妻倆之後，頓覺大為放鬆，復仇目標已經解決，接下來該奮鬥事業了。

但是她能幹些什麼呢？她早就發現自己的尷尬之處了，這個時代女人能做的事太少了，更何況她來自未來的未來，很多技能都用不上，離開特定環境，造原子彈的還不如賣茶葉蛋的，在這兒，她唯一能想到的便是從軍。

她翻了很多史書，還問了林安源，結果只能找到數不多的幾個榜樣，像花木蘭之類的傳奇故事。

林安源一看她這樣，連忙勸道：「姊姊妳今年虛歲已經十五，原本正是議親的年齡，如今一耽誤，三年之後，已是大齡女子了。妳還是好好在家伴著母親，等除了孝服，風頭過去，擇一門好親事……」

林安源話沒說完，頭上就挨了一下。「你怎麼這麼老氣橫秋的，全沒小時候的一丁點可愛勁。」

了。

青桐心中氣悶，撇下林安源以及兩個丫鬟，換身輕便的行頭，翻牆出門，往楊鎮家去

楊家在遠離鬧市的南湖邊上，越往那兒走，空氣越涼爽。此時正值中秋時節，一路黃葉紛飛，碧空中時有雁群南飛。

青桐一路疾行，她正走得暢快，忽聽得頭頂傳來幾聲淒厲的雁鳴聲，她抬頭一看，原是一隻大雁中了箭，正在半空盤旋，眼看著就要落下。

就在這時，又一支利箭破空而來，嗖地一聲射向那隻傷雁，結果射低了。青桐估計那人還要再射，便隨手拽過腰邊的弓箭，拉弓引箭，等那人再射出一箭時，她便放出一箭擋回。

那隻雁連受驚嚇，撲著翅膀慢慢地向南飛走了。

這時不遠處的樹林中傳來一個辨不出喜怒的男聲。「閣下一向喜歡攪人興致嗎？」

青桐頭也不抬地答道：「兩箭不中，閣下不怕被雁群鄙夷嗎？」

林中安靜片刻。

青桐以為對方被自己說走了，不禁略有些得意，正要繼續前行。

忽聽得一聲響動，樹林的灌木被撥開，走出三個年輕男子。為首的一人身著玉色秋衫，頭戴一頂玉冠，這人大概二十歲上下，身材修長，眉目飛揚。青桐瞧那神態氣勢，就像英村皇家貴族種狗選拔比賽的冠軍，貴氣天成，氣宇軒昂，與一般的中華田園犬有著明顯的差距。請原諒她的措辭，因為青桐之前實在沒見過幾個活男，更別提貴族男人，她的形容辭彙

只有英村貴族狗可堪匹配。

青桐盯著這人打量幾眼，對方也正在看她。

他不疾不徐地先開了口。「我應該聽說過妳，妳叫林青桐？」

青桐沒有絲毫的榮幸之感，淡淡接道：「我的名字如雷貫耳，很多人都聽說過。」名揚京城，沒聽說過才怪。

男子的臉上閃過一抹笑意，雙眸攝人心魄。

青桐懶得跟他廝纏，抱拳說道：「這位好漢，我很忙，告辭。」

「大膽！」青桐話音一落，他身邊那位玄衣男子便大喝了一聲。

青桐只嫌棄地看了那人一眼，大踏步離開了。

青桐徑直來到楊家，見門口無人，直接穿堂進院，院中只有一個老婦在打掃，一問才知道人都在後面的演武廳。青桐心中好奇，飛奔往演武廳而去。

演武廳上站了滿滿一堂人，幾乎全部弟子都到齊了。

楊鎮神色肅穆地立在一塊土臺上，聲如洪鐘一般慢慢響起。「你們習武數年，如今到了你們為國出力的時候了。漠北的北狄、燕地的東胡人又開始蠢蠢欲動，欲南下掠我大晉，他們時常滋擾邊民，但今年不比往日，你們一定要恪盡職守，為國效忠，不可怯懦退卻。」

「是，師傅。」全體弟子鬨然應答，聲震屋宇。

楊鎮又說了一些其他事情，等他訓完話，才發現青桐的到來。他轉向她，和藹地問了一些家中的情況。

青桐簡練答畢，便問道：「師傅，我也是您的弟子，為什麼殺敵從軍的事不來通知我？」

楊鎮還沒回答，就聽見人群中傳來一聲刺耳的冷笑。

青桐神色不悅，一眼便掃到了那發笑的人身上，這人不是別人，正是幾年前被青桐打敗的李洪。相比幾年前，李洪生得更魁梧些，那次敗北之後，他一直包羞忍恥，刻苦練習，今年自覺功力大成，他有心想找回場子，一雪當年的恥辱，又怕師傅、師弟們說他小心眼，他便一直忍著，默默等待時機。後來聽說林家出了命案，他暗自高興，不想，林青桐根本無事，這讓他很是遺憾。

兩人對視片刻，青桐做出一副恍然大悟的模樣。「哦，李師兄，原來是你。怎麼，你的心眼沒隨你的身體長大？」

青桐此話一出，眾人不禁哈哈大笑起來。

李洪氣得臉色微紅，這笑聲勾起了讓他不堪的往事，一時間，新怨舊恨一齊湧上來，他的雙眼中閃著叢叢怒火，不顧師傅在場，囂張地咆哮道：「妳一介女流之輩，師傅可憐妳教妳些防身武藝，竟還癡心妄想上戰場，那是妳該去的地方嗎？若被胡人擄去，妳就不怕丟了師門和妳父母的臉？」

青桐臉現薄怒，手指著李洪反擊道：「還沒上戰場呢，就想著我方兵敗被擄了，即便被擄也該是你這樣的手下敗將。」

李洪氣得臉上筋肉亂顫，連聲怪叫。「好好，來來，咱們再比一場。」他就不信，他苦練了這幾年還打不過一個女子，何況他打聽過，林青桐這幾年對習武並不怎麼上心。也是，女孩子一大就開始想漢子，哪還有心思練武，李洪對今日的比試抱著必勝的信心。

他用十分傲慢的口吻說道：「槍、棒、刀、劍、拳，隨妳挑選，妳說比試什麼就是什麼。我非是心胸狹隘，只是身為師兄，我有責任教妳懂得做人的道理。」

青桐一語戳破他。「別立牌坊了，大夥兒不會對你失望，因為——從來沒有過希望嘛。」她這話又引得幾人想笑，但他們看到師傅陰沈的臉，終於沒敢笑出聲來。

楊鎮嚴厲的目光在兩人身上掠過，正要開口訓話，突然一個小徒急匆匆跑進來，踮腳附耳說了幾句話。楊鎮神色肅然，再顧不得兩人，轉身離開了演武廳。

李洪生怕師傅會阻止兩人比試，便決定先下手為強，他掄起一支齊眉棒，同時用腳踢起一根哨棒給青桐，嘴裡叫囂道：「來、來、來。」

第二十一章

眾人目光炯炯地盯著兩人，見師傅不在，膽子又肥了起來，有的開始起鬨喊著「比吧、比吧」，有的則一臉無奈地看著李洪，暗暗搖頭不語，大部分人的臉上都流露出興奮之色。

李洪雙目圓睜，全身筋肉緊繃著，手中握著棍棒，站在空地擺好架式，蓄勢待發。

青桐看著好笑，用悠閒的聲音說道：「李師兄，大夥兒剛剛將你那狼狽相忘得差不多，你今日又來找碴，今後幾年又有得笑了。」

李洪額上青筋暴突，口中仍是那句舊話。「來來，咱們打個痛快。」

青桐也不跟他廢話，既然對方非要丟臉，她就成全他。

也沒看清誰先動的手，眾人只覺得眼前一花，再定睛看時，就見兩人戰在了一處。李洪果然今非昔比，不但氣力變大，那一棍木棒更是使得出神入化，棒棒有力、棍棍有法。

眾人暗暗喝彩，有的為青桐暗自捏把汗。

青桐的棍法與幾年前比，看不出什麼變化，而且棍法上顯得平淡無比，毫無出奇之處。有的不大懂行，默默為她可惜，果然，女孩子習武就是沒有後勁，雖然初時能令人驚嘆，長大後卻總表現平平。

那李洪見青桐的棍法沒了以前的剛猛之氣，以為她是疏於練習，心中大為高興，得意之情溢於言表。

他一邊虎虎生風地舞著棍棒，一邊托大地說道：「林師妹，妳雖不通人情，我卻是講理的人，我會讓妳輸得好看些。」

青桐輕蔑地哼一聲，猛然一改剛才的打法，驟然舉起棍棒，當頭一喝。「眾位請看，青子二打豬頭李洪。」

說罷，手中的棍棒卻如泰山壓頂一般向李洪面門壓下來，李洪一驚，急忙舉棍來擋。

只聽得喀嚓一聲，李洪手中的棍棒被劈成了兩半。

李洪兩臂被震得發麻，右手握著半截棍棒呆立在原地，面色灰敗，眾人則是目瞪口呆，原來她方才是扮豬吃老虎啊！

青桐再次舉棍，掄個半圓朝他腰部斜掃過去，李洪立即反應過來，低身一躲；誰知，青桐使得卻是個虛招，掄到中途她猛然改變攻勢，來了個棍掃堂。李洪躲閃不及，兩腿一彎，趔趄幾下，青桐趁勢用棍一按，李洪撲通一聲，摔了個狗吃屎。

眾人先是一怔，接著遏制不住地哄堂大笑起來。「喔哈哈——」

李洪恨不得找個地縫鑽進去，他憋著一肚皮悶氣，突然一躍而起，跳到圈外，紅著臉說道：「林師妹，今日咱們就比個痛快。來人，牽兩匹馬到場外，咱們比槍。」

眾人跟著起鬨，相互簇擁著出了演武廳，朝外場湧去。

青桐也跟著出來，來到外場時，青桐意外地看到場外楊樹上拴著幾匹馬。

就在這時，師傅楊鎮恭敬地領著一個年輕男子肅然走了出來。青桐認出這人正是方才在林中見到那個有「皇家貴族狗氣質」的男子，她盯著對方看了片刻，很快便別過臉去。「貴族狗」也發現了她，他的眸光不經意地掃過她的臉龐，那眼神充滿攝人心魄的力量，帶有一種來自雄性生物的侵略性。

剛才還鬧烘烘的練武場突然變得鴉雀無聲，眾人一齊低垂著頭，一臉肅敬。那李洪像被滾水澆過的狗尿苔，整個人頓時萎靡下來。

楊鎮略有些尷尬地低頭說道：「小徒頑劣私自鬥武，讓殿下見笑了。」

青桐聽著，再次打量了那人一眼，心中推測著對方的來歷，其實只須一猜便猜著了，楊鎮與程、陸兩家關係匪淺，眼前這位應該就是程元龍常說的秦王了。

秦王笑得很是和藹。「無須介意，年輕氣盛常有的事，本王就喜歡這等生龍活虎的壯士。」秦王笑著，將在場的眾人掃視一圈，雖然只是略略一瞥，但眾人都覺得他在注視著自己，有人激動、有人惶恐，只有極少數的人面色平靜如常。李洪覺得秦王多看了自己兩眼，一時間既激動又不安，他在心裡暗暗祈禱對方千萬別看到自己慘敗的模樣。

只可惜他的希望很快就落空了，這時，他清晰地聽到秦王笑道：「楊師傅教的好徒弟，連女弟子都這麼出類拔萃。」

眾人的目光唰地一下集中到青桐身上。

青桐倒沒顯得惶恐，她本想說聲謝謝就罷，轉念一想，覺得自己還是拍兩句馬屁吧，省得人總說她不通人情世故，於是她朗聲回道：「殿下真是目光如炬，慧眼識英雄。」

眾人一時語塞。秦王劍眉微挑，暫時沒作聲。楊鎮更是不知接什麼話好，他要早知道秦王會來，一定會讓她避開。

最終還是秦王打破了這個有趣的僵局，他的目光在李洪和青桐身上略一流連，說道：「你們不是要比試？繼續比，本王正好一飽眼福。」

青桐默默尋思，自己若是表現好，入了秦王的青眼說不定能從軍。她記得本朝也有個女將軍，皇帝還為她寫過讚美詩呢！

秦王此話一出，楊鎮不得不從，他用十分複雜的目光瞄了青桐一眼。「既然秦王發話，你們兩個就好生比上一場。刀槍無情，記得小心謹慎，不可傷了彼此。」

青桐和李洪齊聲稱是。李洪一看貴人在旁，渾身像注了雞血似的，一陣激動振奮，他平復了心情，朝秦王彎身施禮，退將下去，正好有人牽了兩匹馬來，他挑了匹瘦些的，翻身騎上，攬著韁繩慢慢地在場上遛著。

青桐提槍上馬，靜靜地看著對方。先是兩方對峙，李洪做出一副很有風度的模樣。「林師妹請。」

青桐點頭算是回答，接著，她腳踢戰馬，握著手中長槍來打李洪。李洪集中全副精神，拿出十二分的力氣迎戰青桐。李洪確實沒少苦練，槍法果然十分嫻熟，兩人你來我往，鬥了數十回合。

鬥到精彩處，秦王不禁叫了聲好，其他人也跟著喝彩。李洪得了莫大鼓勵，使出平生氣力，越戰越勇，正鬥到酣暢處，李洪藏了個心眼，故意露出破綻，引青桐來攻。

青桐果然上當，拍馬舉槍來刺，李洪趁勢用槍一撥，試圖把青桐撥下馬來，只要她一下馬便算是輸了。不想，他的槍剛刺到青桐腰間，卻見她不躲不閃，徒手來抓槍桿，李洪大吃一驚，說時遲、那時快，青桐抓著槍桿使勁往自己這邊一拖一帶，李洪心中焦急，若是被她繳了槍，自己也算是輸了。

兩人像是拔河似的，雙方在馬上較勁使力，兩邊的馬兒靠得近，也開始撞頭踢腿，互相打鬥。

秦王在高處看得有趣，閒閒地問楊鎮。「楊師傅，你說他們兩個誰會贏？」

楊鎮苦笑。「不好說。」

楊鎮話音剛落，就聽見場上傳來「哎呀」一聲，接著是「撲通」一聲巨響，只見李洪從馬上跌落，摔了個四仰八叉，讓眾人想笑又不敢笑。

秦王連忙命人去扶李洪起來。李洪羞慚滿面，耷拉著腦袋，向秦王謝了罪，火速退下。

秦王看得興起，又建議楊鎮今日索性來個大比試。接下來，其他人也來同青桐比試，青桐對他們並不像對李洪那樣，故意替他們留了些臉面。楊鎮見此，心中多少鬆了口氣。

比試完畢，陸紹衡和程元龍各自帶著親隨飛馬趕來。

程元龍仍是那副沒大沒小的樣子，用埋怨的口吻道：「殿下出府也不提前告訴我們，讓我倆好找。」

陸紹衡中規中矩地行了禮默默站在一旁。兩人自然都看到了青桐，程元龍既高興又有些拘謹；陸紹衡目光閃爍，神情略帶尷尬，青桐覺得兩人之間已經豎了道無形的牆，她不知道那是什麼，也沒想去打破。

程元龍得知了青桐和李洪比試的過程，興奮地說道：「那傢伙怎麼還不死心？包子我就知道妳是好樣的。」

青桐點頭一本正經地答道：「嗯，我是個鐵包子，哪隻狗都啃不動。」

「噗哧。」程元龍忍俊不禁，秦王的臉上也浮上一絲笑意。

一行人在楊家略坐一會兒，秦王跟楊鎮說了會兒話便要回轉。楊鎮率領眾徒弟和家人，將秦王送出半里外才回去。

秦王准許青桐與他們同行。程元龍一路上時而偷窺秦王，時而朝青桐使眼色；陸紹衡低頭默行，青桐平靜如初，四人間的氣氛有種說不出的微妙。

行至樹林中時，秦王忽然指著他們初次見面的地方，笑道：「方才妳阻撓本王射雁，現在正好試試妳的箭法，替本王射下一隻雁來如何？」

青桐抬頭望著一碧如洗的天空，緩緩說道：「大雁肉還不如雞鴨，牠們飛在藍天很詩情畫意，何必射殺牠們？」

程元龍順勢接道：「是呀，我記得小時候最想變成鳥，身體輕，可以到處飛，想到哪兒就到哪兒。」

秦王卻轉向青桐，詢問道：「妳呢，妳也想變成飛鳥？」

青桐搖搖頭，認真地答道：「我不想變成鳥，做鳥也未必自在。」

程元龍卻道：「總比人自在。」

青桐一板一眼地跟他分辯道：「慾望不滅的話，當什麼也不自在。有的人做了鳥，說不定會比誰的窩大、哪棵樹最粗、誰下的蛋大或是誰的配偶羽毛好看；有的鳥還會畫個彩色翅膀，塗個綠嘴唇，身上戴鳥毛。烏鴉牠娘天天讓烏鴉學鳳凰；鳳凰牠爹會讓鳳凰更優秀，要超過前代鳳凰，更覺得自己是百鳥之王，說不定會把別的鳥的鳥給割了，變成鳥太監。」

青桐說完這番話，樹林中的鳥兒像應景似的，啾啾地叫著唱著，撲著翅膀飛過樹頂。

此言一出，眾人臉上神色精彩萬分。程元龍先是覺得好笑，接著又繃著臉道：「妳哪來那麼多歪理。」說著，他偷瞧了眼秦王，見對方神色如常才略略放了心。

程元龍生怕青桐再說出什麼驚世駭俗之論，便清清嗓子，以一副自家人的態度說道：「青桐啊，妳今日肯定累了，先回去吧！」

陸紹衡也委婉提醒她該回去了，青桐正好也無流連之意，抱拳說道：「告辭。」說罷，頭也不回地大步走開了。

程元龍起初是想讓她回去，這會兒見她走得這麼痛快，心裡又有些糾結。

等他回過神來就見秦王和陸紹衡都在看著自己，不由得一愣，脫口問道：「你們剛才在說什麼？」

秦王但笑不語，陸紹衡小聲道：「我們什麼也沒說。」

程元龍訕訕地摸著臉，打了幾聲哈哈混了過去。

青桐離開了程元龍等人往家走去，中間拐了彎順便去看養父母。李二成帶著小二在前頭忙活，王氏在後廚忙，連小青枝也乖乖地坐在小凳子上擇菜，她一看到青桐進來甜甜地叫聲姊姊。

青桐一邊幫忙一邊將自己的打算說了，王氏一聽到她可能要去邊關，自然出聲反對；不過她也曉得這個養女性子倔強，反對也沒用，也沒再多聒噪。

兩人忙活一陣後，王氏說道：「我聽人說洪水過後，村裡人又都回去了，妳姥和妳舅他們也平安歸去；只是妳姥身子不大好，我心裡頭一直惦念，妳爹也想家了，如今妳也大了，我們在不在身邊都一樣。」

青桐聽出那話裡的意思是，他們想回家鄉。青桐知道古中國的人們對故鄉有一種特別執拗的感情，無論走多遠都惦記著落葉歸根。

青桐雖然不捨，但也能理解他們的心情；她再一想，自己不可能一直待在京城，若自己不在，何家的人報復不著她，反將主意打到他們身上怎麼辦？林安源漸大，讀書又好，在京裡也有一些交好的同窗和老師，何家多少有些顧忌，但對李二成這等平頭百姓便沒有任何顧忌了。

「你們回去也好，將來有機會我也會回去看你們。」

王氏抹了把眼淚。「好好，到時帶了夫婿來看我和妳爹，妳爹說咱回去要蓋房，到時給妳留出一間來。」

青桐微微一笑，她半合雙眼，回憶著當年在李家村的點點滴滴，只覺得那些景象和記憶既遙遠又清晰。

「你們回去後可別再讓那些人欺負了。」這是青桐很關心的問題。

王氏擦著淚笑道：「妳這孩子啊，妳就放寬心吧，我和妳爹不比從前了。」

青桐一想也是，李二成本就不是軟弱的人，只不過他當時無子又殘疾，對許多事心灰意冷，如今有了孩子傍身，再加上在京裡幾年經歷了大大小小的風波，開闊了眼界，性格轉變許多，自然不可能像以前那樣了。

「很好。」青桐想不出合適的詞，只說出了這兩個字。

李二成在前面忙完也掀簾進來，跟青桐說話。「店鋪準備賣了，回去蓋房子置地，收拾停當就上路，如今天氣不冷不熱正好遠行，再耽擱，怕天寒了受不住。」相較王氏，他的感情內斂許多，雖然心裡十分不捨難受，也硬憋著沒掉淚。

青桐看著李二成，這個老實憨厚的漢子，他不高大、不俊美，連字也不識幾個，甚至還有殘疾，但他卻是她所認識的最好的男人，形象高出林世榮數倍。

突然，她猛地撲上去緊緊抱住李二成。李二成身子一僵，一臉驚愕。這個時代的人們表達感情十分含蓄，女兒大了連父兄都要迴避，他被這個擁抱弄得不知所措。

王氏怔了一下，很快反應過來，笑嗔道：「妳這個孩子怎麼永遠長不大。」

青桐將臉埋在李二成懷中，帶著一股濃濃的孺慕之情，她說道：「爹，你真的是個好父親，若不是你，我還真以為這世上沒有好父親，你讓我對雄、對男人有了一點點希望。」

李二成聽得感動不已，僵硬的身體漸漸放鬆下來，像小時候那樣，摸摸她的頭頂，柔聲安慰著。

青桐離開父親的懷抱，又依次擁抱了王氏和小青枝。

李二成讓王氏做了飯，他去關了店門，今天不打算做生意了，一家人挨坐在一起吃飯、話家常。

離別在即，幾人都變成了話癆。

王氏絮絮叨叨地說了青桐小時候的一些糗事、樂事，中間又回憶了家鄉的一些人。有些人在跟前不覺得怎麼樣，一離得遠，竟覺得可愛起來，那些小計較、小算計也漸漸忘了。

幾天後，李二成夫妻倆帶著孩子就回了家鄉。

這一日，青桐幫著白氏料理完家務後，正在後院練劍，只見灰灰菜拿著一張帖子跑上前說道：「程二小姐下帖子來請小姐。」

「程二小姐，程潔？」

「是的。」

青桐停下練劍，用帕子擦著臉，思忖著程潔請她的用意。兩人不是一條道上的人，她們兩人並無深交，估計程潔是受了程元龍的指示來請她的。

去看看那個胖子也好，反正閒著也是閒著。

青桐果斷下令。「給我裝扮一下，一炷香後出發。」不用她吩咐，灰灰菜和喇叭花自去張羅。

白氏也得知了這個消息，臉上不自覺地漾出喜意。這個女兒的婚事是她心頭的一塊病，雖然她原本屬意的是狄君端，但現在一想程元龍也不錯，跟青桐又是青梅竹馬，就是兩家家世差得遠些。

白氏忙得團團轉，恨不得將家中值錢的珠寶首飾都拿出來給青桐戴上，青桐可不想當個行走的首飾鋪子，加上又還在孝期，只讓人隨意裝扮一下。

白嬤嬤在旁邊笑著端詳青桐，出聲讚道：「咱們小姐真是越來越好看了。」

青桐面無波動，順口接道：「這我早知道。」

在母星時，她和大多數人一樣只專注於提高自己的智商和技術，不怎麼在乎容貌，來到這裡後，雖然世俗的評價體系發生了根本變化，她仍舊故我。客觀地說，她覺得自己的長相還是不錯的，家中諸人對她的這類言論已經習慣了，倒沒覺得多驚詫。

青桐裝扮完畢，灰灰菜和喇叭花也換好了衣裳，隨她一起出門。

半個時辰後，馬車停在了程府的東門。青桐看到門口已停了數輛馬車，看來邀請的不止她一人。

灰灰菜向門僮遞上帖子，接著出來一個綠衣婢女將她們三人引領進去。

進了花廳，青桐看見一群如花似玉的女孩子，正圍著一個身穿銀紅縷金百蝶穿花雲緞裙、輕搖著牡丹薄紗菱扇的年輕婦人說笑。

這群女孩子中既有她認識的鍾靈、鍾秀姊妹和鄧文倩、程潔等人，有過幾面之緣的程家大小姐程雪、三小姐程芷，還有兩個全然不認識的。

程潔一直靜靜坐在一旁，臉上掛著得體的笑容，時不時附和一句，她一看到青桐進來，便笑著起身迎接。「林妹妹，妳可來了。」

說笑聲頓時戛然而止，眾人一起望向青桐，接著鄧文倩也笑著招呼問候，鍾靈、鍾秀十分冷淡地招呼一聲便算了。

青桐踏著厚實的猩紅地毯，緩緩走向那位裝扮得雍容華貴的程夫人，說道：「見過程夫人。」

程夫人陸氏微微一笑，扶著青桐打量了一會兒，對著身旁的兩個姑娘說道：「明珠、明玉，這便是我時常向妳們提及的青桐姑娘。」兩人順勢上前介紹，互通姓名大小。

青桐隨意打量著面前的兩人，那個身著蘇繡月華錦衫、身量高眺、容貌明豔的女孩子叫陸明珠，是陸紹衡的妹妹；那個身著百花曳地裙、身材嬌小婀娜的則是陸明玉。她們是陸氏的甥女，而陸氏則是程元龍生母的遠房堂妹。

陸氏和陸明珠、陸明玉三人也在審視著青桐。因為還在孝期，她的裝扮以素色為主，一襲雨過天青色紗衣、一身素白裙子，頭上插著一把白玉梳子，通身上下無任何多餘裝飾，雖然衣飾簡樸卻毫無寒酸之氣，相反氣勢卻比在場任何一個姑娘都強大。

陸氏面上帶笑，不動聲色地誇道：「來我身邊坐下，真是個靈秀端莊的人兒。」

其他人聽到陸氏的誇獎，有的暗笑，有的微笑，有的默不作聲，只有程潔和鄧文倩神色還算正常。

陸氏熱情地拉著青桐問長問短，時而替她擔憂，時而替她傷心。青桐沒料到自己會成為中心人物，她環顧四周，其他人表面神色平靜，內地裡卻是波濤暗湧。這是一個辛辣的聚會，參與的人全是老薑，她看向被排斥在邊緣的程潔，對方趁人不注意，對她流露出一絲無奈的苦笑。

客套幾句後，談話開始進入正題，鍾靈問道：「青桐，上次我聽人說妳和妳父親去寶珠寺遇到匪人，可真把我嚇壞了。」

青桐答道：「是遇到了，也把我嚇壞了。」

鍾靈輕拍著胸口道：「還好妳沒事，妳不知道當初大家都擔憂妳想不開。」

青桐盯著鍾靈看了一會兒道：「我的武功足以自保，不過如果換了妳可就不好說了，妳以後若是遇到這事一定別想不開。」

鍾靈臉色略變，勉強笑道：「這可是天子腳下，又是太平盛世，我平日又不亂跑，怎麼可能招惹這種人？」

青桐點點頭，順著她的話道：「所以，我遇到土匪，是我亂跑自招的？那些被殺、被搶的人，也是自己招的？令尊斷案時是不是也用這套說法？如果是，那他真為朝廷省了不少事。」

鍾靈臉現薄怒，忙爭辯道：「我何曾這樣說了？我只是關心妳才問了幾句，妳怎能胡亂曲解我的意思？」

這時鐘秀也跟著幫腔道：「是啊青桐，妳大概誤會姊姊的意思了，她真的只是關心妳而已。」

青桐掃了一眼眾人，發現那陸氏雖然仍面帶微笑，嘴裡不住勸著，但明眼人都能看出她是在看好戲。這是在給青桐下馬威，至於為什麼這麼做？很簡單，一定是聽別人說了什麼，誤以為她和程元龍有什麼關係。

青桐眉毛微挑，不冷不熱地接著鍾秀的話說道：「多謝關心，不過妳們有空還是多多關心自己吧！」

這時，鄧文倩笑著接過話頭。「好了好了，咱們難得一聚，妳們可別生氣吵嘴。」

她接著說了幾句無關緊要的閒話。

陸明玉卻不放過，插嘴道：「我聽說何大人非說妳害死了他的兒子，再三遞狀上告，真是太可氣了，還好李大人斷案如神。」

陸明珠一臉驚懼地接道：「妳說的可是那何正倫老爺，他前幾日剛剛慘死。」

眾人一說到這個，頓時七嘴八舌地議論起來。

陸氏輕輕啜著茶，冷眼旁觀。青桐也小口喝著茶，有條不紊地消滅著桌上的各式點心。

花廳內靜了片刻，又重新熱鬧起來，不過，她們沒再把矛頭指向青桐。

過了一會兒，就聽見門口傳來了一陣急促的腳步聲和說話聲。

先是程元龍的聲音。「客人呢？咦，怎麼還請了別人？」

程潔聞言，不安地絞著衣角，眼睛不時地瞟著門口。本來程元龍命令她請青桐過府，不知怎地被嫡母知道了，又讓她下帖子請了其他幾位姑娘來，她兩邊都不敢得罪，只好照辦。

程元龍如入無人之境，大踏步走了進來，陸氏笑著責怪道：「你這孩子不見這屋裡全是女客，就這麼莽撞地闖了進來。」

程元龍不以為意。「我進來找樣東西。」說著話，他的目光掃了一圈，最後停留在青桐身上。

青桐正專心致志地吃點心、喝茶。

程元龍在「找東西」，其他幾位姑娘卻在暗暗地打量著他，沒有意外，眾人的眼中都是驚豔之意。他去邊關幾年，剛剛回京，並不曾跟這些女孩子見面，這幾人雖然聽說了當年的小胖墩已經大變模樣，但因為沒親眼看見，她們並沒有什麼太大反應。

今日親眼看見，才知傳言非虛。

現在的程元龍跟以前相比，真的是天壤之別。他身著一襲象牙色薄綢夏衫，腰繫玉帶，像一棵玉樹似地立在廳中，一張臉光潔如玉，顧盼生輝，劍眉星眼，鼻梁高挺。

程元龍輕輕搖著一柄宮扇，他以往曾經多次試圖做出一副風流倜儻的模樣，但從沒有像這次那麼形象逼真。

陸氏慈祥地笑著，靜靜地觀察著在場幾位姑娘的反應。鍾靈已經心繫陸紹衡，對他沒多少想法，神色還算坦然；倒是鍾秀，因為鍾家之前有意和程家結親，她提前得到些口風，當初還激烈反對，現在她的心情突然有了一點微妙的變化……其實程家也不錯。

再看陸明玉的神色，也略有些變動。她原本是有些怨恨姨母想將她配給程元龍的，這會兒怨氣不覺少了許多。

程元龍此時已經裝模作樣地在屋裡找了一圈，突然對程潔說道：「我去湖邊看腳趾頭，妳一會送顆包子過來。」

程潔一時無語，每個字她都懂，但是合在一起怎麼就不懂了？

程元龍也沒想讓她懂，他說的自然有人懂。

程潔雖然不大明白，不過領悟能力不錯，等了一會兒便向一旁的姊姊程雪低聲說了幾句，又向眾人說要帶青桐回自己房中說會兒話，帶著她悄悄遁了。

其他人都沒怎麼注意，倒是鄧文倩似笑非笑地看了青桐和程元龍一眼。程元龍達到了目的，輕鬆愉悅地轉身向外走去。

陸氏笑著叫住他。「你這孩子，既然進來了，怎麼不過來見見你的表姊、表妹？」

程元龍心不甘、情不願地挪了過去，他淡淡地瞥了陸明珠和陸明玉一眼，他對這兩人的觀感都不怎麼好，尤其是陸明玉，小時候可明裡暗裡沒少笑話他；而他這個表姊跟表哥差遠了，他一直都不喜歡心眼太多的女孩子。

程元龍走上前漫不經心地打了個招呼，又隨口問陸明珠。「表哥怎麼沒隨妳一起來？」

陸明珠道：「他本要一起來的，路上被秦王府的人叫走了。」

程元龍「哦」了一聲，便沒其他話說了。

陸明玉含羞帶怯地瞟了程元龍一眼，柔聲說道：「表哥，給我們講講你在邊關的事吧，我聽堂哥說你在軍中真是令人刮目相看。」

若是換了他的哥們兒問這類問題，程元龍早滔滔不絕地吹開了，但對於陸明玉，他實在沒心情顯擺。

他不冷不熱地答了句。「邊關的事表哥比我知道得多，妳有空問他吧！我有事先走了。」

說完，程元龍看也不看眾女，揚長而去。

陸明玉臉上的笑容頓時僵硬起來，陸氏的神色也有些尷尬。鍾秀悄悄地與鍾靈對視一眼，心照不宣地笑了笑。鍾秀以為自己做得隱秘，不料卻被眼尖的陸明玉逮個正著。

陸明玉心中大怒，臉上卻仍帶著得體的笑容，以開玩笑的口吻對鍾秀說道：「鍾秀妹妹，妳平日都用什麼脂粉，看著倒是比以前白了許多，表哥應該不會再笑話妳了。」在場的人都知道，鍾秀從小就與程元龍不對盤，兩人見了面就開口嘲諷，她笑他胖、他笑她黑。

鍾秀聽她話裡有話，臉色不禁一黑，冷冷回應道：「孩子之間，誰沒有幾句口角，陸姊姊小時候不也笑話過程哥哥胖得像豬嗎？」

鍾靈生怕妹妹得罪了陸氏，趕緊悄悄扯她的袖子，鍾秀立即會意，趕緊變了口風。鄧文倩也出聲替兩人圓場，一場口角風波悄悄化解了，眾女雖然各懷心思，但仍然有說有笑。

程潔帶著青桐到自己房中坐了一會兒，便推說屋裡太悶，想帶她去園子裡走走，兩人有一搭、沒一搭地說著話，一路分花拂柳，朝湖邊走去。

此時正值仲秋時節，秋高氣爽，金風細細。滿園飄著清甜的桂香，碧藍的湖水中映著藍天白雲的倒影，程元龍正半蹲在湖邊，百無聊賴地用石子砸水花玩。

他正砸得起勁，忽聽得身後傳來一聲威嚴的喝斥。「你都多大了還沒個正經？」

程元龍一個激靈，立即挺直腰背站好，默默地聽著父親的教誨。

程英傑虎目圓睜，滿臉嚴肅，沈聲問道：「你在這裡做什麼？」

程元龍耷拉著腦袋答道：「沒幹麼，觀湖景。」

程英傑對他的回答頗不滿意，輕哼了一聲，沒再說話，他背著雙手，慢慢踱著步子，忽然又問道：「你母親在做什麼？」

程元龍老實回答。「她在花廳招待陸、鍾、鄧三家小姐。」

程英傑若有所思地沈吟片刻，又問道：「你都見過了？覺得怎樣？」

程元龍十分警惕，不答反問道：「什麼怎麼樣？我是一個穩重的人，怎好去胡亂評價人家閨閣女子？」

程英傑被噎得接不上話，但又不能說他說得不對。

程英傑只好把眼一瞪。「虧你表哥還誇你懂事了，我看你還是跟以前一樣頑劣不堪，滿嘴的歪理。」

父子倆正在說話，正好程潔領著青桐走了過來，程潔一看到滿臉嚴肅的父親，嚇得裹足不前。她平常就怕父親，更遑論是現在父親神色不快。

青桐抬頭一看也認出了程英傑，她大大方方地打了個招呼。「程伯父好。」

程英傑雖然只在幾年前見過青桐一面，但他仍有印象，可能因為這個女孩子太特別了。有客人在前，他也不好再繃著臉，衝她略一頷首，吩咐程潔。「潔兒，妳好好招待林小姐。」

程元龍悄悄看了青桐一眼，清清嗓子，一本正經地說道：「啊，妳們是要去逛園子吧？那我迴避一下。」

說完，不等父親發話，他便像隻兔子似地溜走了。

程英傑無可奈何，只得慢慢踱回書房去。

程英傑剛離開，程元龍便笑嘻嘻地出現在她們面前。

程潔做為庶女，平日最會察言觀色，一看這情形，便知道自己該功成身退了，她很快尋了個藉口悄悄離開。

湖邊只剩下程元龍和青桐兩人，程元龍既緊張又興奮，他側臉看看青桐，傻呵呵地笑了幾聲。「嘿嘿，今日的天氣真好啊！」

青桐點頭附和道：「是不錯，桂花的味道很好聞。」

一說到桂花，程元龍立即現出吃貨的原形。「是啊，我們府裡有一個專門釀桂花酒和做桂花糕的嬤嬤，人們都叫她桂姨，一會兒妳也嚐嚐她的手藝。」

青桐看著他那雙閃閃發光的眼睛，問道：「你還在節食？」

程元龍狂點頭。「自然要節制，怕再回到原樣。」

青桐有些感慨道：「跟食慾抗爭，一定很辛苦吧？」

程元龍正要回答，忽地想起什麼了，眼中閃過一絲狡黠的笑意，意味深長地說道：「那是自然，初到邊關時，很不適應那裡的氣候和飲食，每當想開小灶加餐時，我就會想起一個人，想起她的話和她的鼓勵，便忍著不吃了。」

說著這話，程元龍悄悄地觀察著青桐的神色，然而她沒有尋常女孩子的羞澀，也沒有任何表示。程元龍暗暗嘆息一聲，兩眼望天。好吧，他知道她有時候很呆，他也知道有的事情得慢慢來；可是……他的時間也不多了，他父親和繼母這一次肯定要他成親，他該怎麼辦？

程元龍低頭想了一陣，又怕站在湖邊說話不方便，便指著不遠處的一個隱密假山說道：「走，到那裡看看去。」

青桐輕輕一躍，跳了上去，坐在花木掩映的一塊光滑的大青石上等著程元龍。程元龍攀了上來，兩人並肩而坐。

他們之間本來隔著一小段距離，但青桐覺得座下凹凸不平，硌著她了，便往程元龍那裡挪了些。這下，兩人之間再無空隙，肩挨著肩，風吹來時，她的長髮有一下、沒一下的騷擾著程元龍的臉頰。

程元龍正值血氣方剛的年齡，加上受了這幾年在軍營中那幫糙漢子們的影響，對於男女之事略知七、八成，他這會兒，心情不由自主地開始蕩漾起來。

他偷眼瞧著青桐，只能看見她的一綹烏黑的鬢髮和白玉似的側臉。

程元龍趕緊按住這股念頭，出聲試探道：「包子，妳年紀也不小了，以後有什麼打算吶？」

青桐歪頭看了他一眼，反問道：「你問我的理想？」

「呃，對，就是理想。」

青桐沈吟一會兒，答道：「想做的太多，但條件不成熟，退而求其次，去邊關建功立業吧！」

「哦。」程元龍嘆息一聲，這答案他早知道了，可是他還是不甘心，懷著鬼胎繼續追問：「那妳沒有別的想法了？比如說想嫁個什麼樣的夫婿之類？哈哈，咱倆是哥們兒嘛，隨便說說唄。」

「夫婿？」青桐重複著這個詞，顯然她以前沒把它規劃在內。

程元龍繼續啟發她。「妳想不想有個人陪著妳說話？」

青桐隨口答道：「能陪我說話的人太多了，我弟弟、我娘，還有你，以前我甚至和貓狗說過話。」

程元龍抓耳撓腮，更深一步地問道：「那妳想不想有個人替妳遮風擋雨？」

青桐一臉莫名其妙。「遮風擋雨，有雨傘就可以了。」

程元龍給噎了下，傾腸倒腹再問道：「那妳就不想和、和喜歡的人花前月下，吟詩說話嗎？」

青桐頓了一下，突然「啪」地一聲拍死了一隻肥大蚊子。「花前月下，蚊子肯定很多。」

程元龍無言以對，好吧，他不該問她這麼有情調又含蓄的問題。

他沈思一會兒，決定放棄迂迴戰略，採用單刀直入的方式。

「那、妳覺得我怎麼樣？」

問完這句，他的心不爭氣地怦怦亂跳。

青桐不由得多看了他一眼，她總覺得他今日有點怪怪的。

她想了想坦率回答。「你嘛，其實不怎麼樣。」

程元龍的心立即不跳了，只感到透心涼。他既憤怒又不甘心，她竟然覺得自己不怎麼樣，他都變得這麼瘦、這麼英俊、這麼好！

他深呼吸了三口氣，按捺住心情，用賭氣的口吻問道：「那妳說我表哥人怎麼樣？」最好也不怎麼樣。

「你表哥？」青桐斟酌了一會兒，慢慢說道：「你陸表哥還行，對朋友還算仗義。你那個秦王表哥很複雜，我就給個中評吧！他還是挺有能力的，但他的心思深得像老蛇的洞一樣，摸不清門道；而且他為人不檢點、不貞潔，聽說他的床總是人來人往，每晚都十分繁忙。」

程元龍聽得臉紅氣粗、兩眼發直。

青桐後知後覺，以為自己的坦率打擊到了他，遂趕緊亡羊補牢地安慰了一句。「你雖然不怎麼樣，但其他人更一般。我拿你當好哥們兒才對你說真話的，要是你秦王表哥這麼問我，我也會說『殿下英明神武』。」

「啊——」程元龍還來不及細細品味這句話，就覺得背後有異樣的聲音。

他猛一回頭，就看見自己那「英明神武」的表哥和陸紹衡一起，向他們走來。

第二十二章

程元龍頓時石化，他一臉呆滯地看著青桐，青桐同樣驚詫，兩人一起呆呆地看著向他們方向移動過來的秦王和陸紹衡。

秦王今日身穿一襲青蓮色常服，腰繫黑色玉帶，身後連親隨也沒帶，邁著悠閒的步子緩緩地走著。

秦王的臉上微蘊笑意，一雙漆黑深邃的眸子閃著熠熠的光彩，他看著兩人，揶揄道：「怎麼不說了？」

程元龍抓耳撓腮，尷尬地笑著。「見過殿下，不知殿下駕到，有失遠迎。」

青桐不知說什麼好，只好沈默以對。她決定以後再說別人壞話時，一定要及時觀看前後左右。

秦王看上去倒挺大度，沒有揪住這點不放，他淺淺一笑。「我今日閒來無事，正好來看看舅舅、舅母，母妃近日也挺惦記你的。」

程元龍低著頭答道：「我也挺惦念姑母的。」

四個人一邊說話，一邊沿著藤蘿掩映的小路向假山後面的樹林中走去。秦王走了幾步，突然微微一嗅，笑道：「這香味果真一絕，怪不得母親時常提及這兒。」

程元龍道：「我今日正好讓桂姨做了桂花糕，一會兒表哥給姑母帶回去些。」

四人說著話，已經到了一片桂樹林中。一陣陣桂香鑽入眾人的鼻間，讓人心神欲醉，秋風吹過，淡黃的花兒紛紛揚揚地落下，宛如下了一陣花雨。

四人走了一陣，就在桂樹林中間的石桌旁坐下歇息。程元龍走出桂林，吩咐一個下人讓廚房送些桂花糕和茶酒上來，青桐則一臉沈醉地賞著眼前的美景，來到古地球的最大福利就數各種奇瑰的自然美景和美食了。

秦王在說話的間隙瞥了青桐一眼，他的嘴角不由自主地逸出一抹淺笑。他倒是沒見過這樣的女子，集各種矛盾性格於一體，有時很呆，有時又很有趣。

不多時，廚房的人便捧上了幾碟桂花糕來，一同端上來的還有金黃香醇的桂花酒、桂花茶，以及山楂糕、玫瑰糕等各式點心。

程元龍看旁邊沒有侍衛試吃，便主動先挾起一塊桂花糕嚐了一口道：「不錯不錯，來，你們都試試。」

主人一讓，青桐也不再客氣。陸紹衡和秦王只嚐了一口便放下了，三人一邊品茶，一邊說話。

青桐坐在一旁，優雅而凶猛地消滅著一塊塊糕點。

「漠北的局勢越來越緊張了，這仗肯定要打，至於派誰為將，百官爭執不下，著實讓人憂心。」

「殿下無須憂慮，陛下自有聖裁。」

此時，青桐消滅掉了第一塊，伸手往第二塊前進。

「可惜啊，楊老將軍、狄老將軍都已英雄垂暮，年輕一輩又歷練不足，我朝人才正值青黃不接之季。」

青桐又伸手拿向第三塊。

陸紹衡皺著眉頭，沈吟道：「要不要把我父親從燕地調撥到漠北？」

秦王搖頭。「不可，若是這樣豈不正中了燕王下懷。」

陸紹衡神色嚴肅。「可是我聽說燕王有意保舉何正臣為鎮北將軍……」

秦王默然沈思片刻，修長的手指一下一下地敲著石桌，他無意中瞄向桌上的瓷盤，發現上面已空無一物。

秦王抬眼看著正襟危坐的青桐，他朝她溫和一笑。「好吃嗎？」

青桐怔了一下，才發現對方是在跟她說話，忙點頭回答。「非常好吃。」

她一跟秦王說話，程元龍就緊張，他趕緊插話道：「殿下心中可有合適的人選，不管怎樣，都不能讓那個何正臣去，那老傢伙除了溜鬚拍馬、揣測上意，沒一點真本領。」

青桐吃飽喝足，也想談談國家大事，她想了想說道：「其實我倒有一個人選，就怕你們不同意。」

「哦？」秦王略帶揶揄地問道。

青桐毛遂自薦。「我。」

「……」眾人無言以對。

青桐不理會三人怪異的目光，逕自說道：「漠北是游牧部落對吧？他們來無影、去無蹤，打完就跑，追又追不上，若是大隊人馬潛入沙漠，運送糧食十分不方便；所以最好採用精兵良將，輕騎潛入，與之周旋，然後再多派幾隊輕騎，主將之間可互為照應，但又沒有從屬關係，一切聞風而動。」

秦王的笑意略深了些，用鼓勵的目光注視著她道：「說下去。」

青桐攤攤手。「沒了，到了就打唄；若是你敢用我，我定會殺他個片甲不留，哭爹喊娘。」

陸紹衡淡淡道：「打仗是男人的事，若是讓妳上戰場，豈不是要被人嘲笑我大晉無男人可用？」

青桐輕哼。「你們難道現在有男人可用？」

「……」一旁的陸紹衡不禁微怒。

程元龍怕激怒秦王，忙笑著打圓場。「她這人又呆又直，別跟她一般見識。」

程元龍又轉過頭對青桐說道：「青桐，雖然妳的功夫確實不錯，但行軍打仗並不是善戰就行。」

青桐一臉不服，嘀咕一句。「我當然知道，要用智慧和腦子。」

眾人正說著話，就見樹林那邊閃過一群人來，為首的正是裝扮得隆重華貴的陸氏和一臉驚喜的程英傑，後面還跟著一眾家丁侍衛。

秦王朝陸紹衡和程元龍苦笑一下，緩緩起身道：「舅舅、舅母。」

程英傑恭敬說道：「殿下怎麼不提前告知一聲，元龍一向沒上沒下，不知禮數，恐唐突了殿下。」

秦王忙說沒關係，自己只是隨便逛逛。

不過，一被這兩人發現，秦王注定隨便不了，程英傑夫妻兩人將秦王請到正廳，重上茶點。青桐是第一次到來程府的正廳，她方才去的是花廳，當年道歉去的是側廳。

這間正廳端的是富麗堂皇，擺設十分豪華，她只認得紫檀木的茶几、花梨木交椅，客廳的一角還擺著一株一人多高的珊瑚樹。

青桐用眼掃視一圈，中途正好對上陸氏那種審視探究的目光，不出意外地，她從對方眼中讀出了隱藏的示威挑釁之意。青桐雖然對人的情緒反應不如這裡的土著敏感，但她一直有著一種動物性的直覺，一個人對她有沒有敵意，她能很明顯地察覺到，這個陸氏對她，有著很深的敵意和戒備。

眾人分賓主落坐，陸氏起先謙讓不坐，秦王再三聲明，今日他是以外甥的身分來看望舅舅、舅母的，陸氏才側身坐了。她先是問了貴妃娘娘的起居健康，接著含蓄隱晦地誇讚秦王幾句。

程英傑則跟他說些無關緊要的新聞時政。

幾個年輕男子的出現，立即帶動了大廳裡的氣氛。姑娘們說話比平常清脆動聽許多，舉止更加文雅，遲鈍如青桐，也感覺到了那幾道含蓄的、含著發情意味的目光。陸明珠、程雪、程芷的目標顯然是秦王，鍾靈則頻頻看向陸紹衡，鍾秀和陸明玉的目標似乎是程元龍。

青桐奇怪地盯著程元龍看了一會兒，她倒沒想到一向無人問津的小胖子也有人惦記了。她不但從鍾、陸兩女的目光中看出了對彼此的敵意，還同時發現對方也把她當成了假想敵。於是，在眾人說話的時間裡，青桐便找到了一件有趣的事，那就是觀察眾女變化多端的神情，特別是鍾秀和陸明玉的神色，她們對程元龍由討厭到喜歡，是怎麼轉變的呢？難道僅僅是看臉嗎？應該不全是。

青桐驀地記起了曾經看過的愛情理論。女性在判定事物價值時，常常依靠其他同性的看法，不光是對男人本身，包括挑衣服、買零食等等，所以她們在判定男性價值高低時，女性會本能地去觀察同性對他的態度。同樣一個男人，沒女朋友的時候常常無人問津，如果他身邊有優質美女環繞，反而容易勾起女性的興趣，所以程小胖要麼無人問津，要麼吸引眾女一窩蜂地去搶。

青桐想明白其中的癥結後，高深莫測地笑了笑。她正為自己的重大發現而高興，程元龍不知什麼時候蹭到了她身邊，他壓低聲音道：「哎，包子，笑什麼呢？」
青桐搖頭。「我在笑你。」
程元龍又問道：「笑我什麼？快告訴我。」
青桐只是搖頭不語。程元龍忍不住把椅子拉近了些，湊過去繼續追問。
這時，忽聽得一聲假咳。程元龍身軀一震，一抬頭便看見父親正用眼刀掃他，他無奈地看了青桐一眼，站起身朝父親身邊走過去。
接著，程英傑請秦王到書房去談話，程元龍和陸紹衡也跟著一起去，大廳裡只留下陸氏和一眾女孩子們。三個年輕男子一離開，大廳裡的氣氛便淡了下來，靜了一會兒，女孩子又嘰嘰喳喳地說起了話。
青桐覺得糕點、茶點都吃了，景也賞了，自己是不是該離開了？
她正要開口告辭，剛好鄧文倩和鍾靈率先提了出來，誰知陸氏卻非要挽留眾人吃午飯。
陸氏一臉誠懇。「今日妳們姊妹難得聚在一起，小雪和芷兒又是小疾初癒，妳們就賞個臉留下吃頓便飯。」
鄧文倩和鍾靈自然要推辭一番，陸氏再三挽留，兩人只好順勢答應。
陸氏又特意對青桐說道：「林姑娘，妳也留下，一起熱鬧熱鬧。」
青桐倒也無所謂，眾人都留下了，她也留吧！她連推辭都沒有，便爽快應下了。陸氏見她應了，臉上浮出一抹頗有深意的笑容。

青桐對於敵意的接收比對情意敏感許多，一看到陸氏這種表情，心中一凜，她到底想做什麼？

程元龍正在書房聽父親和兩位表哥談話，他的貼身小廝藉著添茶的機會，悄悄告訴他陸氏留飯的消息。

聽到陸氏的挽留，嘴角微微一彎，揚出一抹嘲諷的笑意，他就知道這個繼母肯定會興風作浪，他很明白這其中的癥結，她不想讓他娶一個對他有助力的妻子，同時這個妻子還要好控制。

青桐雖然家世不好，但她的性格，正常人都知道那是十分的不好控制，所以陸氏既不滿意鍾秀和鄧文倩，也不滿意青桐，她想要程元龍娶的是自己的甥女——陸明玉，以便新媳婦進府後好跟自己一條心，真是想得太美了。

程元龍在心中暗暗冷笑，他此時不便離開，只好給程玉使個眼色，飛快地說道：「去，幫我盯著我的包子，別被狗咬了。」

程玉不愧是他的貼身小廝，這等暗語竟也懂了。

前廳，程元龍的另一個嫡妹程芷，這會兒正笑著說道：「託幾位姊姊的福，我今日一高興，身體竟清爽不少。」

程芷是陸氏的親生女兒，她慈愛地看著程芷，伸手又是理鬢髮，又順著程芷的話感謝了眾人一番。

鄧文倩和鍾靈連忙答道：「哪裡哪裡，是我們叨擾了夫人和幾位小姐。」

程芷走過去拉著鄧文倩的手撒嬌道：「鄧姊姊，我早就聽說妳的琴技高超，今日芷兒一定要過過耳癮。」

鄧文倩推辭一番，禁不住程芷再三邀請，只得答應了。

眾姑娘隨程芷移步前去湖邊的臨風閣，府裡的丫鬟動作飛快地焚好香，擺好琴，恭請鄧文倩奏曲。

鄧文倩微微笑著，纖指輕撥慢挑，奏了一曲〈平湖秋月〉，琴聲如清泉一般叮咚作響，甚是悠揚悅耳，讓人不由自主地沈靜下來。

一曲奏罷，眾人紛紛叫好，青桐也用力鼓掌。接著便是程雪和鍾靈演奏，這兩人雖不及鄧文倩，但演奏功夫也甚是了得。

輪到鍾秀時，連青桐這個外行人也聽得出她和其他幾人的差距。就在鍾秀奏曲時，陸氏使了個眼色給一個小丫鬟，那丫鬟悄悄退將出去，靜靜候在書房外幾丈處。程英傑陪秦王說了會兒話後便試探著留飯，他原本沒抱什麼希望，不想秦王倒是一口答應了，程英傑大喜過望，一抬眼看見階下立著的小丫鬟，立即吩咐道：「還愣著作甚，還不快去告訴太太。」

小丫鬟遲疑了一下，低著頭答非所問地道：「老爺、兩位少爺、秦王殿下，太太這會兒正領著姑娘們在彈琴，廚房已經開始準備了。」

程英傑看了小丫鬟一眼，淡淡嗯了一聲。「下去吧！」他腳步稍稍一頓，突然問道：「湖畔景致好，涼爽，不如我們也去飽飽耳福。」

程元龍心中有些不樂意，陸氏這麼做肯定有她的深意，她這個人，他最是瞭解，大動作不敢，小動作卻不斷。

他也深知青桐的琴技，生怕父親不喜歡她，隨即他又轉念一想，讓秦王看到她這一面也挺好。一時間，程元龍是糾結無比，他一向是喜怒形於色，近幾年雖有改進，但仍是本性難改，他這副糾結的模樣，很快便被其餘三人察覺了。

程英傑不禁大怒，斥罵道：「你兩位表兄好不容易來家一回，你那是什麼神色？」

程元龍只得收起糾結的情緒，微微嘆了口氣道：「我這不是高興嗎，這叫樂極生愁。」

秦王聽到這個新鮮詞兒，不禁笑了起來，陸紹衡和程英傑也跟著笑了笑。

眾人繼續朝湖邊走去，前方都是女眷，他們不好直接上前，程英傑引著三人在臨風閣附近的亭子裡坐下，既隔著些距離，又能聽得見琴聲。下人們很快捧上茶果，四人一邊飲茶，一邊品評琴藝。

此時鍾秀的彈奏已到了結尾，本來她發揮還算正常，但秦王等人的到來，引起了一陣小小的騷動，鍾秀也不由自主地受到了影響，心裡一緊張，雙手開始發抖，最後一段發揮得十分糟糕。

陸氏和程芷雖然好聲安慰鍾秀，但青桐明顯看到兩人眼中一閃而過的笑意。接下來應該輪到程芷，鍾秀的糟越發襯出她的好來。

程芷輕輕一提裙裾，如風吹楊柳一樣，邁著優美的步子緩緩走向琴檯。

不想，這時臉色灰敗的鍾秀卻突然說道：「這次該輪到青桐妹妹了吧！」

眾人一齊怔住。陸氏先是一怔，接著很快便笑著叫回程芷，不管怎樣，青桐是程府的客人，主人理應謙讓客人，鍾秀已說出口，若是程芷仍要先彈奏，未免給人留下不夠懂事的印象。

程芷也很快明白過來，她當即便給自己尋了個臺階，嬌笑道：「這次當然要輪到青桐姊姊，只是方才我聽到琴音似乎有些不對，便上前瞧瞧，看是不是琴弦出了差錯。」

鍾秀一聽到這話，臉紅得更厲害了。今日真夠丟人的，不過她很快便找到了自我安慰的方法，反正這裡還有一個比她更差、更丟人的。

正在致力於吃點心、喝茶的青桐一看眾人的目光忽地集中到自己身上了，她看看鍾秀、再看看陸氏母女，很快便明白過來；鍾秀想拉她墊背，陸氏想讓程芷在貴族面前表現，而她，剛好成了炮灰。

她若是彈琴，她的琴技能安慰一下受挫的鍾秀，不過對方不會感謝她，只會笑話她；同時，她也得罪了陸氏和程芷。得罪人不是她最先考慮的，她才不在乎對方是喜歡還是討厭她呢！她想的是，憑什麼要我當炮灰？要當也得當霹靂炮，炸得眾人身軀亂飛，這才符合她渴望散發王八之氣的性格構想。

青桐這一遲疑，倒讓鍾秀越加興奮，她輕輕一笑道：「青桐妹妹，我記得妳以前不是學過琴嗎？妳還曾向我姊姊挑戰呢！」

青桐淡淡說道：「學過，但忘了。我承認自己的琴技是咱們中最差的，請問這樣可以讓妳覺得好受些嗎？」

鍾秀被她說中心事，柳眉一豎，不由得揚高聲調道：「妳這話是什麼意思？妳怎麼可以以小人之心，度君子之腹？」

青桐不急不怒，繼續安慰。「妳何必惱羞成怒，君子聖賢見賢思齊，但一般人見不賢而生喜、見好而妒忌，很多人都有這種心思，我也有。比如說，我一看到妳，就覺得自己性格不是最差、最陰暗的，會油然而生一種全方面的優越感，妳懂否？」

眾人聽了尷尬，大氣都不敢出。

鍾秀氣得渾身發顫，臉紅得像豬肝一樣，鍾靈怕她失控，又是使眼色、又是勸慰的。

陸氏表面上柔聲勸解兩人，心裡卻暗自高興，讓這兩人鬥得兩敗俱傷，給程英傑留下不好的印象，剩下的人選便是陸明玉了。

趁著這股騷亂，程元龍走了過來，很關切地問道：「這是怎麼了？」一旁的程雪三言兩語將事情經過說給他聽。

程元龍一臉嚴肅，先是自責程家沒有盡到主人的職責，讓兩位客人有了誤會，接著話鋒一轉道：「既然彈琴不能讓大家高興，那就換一個好玩的吧！來來，咱們比賽射箭。」

陸氏似笑非笑地看著程元龍，道：「你又胡鬧了，這些女孩子們一個比一個嬌柔，怎會那些男孩子會的玩意兒？」

程元龍很快又換了一個提議。「母親說得也是，那就再換一個，釣魚總行了吧！」

青桐此時已是十分厭惡這幫勾心鬥角的女人，她騰地一下站起來道：「走，胖子，咱們一起去湖裡叉魚。」

青桐拿了些點心做魚餌，讓程玉去尋了一根魚叉來，不多時便叉了三條紅尾大鯉魚上來。

眾人看著無語，秦王倒是十分高興，讓人把魚拿到廚房燒菜去了。

秦王等人在湖邊逗留了一會兒，便再度被程英傑請回大廳。陸氏和程芷見秦王離開了，不由得意興闌珊，陸氏讓程雪和程芷陪著女客，她自己帶著一眾丫鬟、婆子去巡視廚房。

陸氏一走，一眾女孩子稍稍活泛了起來，三三兩兩地聚在一起閒談說笑。

鍾靈趁此機會慢慢踱到青桐身邊，她疏離而客套地說道：「好久不見，咱們說會兒話吧！」

「想說就說吧！」

鍾靈神色複雜，東拉西扯，遲遲不進入正題，過了一會兒，青桐忍不住提醒她。「有話請直說。」

鍾靈斂去了笑意，壓低聲音道：「妳這樣當眾和我妹妹爭執真的好嗎？程家會怎麼看妳，外人又怎麼看妳？」

青桐滿不在乎地嗤了一聲。「又不是我先招她，反正平常也是我一個人惹人笑，現在有她墊背挺好的。」

鍾靈壓著怒火，頓了頓，接著用低沈冰冷的聲音說道：「妳想知道別人怎麼評價妳嗎？妳不認識的和妳認識的，狄家、陸家、江家的小姐和太太……」

青桐盯著鍾靈那雙爍爍的眼睛看了一會兒，用平靜無波的聲音答道：「這還用想嗎？想想我是怎麼評價妳們的就行了；再說，一個傑出人物若是受到一群傻瓜的讚賞才是最可怕的。」

「妳！要不是南山那回……我才懶得提醒妳。」

然而青桐說完，便大搖大擺地離開了臨風閣，沒理會鍾靈的話，她決定先逛逛園子再回來吃飯，留下鍾靈在那兒生悶氣。

程府很大，青桐對這兒又不熟悉，亂逛幾圈後，發現自己迷路了。她想攔住人問問，偏偏這兒是偏院，且府裡的下人都在前頭忙碌，半晌都不見一個人來。青桐等了一會兒，決定按自己的方式探路，她先爬上樹，站得高才能看得遠，只要找到認識的標誌就好辦了。

青桐三下五除二地爬上了一棵大樹，她巡視一圈，猛地看見西北角的樹叢裡站著兩個青年小廝，兩人正在那兒竊竊私語。青桐理所當然地以為兩人是府裡的下人，輕巧一躍，跳到兩人身後，招呼一聲。「哎。」

沒承想那兩人卻是大驚失色，一齊轉過身來。兩人大約二十來歲，相貌平常，其中一個試探道：「小姐叫我們何事？」

青桐說道：「我迷路了，麻煩帶個路。」

那人似乎鬆了口氣，笑著說道：「小姐吩咐，小的本該聽從，只是太太吩咐我們有要緊事要辦，實在耽擱不起。」另一個突然喊道：「喏，有人來了，小姐何不找她去。」

青桐回頭一看，就見一個綠衣丫鬟提著掃帚正向這邊走來，她再一回頭，那兩個青衣小廝卻不見了。

青桐向那個丫鬟說明情況，對方爽朗一笑，當即便引著青桐朝前院走去。

兩人沒走多遠，忽地聽到有人高喊。「有刺客——」

青桐聞言不由一驚，帶路的丫鬟亦是嚇得臉色蒼白，她顫聲說道：「怎麼會有刺客，這府裡一向安全得很。」

青桐猜測刺客可能與秦王有關，她不及多想，對那個丫鬟說道：「好了，我知道怎麼走了，妳趕緊找個地方躲起來吧！」

那個丫鬟怔了片刻，突然拉住她道：「我們一起躲起來吧，別去了。」

青桐笑笑拒絕了，她拋下那個丫鬟，飛身朝大廳奔去。

她剛到福瑞院門口，就聽見一陣兵器相撞的響聲，還有雜亂喧嚷的尖叫聲，再跑近些往院裡一看，就見雙方正打鬥得激烈。

刺客身著青衣，青布蒙面，手持著明晃晃的長劍、砍刀，訓練有素，動作乾脆俐落，另一方是程家家丁和王府護衛。三方中，程家家丁明顯處於下風，地上躺的也多是他們。

陸紹衡和程元龍以及程英傑各據三處，圍成三角形，將秦王緊緊圍在中間；程安、程玉帶著十來個家丁、護衛，保護著陸氏等一幫女眷。

青桐一出現在院門口，便引起了一個刺客的注意，對方以為她是一個誤入的丫鬟，渾不在意的一刀斜劈過來，打算順手解決掉她。

青桐輕輕一閃，與此同時，「唰」地一下從背後拔出兵器，先就近解決掉那個劈她的刺客。那名刺客一時大意輕敵，只一個回合便被青桐送去見閻王。青桐再接再厲，提劍殺入敵群，她的劍快似流星閃電，身影上下翻滾，左劈右砍，寒光飛閃，如砍瓜切菜一般，所過之處，鮮血四處飛濺，不一會兒，她的身上便沾滿了鮮血，不過都是別人的。

由於青桐這一大將的加入，他們這方的壓力頓時減輕不少，程元龍匆匆看了青桐一眼，大聲叫她小心。程英傑亦是滿臉驚詫，他以前也聽說過青桐的若干事蹟，但都以為是眾人以訛傳訛，今日親眼所見，才知傳言非虛。

雙方你來我往，一方凶悍殘忍勢在必得，另一方拚了命反抗，院中只聽見鏗鏗鏘鏘的兵器相撞聲，和女眷尖利恐懼的呼叫聲。

刺客惜時如金，不敢拖延，一看到程元龍、陸紹衡三人將秦王保護得密不透風，突然改了目標，他們先將主要力量集中到較弱的一方，轉頭攻擊陸氏等人，目的是分散程元龍和陸紹衡的注意力。

本來，程安、程玉等人就在苦苦支撐，敵方一加大攻擊力度，越發支撐不住。「嚓」一地一聲，程安的肩膀被長劍劃破，接著，又聽得「哎呀」一聲尖叫，一個婆子被刺客踢飛，撞到牆上，當場橫死。

那人越過因受傷而反應遲鈍的程安，像一頭餓狼闖入羊圈一樣，闖入了女眷中間，舉刀便向程芷砍去，程芷嚇得花容失色，大聲慘叫。「啊啊，救命，爹救我——」

程英傑一臉焦急，卻又無法分身。

陸氏更是面白如紙，抖如篩糠，但她離程芷有段距離，根本無力相救。陸氏撕心裂肺地叫道：「芷兒——」她身旁的程雪也嚇得哇哇大哭。

程雪的哭聲卻讓陸氏雙眼倏地一亮，緊接著，程雪似乎被人大力推了一下，猛地朝前倒去，正好撞到了刺客的背上。那刺客看也不看，向後一踢，將程雪踹倒在地，其他人因慌張站不穩，胡亂踩踏，程雪被眾人踩踏著，慘叫連連。

青桐正在這廂與其他刺客搏鬥，聽得女眷那邊有變故，拿眼一看，隨手甩出一支袖箭，險險地射入刺客的頸部，那刺客舉著滴血的長劍，撲通一聲撲倒在地，程芷總算是逃過一劫。

青桐接連解決掉兩個刺客後，眼睛的餘光往陸氏他們那邊看了一眼，她意外地看到陸明珠正悄悄向秦王那邊移去。青桐暗暗驚詫，不知這姑娘在搞什麼鬼；不過，她這會兒正與人打鬥，不敢分心太久，遂轉過目光。她不知道就在這一瞬間的工夫，程元龍那邊的情勢突然起了劇變。

原來，悄悄向秦王那邊移動的不止陸明珠一個人，還有一個小丫鬟，院裡亂成一團，誰也沒注意到那個女子的動作。

那個小丫鬟慌慌張張地向程英傑撲來，大聲哭叫道：「老爺，大小姐受傷了——」聞訊，程英傑臉上不由得流露出悲痛之意。但是，就在這時，令人意想不到的一幕驟然發生了，那個女子突然從袖子抽出一把銳利的短劍，緊握在手中，猛地朝程英傑胸前刺過來。

程元龍及時察覺，反應十分機敏，當下大叫一聲。「爹——」同時，他奮不顧身地前來救父，一刀將那個女子刺穿，伸出左手去扶程英傑。

本來三人連同幾個護衛將秦王保護得風雨不透，這時卻突然出現了兩道缺口，那些刺客等的就是這個機會。五名刺客一齊發力，拚盡平生之力，殺入人牆之中，直取秦王而來。

程英傑受了傷，面色慘白，虛弱地啞聲命令。「別管我，救秦王——」

程元龍一臉痛苦糾結，程英傑咬牙說道：「秦王在，程家在。」說完便仰倒在地。

程元龍忍著淚水，看了父親一眼，提了兵器，轉頭靠向秦王，繼續廝殺。

突然，那幾名刺客互相使了個眼色，一齊揚袖，無數暗器如飛蝗一般朝三人面門打來。三人舉劍撥擋，突然秦王悶叫一聲，原來是被暗器打中了右臂，手中的兵器咯噹一聲落地。

「殿下——」
「表哥——」
陸紹衡和程元龍幾乎同時開口呼喊。
秦王此時已失去還擊之力，而程元龍和陸紹衡兩人被圍攻，誰也脫不開身，其中一名刺客興奮地獰笑一聲，舉著寒光凜凜的砍刀朝秦王頭頂砍下。
秦王低頭一躲，險險躲過，那人卻飛起一腿，秦王躲過了兵器，卻沒躲過這一踢，他趔趄幾下，「砰」地一聲躺倒在地，刺客再次提刀便捅。
恰在這時，只聽得一個女子悲痛欲絕的叫聲。「殿下——」原來是陸明珠竟然奮不顧身地撲過來。
她伸手抱住那名刺客的腿，那刺客見計劃被打斷，頓時大怒，正要一腳將陸明珠踢飛，忽然覺得眼前一暗，一個青衣女子像隻大鳥似地從天而降，高聲說道：「我來幫你。」
他聞言不由得一怔，這也是同夥？這個念頭像閃電一般閃過那名刺客的心頭，只是他還來不及細細甄別，就見眼前寒光一閃，一柄短劍深深地插入了他的胸口，溫熱的鮮血像噴泉一樣噴濺得四處都是。刺客雙眼圓睜著，往後一倒，砸到了前來美女救英雄的陸明珠身上。
其他幾名刺客見同夥行刺失敗，氣急敗壞地再次湧上來，青桐像一尊煞神似地立在原地，對方來一個她砍一個，來兩個砍一雙。
刺客數量在逐步減少，陸紹衡喘著氣喊了一聲。「留兩個活口！」

青桐從善如流，最後兩名只砍了個半死，但結果對方還是死了，是拔劍自刎，這些人竟是死士。

十幾名刺客全部被殺死，院中一片狼籍。程府下人死傷不少，女眷也有幾人受傷。程雪和程英傑、秦王已被沒受傷的下人抬進了房裡，陸氏先叫府裡的一個大夫幫著簡單包紮，接著又讓人去秦王府叫大夫。

那兩名小廝走到門口才發現，大門被鎖上了，門衛早被人打昏，他們讓人回來稟報情況後才從角門出去。接著又有丫鬟匆匆來報說，那些外院的丫鬟、婆子，包括鍾、鄧幾家姑娘帶來的丫鬟也被人打暈或者下藥迷昏了。

青桐抬腳去外院看看灰灰菜和喇叭花，還好兩人傷得不重，過一會兒應該能醒。

又過了一會兒，秦王府的一干侍衛領著一幫官差才姍姍來遲。

秦王傷得不算重，這會兒又能繃著臉訓人了。

那幫侍衛和官差像孫子似的，低頭哈腰，滿臉羞愧。

秦王訓完了這幫人，陸氏整整衣容，滿臉忐忑地上前請罪，秦王沈著臉說不怪程家。

女眷們一個個驚魂未定，衣衫不整，都被陸氏請回房休息去了。

程元龍腳步蹣跚地追出來，感激地看了青桐一眼，嘴唇翕動了幾下，說道：「包子，今日多虧有妳。」

他話未說完，陸紹衡走出來叫道：「林姑娘，殿下請妳進去。」

青桐轉身返回，秦王此時已換上了一身淺藍色的家常衣裳，右臂纏著白布，他正靠在床上閉目養神，幾名侍衛垂首侍立在旁，屋內靜寂無聲。

青桐一進來，秦王睜開雙眸，靜靜地注視著青桐。

青桐和他對視片刻，不確定地問道：「你還好吧？你的臉色有些發白，可能是失血過多。」

秦王的神色略略生動了些，收回目光，他低聲說道：「孤欠了妳一個人情。」

青桐很是大方地擺手。「何家那次你也幫過我，這次正好兩清。」

兩人正說著話，就聽人來報，王府的太醫和京兆尹帶人來了，青桐和程元龍等人只好迴避。

青桐見程府忙亂不堪，便提出告辭，不想程元龍卻說：「妳還是留下吧，方才殿下已經下令暫時封鎖程府徹查，所有人都不准離去。」

程元龍怕她不快，趕緊補充一句。「殿下應該沒別的意思，你們是作為證人留下的，我一會兒就命人去妳家送信。」

青桐點頭，事到如今，她也只好留下了。

過了一會兒，程玉匆忙來報，程英傑醒了。程元龍面露喜色，告別青桐，飛奔而去，沒多久他又跑出來，激動地對青桐說道：「包子，我父親說程家欠了妳一個天大的人情，妳有什麼要求可以提出來，只要他能做到一定答應。」

青桐想了一會兒，道：「先記著吧，以後有機會再提。」

程元龍頻頻點頭。「對對，先記著以後用。」

受傷的人都被扶進裡間醫治。女眷中，程芷受了輕傷和驚嚇，程雪受了重傷，陸明珠也受了一點傷。其他幾個女孩子都沒什麼大礙，外院的丫鬟們也陸續醒來，灰灰菜和喇叭花清醒過來的頭一件事就是跑進來看青桐。

兩人一臉愧疚。「小姐，都怪奴婢愚鈍，未能保護小姐。」

青桐滿不在乎地擺擺手。「算了，誰也沒想到會發生這等事，把包袱拿來我換身衣裳。」京裡的小姐們都比較講究，出門在外都會備著衣裳以防意外，這會兒她現在全身是血，正好派上用場。

青桐換好衣裳，灰灰菜給她略略整理頭髮。她從耳房出來時，鍾靈和鄧文倩等人已在花廳。

鄧文倩衝她笑笑，關切地問道：「青桐妳受傷沒？方才真是多虧了妳。」

青桐搖搖頭，說沒事。

一旁的鍾秀嗤笑一聲，意有所指地說道：「今日有人藉機大顯身手，肯定會增加不少籌碼，真難為她了。」

鍾靈再次朝妹妹使眼色，同時微微努努嘴，朝陸明玉那邊看去，意思是她真正的情敵在那邊。然而鍾秀卻不這麼認為，她與程元龍和青桐相處、相鬥數年，她知道青桐小時候就和程元龍的情誼非同一般，當程元龍還是程胖子時，他的身邊只有青桐這個腦袋缺根筋的女孩與他來往，其他女性暗地裡沒少嘲諷他，當然也包括她自己。

從陸氏對她們的態度來看，她顯然心中另有人選，所以討好主母這條路行不通，她只能從加強與程元龍的感情入手。大晉朝的前幾位皇帝有胡族血統，民風相對開放，男女婚姻之間並不全遵父母之命，在門第和家世的許可範圍內，青年男女是有一定的婚姻自由的。她很瞭解程元龍的性格，他從來都不是一個事事依從父母的人。

青桐雖仍然對於古人這種話裡帶話、弦外之音的說話方式不十分在行，但她也能聽出鍾秀是在針對她。

她不說話，只是定定地盯著鍾秀看。鍾秀被她看得心裡發毛，色厲內荏地說道：「妳這樣盯著我幹麼，我又沒指名道姓說妳。」

青桐直截了當地問道：「妳突然改變了心意，看上程小胖了？」

鍾秀雖然性格直爽，聽到這直白的問話，仍然不由自主地紅了臉，惱羞成怒地嚷道：「什麼看不看上的，妳以為人人都像妳這樣心思齷齪、不知羞恥？」

青桐冷然一笑。「是嗎？我坦坦蕩蕩地問妳話，怎麼就成心思齷齪了？其實妳不必這麼羞惱，求偶是動物的一種本能，妳已到了發情期，肖想男人無可厚非。」

鍾秀又急又怒，臉上充血，雙目圓瞪。「妳、妳——」

青桐面色如常，越說越順溜。「但人畢竟不同於動物，不能是個母的就行。妳的心術不正、心思陰暗，作為他的好朋友，我不建議他選擇妳。」

鍾秀怒不可抑，正要反唇相稽，餘光一掃，卻看到姊姊正衝她招手，接著只見花廳門口一個熟悉的人影閃過。鍾秀中途改變了策略，突然從一頭發怒的母獅變成了可憐兮兮的小白兔。「林青桐，我簡直不敢相信這麼粗俗的話竟從妳的口中說出，妳為什麼要處處針對我？」

青桐一頓。「怎麼突然轉變畫風了？」準是雄性進來了。她轉動腦袋四處一掃，果然看到了陸紹衡，對方同樣也用複雜的目光注視著她。

「欸，你好，案情查得怎樣？」青桐大大方方地和他打招呼。

陸紹衡尷尬地牽牽嘴角，算是一笑。

這時鐘靈見縫插針地說道：「妹妹，妳以前不是一直都讓著青桐妹妹嗎？這次也一樣，原諒她吧！她這人是有口無心。」這話包含的內容十分豐富，說得鍾秀彷彿多大度一樣。

說完，鍾靈盯著青桐，眼神有些愧意，又有些覺悟。

青桐沒心思理會她的心緒，淡淡一笑，大方地讓出空間。「兩位，不耽誤妳們演戲了，他不是我的目標觀眾，告辭。」

她還是換個地方，哪怕去豬圈看豬都比待在這兒強。

陸紹衡沈吟半晌，緩緩說道：「林姑娘，請隨陸某移駕，陸某有話問妳——有關案情的。」

青桐快步上前，陸紹衡衝屋內眾人頷首，公事化地安撫幾句，帶著青桐轉身出了花廳。他在前，青桐在後，一路沿著遊廊緩步慢走。

青桐百無聊賴地打量著前面挺拔魁梧的背影，暗暗嘆了口氣，見對方有一直向前走的意思，她只好率先出聲。「停，就在這兒問吧！」

陸紹衡腳步一頓，頭也不回地啞聲說道：「妳跟男子說話，還是這般喜歡先聲奪人？」

青桐理當所當然地接道：「那當然，我腦子比他們好使。」多年的性別優越感早已根深蒂固，即便到了古代多年，她還是改變不過來。

「呵呵。」陸紹衡發出一聲古怪的笑聲，慢慢轉過身來，看著青桐一字一句地說道：「我和元龍雖然是表兄弟卻勝如親兄弟，秦王對他也非同一般，何況他還是程家的嫡長子。」

「哦，明白。我講話喜歡開門見山。」

陸紹衡欲言又止，嘴唇翕動兩下，最終下定決心道：「也好，那在下就直說吧。青桐，聽我一句，妳根本不適合元龍。」說完這句，陸紹衡似乎有些於心不忍，他默默觀察著青桐的神色，生怕她流露出過激反應。

誰知青桐卻是表現出一副不以為然的神情，用鼓勵的口吻道：「你應該是好不容易下定了決心，請一次說完，我知道你今日很忙。」

陸紹衡暗自苦笑一聲，她根本不在乎。也是，她這樣的人怎會在乎這樣的話？他斟酌片刻，繼續說道：「做為程家的長媳，應該賢慧大方，善於隱忍，進退有度，行事周全……」

青桐皺著眉頭，揚手打斷他的話。「停停，請問陸公子，你以為娶妻像訂做家具嗎？大小薄厚、式樣量身訂做、任君選擇？」

陸紹衡耐著性子，用一副諄諄教導的口吻道：「當然，像程家這樣的人家要求未免多些，但是，即便是尋常人家，也一樣喜歡性子溫和的女子。作為朋友，我真心希望妳能事事如意，如有可能，我希望妳能改進一些缺點。」

青桐對著藍天翻了個白眼，這個人真夠自以為是的，虧她以前還覺得對方不錯，只是知人知面不知智商。她十分響亮地嗤笑一聲，連珠炮似地質問。「人家喜歡淑女，我就要變得賢淑？那我看很多人礙眼，他們是不是就得去死啊？他們算老幾？請問陸公子，將來若是你的未婚妻嫌你尺寸太小，你能變大嗎？能嗎？」

青桐吼出這一句後，便轉身離開了，只留下面紅耳赤、目瞪口呆的陸紹衡，同樣震驚的還有碰巧路過的秦王及其侍衛。

「紹衡。」秦王一聲呼喚才讓石化的陸紹衡猛然回神。

陸紹衡臉龐紫脹，立即掩飾道：「殿下，屬下正在盤問案情。她、她畢竟跟刺客直接交過手。」

秦王了然一笑，往下略壓一壓手。「先別追查了，孤心中已有數。方才之所以留下在場的人，不過是防止走漏消息。」

陸紹衡臉色稍稍恢復正常，疑惑道：「殿下是怕有人乘機興風作浪？」

秦王點頭。「在這個節骨眼上，程、陸兩家不能出任何差錯，孤擔心那些御史會乘機彈劾舅舅。」

陸紹衡頻頻點頭，深以為然。不過這一次行刺也有一個好處，那就是讓秦王最終下定了決心，準備向皇上舉薦程英傑去平定漠北戰亂。

陸紹衡已經猜出秦王的意思，心中不禁出了一口氣，旋即他又擔憂地說道：「只是不知道姑父的身體什麼時候能痊癒？」

秦王神情高深莫測。「舅舅並無大礙，其他的孤自有安排。」

兩人正說著話，卻見青桐去而復返。侍衛面無表情地伸手阻攔不讓她靠近，秦王一揮手，衛青桐微微一笑。陸紹衡想到方才的對話，尷尬地立即將目光轉向別處。

青桐也沒看陸紹衡，只站在圈外對秦王拱拳問道：「殿下，看在我救過你的分上，想追加一個要求。」

「哦？請講。」

青桐鄭重說道：「我再次懇請上陣殺敵。」

秦王一臉為難，故作思考狀。

青桐拿出推銷員的精神極力推銷自己。「你今日也見識過我的身手了，我既可以長途跋涉還可以偷營劫寨，我一人能多用，幹得多、要得少，不會結黨營私，這樣的人才你還猶豫什麼？」

秦王但笑不語。陸紹衡默默搖頭。

青桐看對方還不鬆口，只好拿出最後一招。「我是痛快人，你給個準話，行就行，不行就拉倒，我再到別家問問。」

她此話一出，秦王笑容微斂，若有所思。以青桐的身手和單純的性格，若是落到對手手中，那必是一大殺器。

陸紹衡仍然執迷不悟，在旁邊幽幽飄出一句。「可是妳要想清楚，大多數男人不喜歡太要強的女人。」

青桐無奈地白了陸紹衡一眼，剛才的教訓還不夠深刻嗎？不過作為一個先進文明人，她不能老提到某種男性器官，於是，她輕飄飄地回答道：「你不必替他們擔心，要強的女人也不會喜歡大多數男人的。」

秦王看著兩人之間的暗潮湧動，不禁心情大好，他心回意轉，當下便果斷說道：「林青桐，孤准了妳的請求。」

第二十三章

青桐見秦王終於首肯，不禁長吁一口氣，莫名地覺得這人順眼了許多。相反地，旁邊的某人越發不入她的眼，這人變得越來越討厭了，虧她以前還覺得這人不錯。

不過，青桐稍稍一想就明白了，這個人以這個時代的標準來看確實不錯，但他的思想很明顯帶有時代的局限性。他既沒有秦王的變通和犀利，也沒有程元龍的叛逆靈活，他一直沒有變，他還是那個陸紹衡，可她以前只認識到他的某一面。人是最複雜的動物，有時候人的某種隱性性格，只有在特定環境中才會展現出來，想到這裡，青桐有些釋然了。

她沒理會陸紹衡，只是朝秦王抱拳說道：「多謝，告辭。」說罷，她轉身大步離去。

青桐這一打岔倒是沖淡了方才的沈重氣氛。秦王注視著青桐的背影意味深長地對陸紹衡說道：「這個女子一貫讓人又愛又恨，哭笑不得。」

陸紹衡模稜兩可地應了一聲。

「不過，有一點你說得對，她不適合做程家的長媳。」陸紹衡聽到秦王贊同自己，心下稍鬆，不料秦王突然話鋒一轉。「但同樣也不適合做陸家婦。」

陸紹衡面露尷尬，急忙辯解道：「殿下誤會了，我絕無此意。」

秦王面帶微笑，若說陸紹衡對青桐一點心思都沒有，他是不信的，多年相處，他對這個表弟兼心腹還算了解透澈。陸紹衡偏好豪爽大氣的女子，但同時這個女人又不能強大到讓男人敬而遠之，確切地說，他喜歡的是比一般大家閨秀豪爽，但同時又具有婦德的女子。

秦王又道：「程、陸兩家是孤的左膀右臂，孤不希望你們兄弟之間有任何嫌隙。」

陸紹衡垂首應答，再三保證不會。

秦王引用青桐的話作引子結束了此次談話。「她的性子不可能改變，正如男子的尺寸不可能更改一樣，所以你要拿得起、放得下，暫放下兒女私情吧！」

「是。」陸紹衡紅著臉低聲答。心頭不禁湧起惱意，她怎能把話說得這麼放肆粗野？

關於青桐的話題到此打住，兩人又說了些不大機密的軍務政事。

青桐腳下生風，大步流星地回到花廳。陸氏正陪著幾個女客說笑，一見青桐進來，眾人立即停住話題，將目光唰地一下投向她。

陸氏和藹地問道：「我正問妳呢，妳這是到哪兒去了？」

青桐不答反問道：「夫人，不知程雪怎麼樣了？她傷得似乎不輕。」

陸氏臉色略變，心裡暗罵青桐不會說話，哪壺不開提哪壺；不過，她極快地反應過來，眼中頓時湧上一絲擔憂。「這孩子自小就是個多災多難的，還好上天庇佑，這次沒傷到根本，大夫說將養些時日就好了。」

青桐懶得跟她們相處，但她能去的地方又不多，便起身道：「妳們聊，我去看程雪。」

陸氏正想開口推託，哪知青桐說完便理直氣壯地指使個小丫鬟。「妳，過來帶路。」

陸氏氣結的同時又大跌下巴，敢情她是把程府當自己家了？

青桐帶著小丫鬟揚長離去，眾女各懷心思地笑笑，接著又話起家常來。

鄧文倩笑道：「夫人別介意，青桐一向都是直來直往的性格，也是夫人待客周到熱情，讓我們就像在自己家一樣。」

陸明玉晃著陸氏的胳膊撒嬌。「是啊，我到姨母這裡，比在自己家還自在呢！」

陸氏慈愛地嗔怪陸明玉。「妳這孩子小嘴像抹了蜜似的。」她同時又讚許地看了鄧文倩一眼，其實若論品性模樣，鄧文倩在幾個人選中是最出挑的。家世清貴，相貌秀麗，性子端莊穩重，心思細膩，行事周全，若是給自家兒子元豐娶妻，她一定會選這樣的；可是程元龍嘛，那就算了，還是娶一個沒能耐，又跟自己一條心的媳婦吧，比如陸明玉這樣的。

陸氏和眾姑娘在花廳裡各懷心思地打機鋒，那廂，青桐已在丫鬟的帶領下到了程雪的房中。程潔已先她一步到了，青桐簡單問候了一聲程雪，兩人雖然不熟，但程雪早已看出青桐不得陸氏喜歡，便有拉攏結交之意，更何況中間還有個程潔周旋，所以三人也算相談甚歡。

青桐方才就有些疑惑在湖畔怎麼沒看到程潔，這會兒一見到她就將疑問說了出來。程潔還沒回答，就聽得全身包紮得像粽子似的程雪冷哼一聲道：「呵，還能為什麼？怕我們搶了她寶貝女兒的風頭唄，跟那個九天玄女相比，我和潔妹妹就是那地上的泥，只配被人踩。」

程潔臉色大變，趕緊制止程雪。「妳別這麼說。」

程雪憤憤地道：「我就這麼說，我可不像妳，就會逆來順受。」

程潔被她這麼搶白，卻並不惱，只是尷尬地看著青桐笑笑，轉移話題道：「青桐妹妹，聽說妳今日又大顯身手了。我真羨慕妳，哪像我們手無縛雞之力，遇到危險只能束手就擒。」程潔說話的時候，眼中流露的是濃濃的羨慕。

青桐也將秦王答應她去從軍的事告訴了兩人。

程潔不由得提高嗓門驚呼道：「妳的家人同意嗎？妳不知道邊疆有多苦？」

程雪也道：「是啊，邊關確實很苦，京裡的公子爺們個個豪情萬丈，說要博個功名，不知有多少人耐不住偷偷溜回來；況且常年風吹日曬，要不了多久就會變得又粗又黑。」

青桐心不在焉地應了幾聲，程潔的話讓她想起這事的確還沒跟母親和弟弟正式商量。她一向自主慣了，再加上今日事發突然，機會難得，她就來個先斬後奏，母親知道後少不得會哭鬧一場；但這也是沒辦法，她走之前，儘量將家中的事安排妥當，省得有後顧之憂。

青桐在程雪房中逗留一陣子，沒多久程元龍也破天荒地來看程雪，順路將青桐帶走了。

程元龍臉色黯然，一副悶悶不樂的樣子。

青桐問道：「你怎麼了？還在為你爹擔心？」

程元龍點點頭很快又搖搖頭。「既是又不是。」

「你說清楚些。」

「就是，我還想去邊關，可我爹卻說上了戰場便生死難料，他不放心我去；若真要去，也得在成親之後。」

青桐蹙著眉頭看著程元龍。程元龍百無聊賴地踢著路上的石子，突然他將腦袋往青桐跟前湊了湊，神秘兮兮地問道：「欸，妳猜我爹想讓我娶妳們中的誰？」

青桐反應平淡。「反正肯定不是我。」

程元龍嘴角一抽，心底哀號一聲：能不能別這樣！

等了一會兒，他只好失落地自報答案。「我爹看中的是鄧文倩。」

青桐難得稱讚一句。「你爹的眼光還是不錯的。」

程元龍憋得說不出話，就在這時，他聽到青桐自言自語道：「也不對啊，如果他真有眼光，怎麼會選你後母為妻呢？」

程元龍一聽到這話，頓時像被踩了尾巴的貓似的，神色突變，咬牙說道：「那個女人，是用卑鄙下作的手段嫁給我爹的。」

青桐乍聽到這個秘聞，頓時來了精神。她快速在腦子裡搜索一些宅鬥資料，宅鬥文中，小姨子嫁姊夫是長盛不衰的題材，這陸氏跟程元龍的生母同姓，應該是她的妹妹。

青桐發揮打破砂鍋問到底的學術精神，經過簡單聯想推理後，做了個攀爬的動作。「她爬床，強暴了你爹？」

程元龍白了青桐一眼。「妳能不能不要總這麼直白。」話雖如此，可程元龍並沒否認，那就是默認了。

青桐嘆道：「原來如此，看她表面裝得那麼正經，原來這麼豪放無恥。」她有些疑惑，為什麼有那麼多人喜歡嫁姊夫呢？反正她絕對不會接收姊姊用過的電動哥哥和按摩棒，細菌太多，怕得病。青桐正在神遊太虛，猛見程元龍正巴巴地望著她，一臉的欲言又止。

他一見青桐回過神來，便低頭甕聲甕氣地道：「包子，這些話我也只在妳面前說個痛快。以前我曾跟陸表哥說過，結果被他訓了一頓，他說婚姻是諧兩姓之好，還說做兒女的絕不能說父母的不是，說這是忤逆不孝。我那時心裡矛盾極了，有時覺得我該恨他們，畢竟那個女人打著給我娘侍疾的名號進府，結果行此下作之事，而我爹在我娘死後沒多久就娶了她；可有時我又會愧疚，覺得這樣做似乎不對，我應該原諒我爹、應該忘記過去。」

青桐憐憫地看著程元龍，輕輕拍拍他的肩膀，一臉肅然地安慰道：「你覺得可恨就恨、覺得想原諒就原諒，這是你的感情、你的感受，一切都應該由自己來判斷，而不是由別人來判定。別聽那些冠冕堂皇的話，從來就沒什麼應該不應該一說。」

程元龍好像給驚雷轟了一下一樣，呆立片刻，突然恍然大悟地說道：「包子，我發現妳真的是大智若愚，很多時候一跟妳說話，我就豁然開朗。」

青桐撣撣袖子，認真糾正道：「請把『若愚』改成『大慧』，別人是點石成金，我則是點愚成慧。」

程元龍給噎了下。為什麼每次到了關鍵時刻，他們的談話都會往某種詭異的方向狂奔？

青桐等人並沒有在程府逗留太久，秦王很快便解決了這個問題，幾位女客一齊向陸氏告辭回府，陸氏委婉地囑咐她們，說若有人問起今日之事，就說有刺客襲擊程英傑，秦王殿下及時趕來相救，他們也是這麼對外宣稱的。

青桐才懶得管他們用什麼理由，她只是高興自己的目的達到了。她隨著眾人跟陸氏辭別時，陸明玉不知哪根筋搭錯了，突然笑盈盈地站起身，故作親熱地拉著青桐的手，說一見她就覺得心生歡喜，還特地送她一方自己繡的帕子。

青桐不知她葫蘆裡賣的什麼藥，不過對方既然送了，她也不好拒絕，只好接過來往懷裡一揣，淡淡道了聲謝。「繡得不錯，多謝。」

陸氏滿臉笑容地看著陸明玉，開口道：「林姑娘……」青桐不等她說完，便道：「程夫人也要送我禮物嗎？那多不好意思，還是別送了，告辭。」

陸氏張口結舌，她原本想藉機問青桐的繡活怎麼樣，正好與陸明玉相比，以便向程英傑證明陸明玉這人有多好，沒想到青桐竟會中途截斷她的話，下面的話她也不好再說下去。

第二天，陸氏親自服侍程英傑喝完湯藥後便說道：「昨日多虧了林青桐，老爺才得以脫險，此等恩情自然該重重報答才是，我準備讓人多備些金銀珠寶等貴重禮物送去。」

程英傑半靠在枕上，沈吟片刻，說道：「這樣似乎不妥，禮自然是要送的，但不能直接送金銀。」

陸氏道：「林老爺新逝，林大公子還小，送些金銀豈不正好解了他們的燃眉之急？」

程英傑若有所思地看了陸氏一眼，淡淡說道：「我知道妳在想什麼，妳無須擔心，救命之恩與元龍的親事是兩回事。我正要和妳商量，妳覺得鄧家姑娘怎麼樣？我昨日冷眼旁觀，覺得她比鍾家二姑娘更適合。」

陸氏心裡一咯噔，臉上神色不變，故意低頭想一想，十分謹慎地說道：「鄧家姑娘是不錯，可是光入咱們的眼沒用，還得看孩子喜歡不喜歡。」

夫妻倆正說著話，忽聽得小廝在門口急報。「老爺、太太，秦王府的劉總管來了。」

林家，碧梧院。

青桐正專心致志地擦著刀劍，灰灰菜和喇叭花正一臉憂愁地整理著包袱。

灰灰菜皺著臉問道：「小姐，妳真的要去邊關嗎？」

青桐頭也不抬地答。「早就想去了。」

喇叭花一臉不捨。「小姐這一走不知要多久才能回來，別說是夫人和公子捨不得，就是我們做下人的心裡也難受得很。」

青桐端詳著明晃晃的刀身，滿意地點點頭，隨口接道：「都別難受了，我不在時，妳們肩上的任務挺重的，遇到有人欺負林家，妳們打得過就打，打不過先記著，等我回來再收拾他們，我出發前會託付朋友照料你們。」

白氏和林安源得知這個消息時先是擔憂勸阻，最後見勸阻不了，也只好接受。白氏倒不再像以前那樣愛哭，只是滿心的不捨和擔憂，一方面怕青桐出危險，一方面又怕她耽誤了嫁人的最佳時期。「妳一去要好幾年，回來都成老姑娘了，可怎麼辦？」

青桐實在不想跟她爭辯，幾年後她才十八、九歲，算什麼老姑娘？嘴裡只得敷衍道：「娘妳別著急，軍營裡最不缺的就是男人。我聽人說，當兵三年，母豬賽貂蟬，更何況我比貂蟬還好。」貂蟬沒有她能打。

白氏聽到她這番自賣自誇的話，忍不住笑了起來。

林安源一臉深沈地看著姊姊，滿肚的話不知該說哪句好。

青桐突然童心大起，像小時候那樣用力捏著他的臉頰，囑咐道：「不用擔心，你學武不行就好好讀書吧！只是別讀傻了。那些孔子、方子、兒子、孫子之類的話別全信，要多用自己的腦袋想，哪怕想錯也比沒有自己的想法好。」

林安源重重點頭，默然半晌，忽又道：「姊，妳還是女扮男裝吧！這樣也方便些。」

青桐皺眉，搖頭拒絕，她才不願遮遮掩掩。林安源知道她固執己見，也沒再多說。

青桐在家休息了三天，程元龍就派程玉來說他爹明日就要出發。

程英傑拖著病體主動請纓，在秦王一派的斡旋下，皇上終於答應任他為主帥，前去抵禦漠北胡虜，林青桐也跟著他前往邊關。

程英傑駐紮在四平關，敵軍來勢凶猛，程英傑守關守得甚是辛苦，但總算守住了關卡。這段時間，林青桐的表現令人刮目相看，立軍功數次。

而被拘在京中的程元龍，竟求了宮中好友七公主助他離京。七公主因聽聞自個兒要被送去和親，兩人遂一同領著親隨來到了四平關，還帶著途中巧遇救下的花小麥。

程英傑看見他風塵僕僕的到來，是又氣又無可奈何。

這日，從秦城發來了封急報，秦城是秦王封地秦地的重鎮。戰報中說金朝大王子完顏罕領兵十萬，一路攻城掠地，數日之間，秦城以北數十座關城均已淪陷敵手，眼下大軍正奔秦城而來。

秦城的守將是秦王的心腹劉挺，他向朝廷上表請求救援的同時，也給附近的守軍發來求救的急報。程英傑接到急報時，坐立不安，他立即擊鼓當帳，火速召集全部將領商議對策。

次日清早，青桐才知秦城被圍困，經過一夜商榷，程英傑決定分兵馳援。

其實按照四平關的兵力，守住此關已經大為不易，根本沒有餘力再去救援；但秦城的東北是燕王封地，燕王與秦王一直明爭暗鬥、互相掣肘，這次金兵圍秦說不定就有他的推波助瀾，他又怎會去馳援秦城。至於附近的雲中、九原、趙城等地，能自保已屬不易，誰會冒死救援？最大的希望就是朝廷的援軍，但是遠水解不了近渴，眾將恐怕秦城一旦陷落敵手，後果不堪設想，不但秦城三州十縣幾十萬生靈將慘遭塗炭，而且對秦王的威望是個致命打擊。

「救，不得不救！」程英傑一夜未合眼，咬牙說了如此一句，接著他又問道：「你們說誰堪為將？」

陸紹衡起身自薦。「末將願往。」

程英傑微微嘆口氣，也只能派他了。

軍師朱用補充道：「陸副將的確是適合人選，我再為你推薦一個先鋒。」

陸紹衡反問道：「你說的是林青桐？」朱用微笑點頭。

程英傑頷首。「也好。我勻出五千精兵，你們即刻出發。」

青桐很快就接到了命令。程元龍一聽到青桐要去秦城，自然也要一同前往，不料卻被程英傑喝叱了一頓後，駁回請求。這倒也難不倒程元龍，他悄悄化裝成一名小兵潛入隊伍。令青桐感到意外的是，一個俘虜文正，竟然主動要求跟隨青桐一起去秦城，還說若是程英傑不答應，他就絕食。

文正本是金朝三殿下——完顏仲的謀士。說到完顏仲，他便是數年前青桐於南山郊遊時見過的胡嚴申，他於戰場上多次失利於青桐，特別想馴服她，一次在四平關外伏擊捉到了青桐，令文正將她勸降；誰知她對文正的威脅利誘不從，反倒幾句話噎得他咬牙切齒、面紅耳赤，還因此被她鑽了空子，配合前來營救的程元龍反讓他成了俘虜。

程英傑稍一沈吟，便答應了。文正這人略有計謀不假，但晉軍中並不缺謀士，所以程英傑對他並不大重視。

青桐領命，只好帶上這個她看不上眼的小白臉俘虜。

程英傑命士兵殺豬宰羊，讓前去馳援的五千士兵飽餐一頓，餵飽戰馬，為他們壯行。從軍這麼久，青桐也得出了一個結論，每次軍隊改善伙食後都會有一場死戰。她仍和上次一樣，一碗接一碗地吃肉，伙房的士兵早已跟她很熟了，打飯的火頭軍笑著問她。「林百長，這次能殺幾個韃子？」

青桐沒說話，只張開五根手指。

「五個？不止吧？」

「應該是五十。」旁邊的士兵猜測。

青桐吃完飯，抹抹嘴，回答他。「五百。」

「哈哈，吹牛哦。」火頭軍顯然不信，正自言自語，冷不丁背上被人拍了一巴掌，原來是青桐手下的親兵在警告他。

辰時初刻，精挑出來的五千士兵整整齊齊地列成方陣，軍容嚴整，士氣高昂。程英傑站在高臺上慷慨激昂地說了一番鼓勵的話，隨後大隊人馬便出發，騎兵在前、步兵在後，大軍疾速北行。

這一路上，眾人不斷聽聞大王子完顏罕的暴行。完顏罕跟完顏仲的手段不同，他的破壞力極強，所過州縣一律先搶光、再燒光，除了俘虜青壯男子和年輕女子，剩餘老幼弱殘皆是就地屠戮。此人極為好色，到處搜羅美貌女子，連孕婦都不放過，而且殺人手段駭人聽聞，烹殺、坑殺等花樣百出，士兵們咬牙切齒，激憤難當，恨不得立即與他大戰一場。

正當眾人群情激憤時，卻聽得文正輕哼一聲，對青桐說道：「你們還是祈禱千萬別碰上大王子，妳最好別被他俘虜了，他可不是三王子。」

聽他刻意踩自己痛腳，青桐橫了他一眼。「再不會有下次。」

文正閉口不言。

大軍日夜兼程，沒幾日便到了位於秦城之北的代縣。代縣背靠大山距秦城有五十多里，只有五萬居民，算是秦城的一座屏障，這五千援軍就先駐紮在這裡，與秦城守軍互相策應。

代縣縣令王先一看到援軍到來，異常激動，當下率領眾人出城迎接。

陸紹衡將程英傑的手信拿與他看。王先看過信，便笑著說要為陸紹衡接風洗塵。陸紹衡道：「大敵當前，無須講究這些，先領我去察看防禦工事要緊。」王先只得從命。

巡視一圈下來，陸紹衡提出應該將濠溝加深、加闊，再命士兵多多準備滾木擂石，盡量多備糧草，王先等人盡皆聽從。

到了晚間，王先再三邀請陸紹衡過府赴宴，陸紹衡推辭不過，只得帶著青桐和程元龍等人前去赴宴。

他們一行人一進了王先的宅邸，便不由得暗皺眉頭，原來王先家中十分奢華，來來往往的婢女、童僕皆是衣著鮮麗，桌上擺的是珍饈佳餚。

陸紹衡悶悶不語。青桐一向是隨遇而安，有仗打仗、有飯吃飯，她遇到這麼好的機會，自然不會放過。趁著眾人藉著吃飯攀交情、打機鋒之時，她埋頭痛吃，正吃得酣暢，忽然覺得屏風後有人在窺視她。她起身走近一看，見是兩個衣著華美的妙齡女子，兩女盈盈一笑，扭身走開了。青桐見她們並沒有惡意，也懶得理會，折回飯桌繼續吃飯。

宴席一罷，眾人各歸營房。

哪知，次日再見到王先時，他那一雙渾濁的倒三角眼卻意味深長地在青桐和陸紹衡身上掃來掃去，說話口吻比昨日輕浮許多。「哈哈，陸小將軍，想不到你也是多情種子啊，行軍打仗還不忘帶著美人。我府中也有不少嬌花美姬，送兩個予你如何？」

青桐的親兵聽王先這樣侮辱頭領，盡皆怒目而視，不等青桐等人發作，程元龍一步上前，抓著王先便要將他往城下丟去，王先嚇得大喊大叫，眾人上前阻攔，程元龍才不得不將他放下。他指著王先的鼻子怒罵道：「你給小爺記住了，她是程將軍親封的百夫長，親手殺過韃子，比你這個只會享受的軟骨頭強上百倍！」王先已經知道程元龍的身分，當下由怒轉諂，唯唯諾諾，再三道歉，程元龍在眾人力勸下，方才甘休。

這件風波過去，王先一行人老老實實，再不敢興波折。陸紹衡和程元龍每日早晚巡城，察看防禦工事，督造兵器，青桐仍舊忙著練兵訓馬。

到了第五日凌晨，城頭上一通鑼響，遠處狼煙四起，金兵果然來了。

青桐跟著陸紹衡等人一起登上城頭，但見遠處原野上黑壓壓一片，千軍萬馬浩浩蕩蕩地朝代縣湧過來，馬蹄聲隆隆作響，隨風招展的大旗上繡著兩個番字，青桐也認得幾個番字，於是側頭唸道：「這個人原來叫烏口。」

程元龍出聲糾正道：「笨蛋，那是烏古，他是完顏罕的得力愛將。」

青桐覺得此人耳熟，稍稍一想才記起原來自己早在路上聽說關於他的不少事蹟，這條狼狗跟他的主子一樣殘忍嗜殺，她心情一時激昂，指著這人大聲道：「看我下去宰了他！」

金兵像烏雲一樣向城下漫捲而來，戲文上說，兵到一千，徹底連天，兵到一萬，無邊無沿，此時敵兵給青桐的感覺就是這樣，城頭下面密密麻麻的番兵如黑色的巨型螞蟻。刀槍林立，戰馬雄壯，三軍一起高聲吶喊，氣勢極為懾人。

王先哪裡見過這等陣式，前幾日的風流儒雅蕩然無存，兩眼翻白，雙腿顫抖，他哆哆嗦嗦說道：「這可如何是好？前方多少大州上縣都守不住，小小代縣又怎能抵擋得住？」

程元龍見他如此無膽，怒不可遏，一把揪住他。「軟腳蝦，你再動搖軍心，小爺先將你扔下去。」

王先靠牆而立，面如白紙，再不敢亂說。

金兵主將烏古策馬來到城下，但見城頭旌旗招展，刀劍如麻，箭丘隆起，軍容甚是齊整。中間立著一個身著銀甲銀盔的年輕小將，兩邊立著兩個比他更白淨、更年輕的小兵，他不禁放聲大笑起來，南朝果真無人了。

他比完顏仲等人更為輕視南人，當初聽說完顏仲在一個無名小兵手下連折數將時，他和大王子在帳中對飲大笑不已。大王子更是鄙夷三王子不修武功，偏學讀書這等不中用的雕蟲小技，若換了他們，怎會有這種敗陣之恥。這次南征，大王子和他的心腹商議，務必要多搶財物女人、奴隸，多攻下城池，好讓父王看看他的本領，將完顏仲給徹底比下去。

烏古笑畢，命人開始在城下罵陣，罵陣的有些是被俘的漢人，漢語罵得十分順溜。

敵軍剛一罵戰，程元龍便對陸紹衡說道：「我下去會會這人。」陸紹衡阻攔不住，只得放他下去。

城門開處，程元龍領著一眾騎兵出城迎戰，金軍出列的是一名棕臉藍睛的胡人，那胡人不通漢話，嘴裡一陣哇哇怪叫。程元龍聽了也不答話，躍馬挺槍，迎戰胡將，兩馬、兩人戰在一處，兩軍較著勁擊鼓助威，齊聲吶喊。

青桐見程元龍勝之有餘，心中頓安。兩人戰了三十回合，程元龍使了個詭計，佯裝敗走，那胡人拍馬追趕，一個不防被程元龍回馬一槍，挑於馬下，連摔帶傷，登時斃命。

「好、好！」城頭的士兵精神大振，一起高聲喝彩叫好。烏古氣得雙眼暴突，回頭怪叫幾聲。很快，又有一個滿臉絡腮鬍子的番將出列來戰程元龍。

行家一出手，便知有沒有。這個大鬍子番將與程元龍相鬥沒幾個回合，青桐和陸紹衡便看出程元龍要贏他必然不易。

那人身高力大，舞棒如飛，程元龍左遮右擋，東攔西架，鬥至數十回合，程元龍和坐騎均是氣喘吁吁，那番將卻是越鬥越勇。金兵一見這情形，不禁大為振奮，上下一起吶喊助威；晉軍也不示弱，但終究沒有方才喊得有勁頭。

大鬍子步步逼近，棒棒有力，程元龍漸漸只餘招架之功、沒有還手之力，他偶爾向城上瞥一眼，見青桐正專注地望著自己，想著自己這麼無能，頓時大為氣餒，繼而有種萬念俱灰的挫敗感覺。不，他絕不能敗！

思及此，他一咬牙拿出拚命的架式，猛然發力，不要命地向對方胡亂戳刺。本來雙方過招都是有招式可循，這會兒程元龍亂打一氣，大鬍子弄不清他的路數，突然有一瞬間的分神。有時戰場上勝敗就在一瞬之間，程元龍抓住這一難得機會，兩腿一夾馬腹，近身朝對方戳去，一刺未中，對方立即反應，舉棒阻攔，機會一閃而過。

青桐在城頭看得分明，高聲喊道：「擲槍刺他。」陸紹衡也看出程元龍是騎虎難下，當下命士兵鳴金收兵。

程元龍使全力擲槍戳刺對方，一舉刺中對方右肩，敵軍見此景也鳴金收兵，雙方戰成平手。城門打開，程元龍率眾入城，他上得城牆，一臉陰鬱羞愧。那王先見他這樣，心中大為快意，青桐看得分明，一把揪住他，威脅道：「你下去一戰吧！」嚇得王先連連討饒。

陸紹衡出聲安慰程元龍，讓他在一旁休息。

城下金兵再次擊鼓罵戰，這次是烏古親自出戰。頭兩陣，金兵一敗一平，讓他感覺很不痛快，這次他親自出馬，好挫挫南人的威風。

陸紹衡知道烏古十分勇悍，便欲下去迎戰。

青桐早有準備，陸紹衡一開口，她便出聲阻攔道：「你是主將不能輕易涉險，我去吧！我一個百夫長，若敗了他，會讓他更丟臉。」

縣令王先一聽說青桐要迎戰烏古，不禁瞠目結舌，心中自是極為不信。程元龍知道她的性子，並沒阻攔，只說道：「妳要小心。」

烏古在城下揚威耀武，用漢話罵陣挑釁。「誰敢出戰？」他正罵得起勁，忽聽得當啷一聲，城門大開，一個身著偏大鐵葉鎖子甲，歪戴著頭盔的瘦弱書生騎著一匹瘦馬，領著六、七十名士兵飛馳出來。不但這書生形象怪異，身邊那些士兵也一樣，這些人盔甲顏色各異，馬背上、身上帶著鼓鼓囊囊的東西，有的馬背還橫放著兩只竹筐。

「哈哈。」烏古和他的部下放聲大笑。

青桐手一揮，讓手下士兵列好陣勢。她拍馬上前，用沈靜如水的目光靜靜地看著烏古等人大笑，用憐憫的口吻說道：「笑吧，多笑一會兒，因為一會兒你們該哭了。」

烏古聽她滿口大話，更覺好笑。他拍馬上前，像老貓看嫩鼠似地上下打量青桐，一看到她手中的狼牙棒，嗤之以鼻道：「南朝弱雞，你舉得起狼牙棒嗎？」

這狼牙棒是用重木所製，棒頭如棗核，植鐵釘於其上，為不使它破裂，有的會用銅鐵裹棒身，有財力的甚至用金子。狼牙棒重量可觀，力氣小的使不了它，一般是人高馬大的胡人才用。烏古見青桐一個身材瘦弱的書生竟使用狼牙棒，就像一個孩子拿著大刀一樣可笑。

「弱雞，你叫什麼名字？本將軍向來不斬無名之輩。」

青桐高聲回答道：「你等聽好了，我是大名鼎鼎、人見人怕的百夫長，林青桐，曾用名李青桐，將來又名叫韃子哭。」

「噗哈哈……」烏古帶頭，眾金兵齊聲大笑。

青桐等不及他們笑完，左手一揚，高聲命令。「擊鼓助威，開戰。」

烏古見她像模像樣地拉開架式，笑容漸斂，盯著她的面孔，突然他想起了什麼，忙問道：「妳就是五敗三殿下手下上將的林青桐？一個女人？」

林青桐一邊舉棒揮擊、一邊回答。「孫子你猜對了，正是你家奶奶。」

烏古舉棒一格，邪笑一聲。「極好極好，我們大王子正廣羅美女，正好缺一個妳這樣的。放心美人兒，本將軍不會打傷妳的皮肉的。」

青桐聽到這句，心頭大怒。這些古代男人一個個都沒見過女人似的，每次聽到她的性別都要侮辱一番，讓人心煩。她手上驟然加力，高舉長棒，以千鈞之力如泰山壓卵一樣向烏古頭頂劈下去。

烏古見她力道非凡，心中大驚，急忙收起輕視之意，舉棒迎架，只聽得鏗鏘一聲巨響，雙棒相撞，烏古被震得虎口發麻，身子晃了幾晃。青桐仍端坐如山，收起長棒，在半空一掃，帶著呼嘯風聲再次斜劈過來，烏古再擋。兩人座下戰馬八蹄翻飛踢騰，兩支狼牙棒在空中來回飛舞撞擊，雙方你來我往，鬥得極為激烈。

青桐一連用砸、蓋、截、帶、挑、掄、旋、磕等十餘種打法，將狼牙棒使得精熟，烏古越打臉色越凝重，他這時才真正明白自己低估了這個對手。

兩人鬥至三十多個回合，青桐逮準時機，大喝一聲。「好孫兒，奶奶送你回家。」棒隨話落，一記狠棒下去，正敲在烏古的天靈蓋上，烏古登時頭顱開裂，腦漿迸流，撲通一聲從馬上摔下。空馬悲鳴一聲，逃回隊伍。

雙方士兵張大嘴巴看著這一幕，死寂片刻，突然，城頭上傳來一陣震天動地的歡呼聲，金兵那邊則是一陣喧嚷騷亂。就在關鍵時刻，金兵隊伍中閃出一個青年將領，舉槍高呼一聲，金兵如怒濤一樣向青桐等人狂湧過來，他們是要圍殺她為主將報仇。城頭上的陸紹衡和程元龍看到這副陣勢，驚得臉色發白，王先在角落裡瑟瑟發抖，連叫。「完了、完了。」

青桐見金兵如螞蟻一般聚攏過來，也並不緊張，她喝令身後的騎兵。「準備。」

騎兵聽令，列好陣勢像尖刀一般插入敵陣，在青桐的帶領下如入無人之境，逢人便挑、遇馬便刺；那筐中的石頭也派上用場，一砸一個準，擲誰誰傷。陸紹衡稍稍冷靜下來，覺得這是個極好的機會，當下點四千士兵出城助戰。他和程元龍一馬當先，衝在前頭，迎戰金兵，這一陣廝殺真可謂是昏天暗地，激烈之極，金兵兵強馬壯，報仇心切，晉軍初戰大勝，士氣正旺。

不過，晉軍人數畢竟太少，不能久戰。陸紹衡率領眾人衝殺一陣便命人收兵回城，繼續堅守不出。金兵折了主將，軍心浮亂，後退三十里紮營結寨，整頓兵馬。

青桐在士兵們的簇擁下回到營房，卻見那個小白臉俘虜文正，當頭先給潑了一碗冷水。「妳別高興得太早，烏古有個哥哥烏蒙，很有計謀，他定會找妳尋仇，且烏古是大王子的心腹愛將，此番他定勃然大怒。」

青桐一臉無謂。「當高興時且高興，管他明天鬧翻天。來就來吧！來一對我殺一雙。」

第二十四章

金兵休整一夜，次日清晨便開始大舉進攻代縣，領軍的人正是烏蒙，這次他們沒有罵陣，而是直接攻城。

號角激昂，鼓聲震天，金兵從四面八方湧出，第一排弓箭手用強弩齊射，一時間，萬箭齊發，晉軍躲在箭垛口回射敵兵。青桐挽一把強弓，專挑敵方射頭準的弓箭手掃射，她一箭一個，敵軍弓弩兵連斃幾十人。

烏蒙大怒，手中令旗一揮，箭雨越發密集。金人是生長在馬背上的民族，十分精於騎射，而且他們臂力極強，射程遠，晉軍雖有箭樓女牆依託，也仍傷亡不少。

陸紹衡立即命令守軍後退，先躲過這一波強射。程元龍讓人抬上早就準備好的幾十個大草人豎在城牆上擋著，順便搜集些箭矢；其他人則來來回回搬運滾木擂石、鐵水毒汁等守城物事，青桐亦讓手下抬了十幾筐三尖石子和幾十個軍事專用的大型彈弓。

敵方的弓弩手密集射了約有小半個時辰，才終於停下攻勢。接著，士兵開始架雲梯攻城，這次輪到晉軍反擊了。金兵派出數百名神箭手掩護同伴攻城，攻城的士兵中也有人用輕弓射擊城頭守軍。

戰鼓雷鳴，喊殺震天，雙方在城頭展開激烈對戰。今日與昨日相比，更顯血腥殘酷。城牆上爬滿密密麻麻的金兵，晉軍一桶桶潑下滾燙的鐵水和兌了各種毒藥的臘汁，敵軍一個個斃命在城牆上，然後後方士兵再前仆後繼地繼續進攻。晉軍的傷亡也在逐漸增大，一批士兵倒下，另外一批迅速補上。

青桐提著一支狼牙棒，死守著垛口，對方上來一個她敲一個、來一雙她砸一對，從她這個方位進攻的士兵已經換了三波，牆上屍堆如山。

青桐一邊殺敵，一邊窺視敵軍動向。她見那個烏蒙已經親自登上雲梯指揮士兵攻城，頓覺機不可失，後退幾步，悄悄搭弓射箭，只聽得嗖地一聲響，一支利箭帶著風聲往烏蒙的面門射去。烏蒙一驚，急忙側身躲過，青桐將箭頭下移，連補三箭。頭兩支箭均被他躲過，第三支和第四支卻沒躲過，一箭射中大腿、一箭射中左臂。

烏蒙在雲梯上搖搖欲墜，若不是有親隨扶著可能早跌下來了。

新主將被傷，金兵再次大怒，數十名神箭手一起發作，專朝青桐所在的方向射來。青桐覺得眼前的地方不甚安全，便爬上城樓頂端，這種距離一般人是傷不了她的，同樣的，一般人也射不到敵兵；可她覺得自己不是一般人，便選了個位置試探著射箭，第一箭不中，而後試了十次有三次射中了，且她專門射敵軍將領。

一時間金軍連折三名副將，烏蒙氣得鋼牙欲碎，不多時，他就覺得手腳發麻，渾身冰冷，這時才悚然驚覺原來對方箭上淬了毒。青桐站在高處，估計著他的毒性該發作了，便扯破嗓門高呼一聲。「烏蒙，奶奶我送你去見弟弟。」

烏蒙又急又怒，兩眼發黑，他扶著親兵強撐著才沒倒下去。

青桐從頂端跳下，守在城頭繼續砍殺攻城的金兵。

這一仗從清晨打到天黑，雙方死傷不計其數，烏蒙叫了軍醫就地治傷，堅持帶病指揮攻城。

黃昏來臨了，西天殘陽如血，血色的夕陽光照耀著城牆上暗紅的血跡，兩相映襯，顯得無比詭異驚悚。

黑色夜幕籠罩著大地，烏蒙的臉也在逐漸發黑，眾將領再三請求他退兵醫治，烏蒙看看天色只得同意。

金兵像潮水一樣退卻下去，烏蒙被人抬著回了營帳，一路上他還在不甘心地大嚷大叫。「來時我們還曾對大王子說，代縣一天就能拿下，如今不但損兵折將還折了我弟弟……」

眾人默然不語。

回到營地，烏蒙一邊治傷一邊仍在思索著退敵之策，驀地，他想起一個主意，當即命令親兵頭領進帳，如此這般地吩咐了一番。

不多時，全營的士兵都在悄悄議論新主將的懸賞令，即活抓或殺死林青桐賞黃金兩千兩。此刻，全營金兵的積極性都被挑動起來，連馬伕、廚子都在絞盡腦汁想辦法怎麼對付林青桐。

第二天，金兵掛免戰牌整頓休息。因為那二千兩黃金的誘惑，不少士兵不管餿主意還是好主意，有了想法就上來說，有些讓人哭笑不得，烏蒙有心想讓親兵幫忙篩選，又怕錯過了真正的好辦法，只得逐一聽著。

他悶悶不樂地回營歇息，這時他帳中一名新收不久的漢人女奴總時不時怯怯地朝他看來，一副欲言又止的模樣。

烏蒙不耐煩地問道：「妳有話說？」

那女子趕緊說：「有、有。」

「快說。」

那女子撲通一聲跪倒在烏蒙面前，試探著問道：「將軍說的那個女子叫林青桐是嗎？」

烏蒙點頭。

女子又問道：「她是京城林四爺家的女兒？母親叫白氏，對不對？」

烏蒙道：「我哪知道她是誰的女兒？妳難道有計策？」

女子遲疑片刻道：「奴婢沒見過那個女子，不知道她是不是我認識的那個人。」

烏蒙一聽頓時來了興趣，催促她快說。

女子稍稍一頓，便大致講了自己的來歷和她所認識的林青桐的情況。「奴婢名叫王招弟，是雲州人氏。母親劉氏和奴婢一起被擄，現今在趙縣，她曾是林青桐母親的鄰居……」

這個消息大大震撼了烏蒙，他兩眼發出狼一樣的光芒，拍手大笑兩聲，然後接著讓王招弟繼續講下去。當王招弟講到林青桐還有外公流落在外，並且她外公白團頭正在某地為羊倌時，烏蒙高興地狂笑了起來。笑畢，他突然問道：「妳確定那羊倌是她外公。」

王招弟掩飾著喜意道：「如果奴婢所說的和將軍要捉的是同一個人的話，這事就錯不了。因為奴婢的母親和她外公一家比鄰而居數年，當初我們母女倆路過趙縣時，母親很快就認出他，不過他眼睛半瞎，已經不大認得母親了。」

為了怕她認錯人，烏蒙特意命人佯裝去罵陣，帶著王招弟去認認青桐。王招弟雖然數年沒見過青桐，但對她印象極深，再加上她容貌大體輪廓沒變，特別是面貌神情數年如一日地呆，所以王招弟很快就確定了她就是烏蒙要捉的人，心中自是狂喜不禁。

城上晉軍見金兵點名叫陣，青桐一出去，他們又一溜煙似地跑開了，都不禁覺得奇怪。程元龍沈思半晌，對青桐說道：「包子，我總覺得他們有些不對勁，妳最近小心些。」青桐點點頭，卻也沒怎麼放在心上。

程元龍暗暗叫人留心敵軍那邊的動靜。很快，晉軍派出去的細作回來將烏蒙懸賞兩千兩黃金捉拿青桐的事稟報給了陸紹衡和程元龍，兩人滿心擔憂，同時命令各處小心防備。青桐聽到自己竟值二千兩黃金，不覺大為高興。

「身價漲得真快，二千兩黃金能買好多充氣哥哥。」

兩天後，青桐正與陸紹衡和程元龍商量偷營之事，忽聽士兵進來報信說，有名金兵丟了一樣東西到城門前，並指名道姓說是給林青桐的。程元龍怕敵方使壞，前去拆開包袱察看，裡面並無他物，只有一件補丁疊補丁的百衲衣，以及一塊血紅色的玉珮。青桐對那件破衣無感，卻覺得玉珮有些眼熟。衣服裡還包著一封信，信上字體纖細歪扭，應該是女子所寫。青桐打開匆匆流覽一遍，信是一個自稱王招弟的熟人寫的，說是幫忙找著了她外公白團頭。

青桐心中一凜，她的外公，她自然是記得的。雖沒見過面卻聽白氏提過無數遍，後來還託人找過，尋找數年無果，心思也就漸漸淡了。今日猛然有他的消息，怎能不令人震驚，尤其信中還詳細說了王招弟的母親怎樣找到他的經過。

程元龍見青桐神色異常，急忙接過信翻閱一遍，看罷破口大罵道：「烏蒙真是卑鄙可恥，劉氏母女好不要臉。」

三人一起商量對策，陸紹衡怕青桐前去冒險，就勸說：「既然金兵要拿妳外公威脅妳，那他現在就是安全的，妳先別輕舉妄動，我們慢慢想辦法。」

然而敵軍根本不容他們慢慢想法子，次日一早，就聽見士兵進來急報說，金兵那裡又有新動作了。

陸紹衡和青桐等人忙登上城牆觀望，見金兵浩浩蕩蕩地來人，走在最前面的一隊士兵，抬著一口大鐵鍋，後面有人提著大木桶，有的還抱著柴火。那些人在空地上用石頭磊灶，安上大鐵鍋，倒進油開始燒火，大火轟轟燃起，鍋中的油由冷變熱、變滾，空氣中飄蕩濃濃的油香味。

晉軍不解其意，紛紛猜測這些人要做什麼。

這時，金兵中傳來一陣大喝聲。接著一隊人馬押著一個面龐乾淨、精神委頓、彎腰駝背的老年男子走了過來。

青桐的目力極好，她仔細盯著那個老頭看，那人確確實實長得跟白氏有兩分相像。青桐已猜出了這些人要幹麼，她在路上曾聽說金兵對待反抗逃跑的俘虜使用烹刑這種嚴刑，當時並未全信，以為是以訛傳訛，沒想到對方卻要用她的外公來證實這個傳說，她緊攥著雙拳，牙齒咬得格格作響。

緊接著是精神抖擻的烏蒙策馬而來，他身邊還跟著一個紅衫女子。

烏蒙指著滾滾油鍋，仰頭對著城牆上的青桐喊道：「林青桐，這是妳的外公白團頭，妳若是不想他被油烹，就下來投降受死。」

城頭上的晉軍這才明白金兵的險惡用心，一時間眾人譁然大罵，程元龍更是急得臉色鐵青，雙眼冒火，恨不得飛下去將烏蒙丟下油鍋炸了。陸紹衡看看青桐又看看城下，也是一籌莫展。

青桐站在城頭，一動不動地盯著油鍋看了半晌，烏蒙越發不耐煩了，再次高聲催促，他用話激道：「林青桐，怪不得有人說妳是一個不孝不悌、薄情寡義之人，妳竟對自己的親外祖見死不救？」

金兵一齊鬨然吶喊，有用番語的，也有用生硬漢話的。

熱油滾滾地冒著泡，烏蒙心一橫，命士兵拉過白團頭，抓住他的一隻手就往油鍋裡摁。油鍋滋聲一響，白團頭「啊」地慘叫出聲，眾人的心不由自主地提了起來，紛紛叫囂著要出城與番狗決一死戰。

青桐知道不能再等了，她不顧眾人的勸阻，沈著臉帶著自己的六十三騎出城向敵營而去。程元龍上前攔住她，將自己貼身穿的軟甲脫下給她。「這是我爹命人急送過來的，妳穿上。」青桐心裡一暖，拍拍他的肩膀，無言離開。

城門大開，青桐身後揹著一只巨大的包裹，舉著狼牙棒、騎著一匹黃馬馳出城來。

烏蒙見青桐果然上當，心中狂喜不已，他舉劍指著青桐大聲喝令。「不准帶親隨，只許妳一人前來。」

烏蒙話音一落，青桐手下的士兵一齊破口大罵。「卑鄙無恥的韃子，有種咱們光明正大地幹一場。」

烏蒙陰陰一笑，並沒有被激怒。他和性如烈火的弟弟不同，他能忍一時之氣，只要能贏就好，管他手段卑鄙不卑鄙。

青桐抬手向親隨的領頭王二示意，王二咬著牙制止憤怒的士兵，然後見她單人單騎向敵軍緩緩行去，她騎得很慢，每進一步，金軍的警惕就加一層。

「青桐，別去——」程元龍飛馳而出，大聲喊叫。

烏蒙命人舉起白團頭另一隻手，大聲威脅。「其他人不准過來，否則就炸了這老頭另一隻手。」

青桐擺手示意他們停下，她大聲制止。「住手，你奶奶來了。」她一臉無畏地向油鍋走去，金兵各拿著兵器，向她圍攏過來。青桐居高臨下地看著這些人，對烏蒙說道：「我怎麼知道他一定是我外祖？」

這時白團頭猛地圓睜雙眼，盯著青桐打量一會兒，突然啞聲嘶叫。「她、她不是我外孫女，你、你們認錯人了。」

烏蒙嘿嘿冷笑一聲，他身旁的王招弟挺身而出道：「林青桐，妳還記得我嗎？我的母親因為妳被人打傷，是妳害得我和弟弟母子三人走投無路。」

青桐看都沒看她一眼，出言譏諷道：「幾年不見，妳的臉皮更厚了，原來我沒讓妳冒充我，就是害得你們走投無路。」

王招弟惱羞成怒，尖聲大叫。「當年之事我不提了，我只說一句，這人的的確確是妳外公；當然，妳若是執意不認、不救，我也沒辦法。」

青桐騎馬繞著烏蒙和白團頭、王招弟三人亂轉悠，金兵也跟著她轉。

烏蒙勸道：「林青桐，我大金最敬重有本領的人，妳雖然殺了我的弟弟，射傷了我，不過只要妳投降，我不但不傷妳分毫，還會向大王子舉薦妳。」

青桐繼續轉悠，反問一句。「真的？」

「自然。」

「你給我什麼官位？」

烏蒙正欲胡謅一句，忽覺眼前閃過一道亮光，一道鞭影一閃而過。他大吃一驚，彎腰躲開，不想背上卻是一陣劇痛，原來青桐扔出的是鐵鉤爪，那鐵鉤爪緊緊扣在他背上的肉裡。烏蒙掙扎著舉槍來刺青桐，青桐一揚手擲出一枚石子砸向他的手腕，烏蒙手臂吃痛，青桐趁勢提拉繩子的另一端，像提一隻豬似地將他提起來。

變故的發生不過是眨眼之間，左右士兵皆是駭然，他們隨即反應過來，大喊大叫著舉矛挺槍向她刺來，數百名弓箭手同時搭弓對準青桐。因為怕誤傷主將，她正前方的弓箭手心存顧忌沒敢放箭，後方的顧忌較少，有幾名神箭手一起朝青桐背後射來。青桐憑著直覺，將身子往下一彎的同時，雙手舉起烏蒙一擋，嗖嗖三聲，三支利箭分別射中了烏蒙的臀部、左腿和右腿。

烏蒙疼地厲聲大叫。「住手，不准放箭！」

弓弩手只得罷手，左右前後的金兵舉著兵器死盯著青桐的一舉一動，隨時準備覷準時機上前捕捉她。

青桐將烏蒙橫放在馬上，順手點上他的穴道，將一條細鋼繩套在他脖頸上，另一端纏在自己右手臂上，笑著說道：「只要我一有危險，必拿你殉葬。」

烏蒙汗出如漿，血染鐵甲，他頭朝下，斷斷續續地說道：「一人換一人，放了我，我讓人放了妳外公。」

青桐搖頭說：「你太卑鄙了，我不信。」

烏蒙談判不成，又改為大聲威脅。「我是大王子的心腹，我若有閃失，他定不會放過妳，必會馬踏大晉為我等報仇，妳會因此連累一國百姓……」

青桐嗤笑。「是嗎？半年之前，我不認識你，你們不照樣侵犯我邊界，擄我百姓嗎？就算他放過我，我也不會放過他；至於馬踏大晉？他還是先踏平自己的墳頭吧！」

城下、城上的晉軍看著這劍拔弩張的一幕，一個個大氣不敢出，心幾乎提到了嗓子眼，青桐卻是一臉悠哉地帶著烏蒙在金兵隊伍裡騎著馬轉圈，彷彿是在郊遊一樣。她人在轉悠，眼睛的餘光卻時不時掃向被士兵包圍著的白團頭。

白團頭雙目渾濁呆滯，他蜷縮成一團，一雙眼睛跟著青桐一起轉動。有個士兵搧了他一巴掌，命令道：「想活嗎？快求你外孫女。」

白團頭被搧得一個趔趄，他再次朝馬上的青桐望去，翕動著嘴唇，囁嚅半晌，顫聲向身旁的人說道：「我求、我求，讓我跟她說幾句話。」

士兵信以為真，大聲向青桐喊話。

青桐居高臨下道：「讓他說，我聽著。」

白團頭直起腰，揚著臉，望著青桐，未語淚先流，他身後的士兵頗不耐煩地踢了他一腳催促。青桐一揚手，一枚石子打中那人的眼睛，那名士兵摀臉大叫。青桐手抓著烏蒙腿上的箭往下一摁，痛得烏蒙齜牙咧嘴，青桐高聲道：「看到沒有，你們動手，我也動，有種的繼續試試！」

金兵再不敢虐打白團頭，白團頭哽咽著問道：「孩子，妳娘還好嗎？」

青桐點頭。「還好。」

白團頭又問：「妳爹對你們好嗎？」

青桐回答。「不好，不過他已經死了。」

白團頭又哭又笑，說道：「那就好，我也放心了。」

祖孫倆在兩軍陣前，你一句、我一句的話家常。金兵心急如焚，不住地催促白團頭趕緊求青桐救他，白團頭只作聽不見，繼續和她說些無關緊要的話，隻字不提眼前的處境。

當他問完女兒一家的狀況時，他那皺紋縱橫的臉上露出了欣慰的笑容，他大聲說道：「好孩子，這十幾年來，我受盡苦楚，為的就是能再見到妳娘和妳，今日我們爺倆終於見著了，我的心願也了了。外公沒本事，幫不了妳，但也不能連累妳，我活到這把年紀也夠了，妳不用管我。」

白團頭一臉慈愛地望著青桐，突然，他閉上眼猛地朝押著他的一個士兵槍尖上撞去。那士兵驚呼一聲，左右的人急忙上前阻攔，但為時已晚，槍尖穿進他的左胸，頓時血流如注。

雙方士兵不禁目瞪口呆，場上鴉雀無聲。

青桐也被這突如其來的一幕嚇呆了，她微張著嘴，怔了片刻，驀地長嘯一聲。「外公——」

眾人一起望向青桐，就見此時的她像一隻被徹底激怒的猛虎一般，她雙眼赤紅，全身上下散發著駭人的殺氣，讓人不由得退避三舍。

青桐仰天大叫兩聲，縱馬來到大油鍋前，舉起狼牙棒一挑，先將看守白團頭的一名士兵挑進油鍋，再將嚇得不知所措的王招弟挑放進去，只聽得撲通兩聲巨響，熱油四濺，兩人查手舞腳，慘叫連連。

左右士兵上前去救，青桐長繩一甩，又將馬背上的烏蒙丟進去，烏蒙亦大聲慘叫。青桐將他過油後再拽上來，舉起長棒一掀，將巨大的油鍋掀翻，滾熱的油濺得四處都是，燙傷金兵無數。她那狼牙長棒在人群裡上下左右翻飛，如同蟒蛇戲水一般，將遇到的蝦兵蟹將吞沒殆盡。

城下的晉軍一看這情形，立即上來助戰。陸紹衡在城頭也看得分明，親自帶著四千士兵和一萬名臨時征召的壯丁出城助戰。

晉軍心頭早就憋了一團火，此時士氣極盛。那些金兵因主帥被擒，又被青桐連著打傷幾十人，銳氣被挫，隊伍漸漸散亂起來。

但金兵畢竟久經沙場，他們單兵作戰能力極強，縱使面對如此不利因素，仍然沒發生大潰亂，他們很快就反應過來，紛紛各自為戰，拚力殺敵。

這是一場罕見的激烈搏殺，城外的空地變成了人間地獄，遍地皆是殘馬斷肢，屍堆如山，血流成河。縣令王先在城頭看到這一幕慘狀，嚇得魂不附體，像隻沒頭的蒼蠅一樣亂轉。他既怕敗，也怕勝，敗了他人頭不保，勝了金兵定會興兵再來。

既然勝敗都怕，那還不如……

王先小眼珠一轉，頓時有了主意。

兩個時辰後，金兵終於被殺退了，眾人看著如洪水一般退卻的金兵，無比疲倦地相視一笑。

這一戰，他們殺敵近萬，俘虜數千，晉軍亦折損一半，剩下的也各有傷損。至於烏蒙，他前日被青桐射傷，今日被拿去擋箭不說，還下了一回油鍋，種種折騰之下，沒過多久就一命嗚呼了。

輕傷的士兵留下來打掃戰場，重傷的士兵被人攙著、抬著準備入城醫治養息。青桐命人去尋找外公的屍體，可惜戰場上屍堆如山，人馬互相踐踏，哪裡還分得清誰是誰，她不由得一陣情緒低落。

就在這時，一騎快馬飛馳而來，大聲喊道：「報，前方九十里處發現大批金兵——」

陸紹衡不及反應，城頭上的王先渾身一軟，差點癱在地上。這份軍情徹底堅定了他的決定，當下，他果斷地站起來，雷厲風行地命親兵護衛控制住陸紹衡留下的文官和沒出戰的傷兵，接著緊閉城門，將陸紹衡等人擋在城外。

陸紹衡猛然見城門被關，吊橋收起，暗叫不好，仰頭質問道：「王先，你這是何意？」

王先腿不抖了，頭也不暈了，神采奕奕地說道：「陸副將，本官也是為了全城百姓著想，如今金兵勢頭正盛，代縣城破兵少，怎能抵擋住大王子的虎狼之師？你們請到別處駐紮吧！恕不奉陪。」

陸紹衡又悔又氣，怪他當時太心急沒提防這個兩面三刀的軟骨頭。

王先任憑陸紹衡和程元龍怎麼威脅大罵，仍是拒不開門。他聽煩了，便轉身下城，路過青桐的營房時，猛地想起還有一個俘虜文正在這裡。他頓時兩眼放光，若被這個文正引薦給金兵主帥，他何愁富貴不來？

眾人萬沒料到這個王先會如此無恥，辱罵威逼都沒用，眾人只得集思廣益。有人建議攻城，有人建議勸降城中留守士兵，這兩個都不是什麼好辦法，因為代縣雖小，但防禦工事卻十分堅固，否則也不能抵禦金兵。

至於第二個辦法，陸紹衡情急之下，帶領全部精銳出戰，城裡只剩下幾個掌管文書和後勤的士兵以及一些負傷休養的傷兵，這些人哪有什麼作戰之力？加上王先在這裡經營數年，自然會有一些死忠親衛，那些人肯定早被他牢牢控制住了；更可怕的是他們沒有多少時間可用了，大批敵兵就在他們身後虎視眈眈，他們此時前臨叛徒後有虎狼，當真讓人一籌莫展。

陸紹衡權衡一番利弊，最終斷然下令。「收撿金兵留下的雲梯，開始攻城。」

一通鼓響，那些經過長時作戰，已經筋疲力盡的殘兵、殘將們，繼續打起精神，開始爬上城牆攻打自己人。

之前陸紹衡和程元龍準備的滾木、擂石等守城器具十分可觀，雙方還沒來得及進行耗時耗物的拉鋸戰，消耗並不嚴重。此時，那些為敵軍準備的東西卻統統用在了他們自己身上。

王先一聽說陸紹衡要攻城，急急忙忙帶著文正趕了回來，背著雙手，站在城頭親自督促士兵守城。文正衣袂飄飄，穩穩地站在一旁。王先諂媚地對他說著話，文正偶爾答上一句，眼睛時不時瞄向城下神色各異的眾人，一臉高深莫測。就這麼一會兒工夫就來個形勢大反轉，之前的階下囚，現在一下子變成了座上賓。

青桐自告奮勇道：「助我攻城，看我擒拿這個叛徒！」

青桐話音一落，便手持鐵鉤、狼牙棒，像猿猴一樣爬上高高的雲車，親隨王二帶著僅剩的三十名士兵，不顧傷痛隨她一起往城牆湧去。

王先親眼見識過青桐強悍凶猛的戰鬥力，見她來攻，心中已有了三分懼怕，立即大聲命令士兵。「射死她！給我砸！」

那些守軍面面相覷，一時誰也沒動。他們誰不認得這個連斃金軍兩名主將、一人獨闖敵營的巾幗英雄？親自動手砸她，一是不敢，二是不忍。

王先見這些人竟然不聽自己命令，氣得白臉發紫，氣急敗壞地命令身旁親兵。「誰敢不聽本官命令，就地處決。」

親兵稍一遲疑，走過去舉劍便砍。一名守軍被砍翻在地，其他人驚呼一聲紛紛跳開，皆是敢怒不敢言。

守軍懾於王先的淫威，不得不拿起弓箭、石頭、擂木往下砸去。攻城的傷亡數在幾種戰爭中算是較大的，守城的一方居高臨下，占盡地利，攻城的一方大多數時候都是拿士兵的命去填。

青桐站在雲車上向城牆靠去，王先心中恐懼，尖聲命令城上守軍一起回擊。

青桐看著這些人，清喝一聲。「你們這些人是被迫的，快點殺了這個叛徒將功贖罪！」

陸紹衡在城下也命人齊聲高喊。「罪在王先，與其他人無干。」

守軍被喊得心生動搖，蠢蠢欲動。

王先急得頭頂冒汗，拚命地令親兵鎮壓守軍，他的親兵接連砍殺兩個守軍，眾人怒火漸熾，情勢越來越急，城下士兵還在喊個不停。

王先眼看著情況將要失控，一時六神無主，轉頭一看到佇立不動的文正，眼前一亮，像抓住救命稻草似的，拖著他說道：「先生救我，快對這些人說，如果投靠大王子，會給他們一份榮華富貴。」

文正一臉嚴肅地盯著王先看了片刻，不慌不忙地招招手。「你附耳過來，我告訴你一條妙計。」

王先喜不自勝，伸過頭去認真傾聽。

文正往城牆邊挪了挪，王先也跟著挪過去。

文正親熱地伸手去攔王先的腰，王先怔了一下，雖然有點彆扭，但也沒躲開。「先生請說，下官洗耳恭聽。」

文正道：「就是這麼個辦法。」說著，他的手臂猛一使力，向上一托，將王先扔下城去。

王先作夢也沒料到自己會被他所認為的盟友給扔下城去，他發出一聲短促惶急的叫聲，接著「咚」地一聲落地，摔得四分五裂。

說時遲、那時快，文正在扔下王先的同時，回身搶過一個親兵的砍刀，大聲命令。「王先已死，其餘人等不得亂動。」原來這文正雖是三王子的參謀，但還是有一些武藝的，只不過，他當初遇到的對手是青桐，沒有發揮的餘地，要對付幾個尋常士兵還是綽綽有餘的。

眾守軍像釘子一樣釘在原地，誰也沒敢妄動。

城下眾人驚訝地張大嘴巴。

青桐立在雲車上，對著文正冷笑。「幹得好，接下來，你要怎麼做？」

不光青桐，所有人都迫切想知道他要怎麼做？

正在這時，城外平原上又駛來一匹快馬，馬上人急聲大報。「報，金兵還有四十里。」

城下士兵一陣騷亂。他們這些殘兵、殘將若不能入城，哪裡是士氣正盛的金軍對手？

而現下想入城也並非易事，死了一個王先，又來了一個文正。

青桐悄悄拽出身邊的小巧弓箭，準備出其不意地給文正來上一箭。

文正立即察覺到了，對著青桐微微一笑道：「林姑娘，我敬是妳個英雄，沒想到妳也會使這種偷襲伎倆。」

青桐不搭話，她乾脆將偷襲變成明襲，對準文正的面門就要射去。

文正一揚手，大聲命令守軍。「開城門。」

眾人再次一愣，險些以為自己聽錯了。

沈重的城門緩緩開啟，陸紹衡心中一塊巨石終於落地，命令士兵迅速進城。又一批探馬回來稟報，這次帶回的消息更為確切詳細，敵軍共有五萬人，領兵的人是大將哈裡虎。

眾人還在沈吟間，文正主動說道：「代縣是守不住了，不如掩護百姓撤退吧！」

陸紹衡和程元龍一齊看向文正，他們對此人的話是將信將疑。

文正慢悠悠道：「哈裡虎是大王子最看重的愛將，兩人形影不離，哈裡虎來了，大王子想必也不遠了。大王子的戰力極為強悍，別說是小小的代縣，便是秦城能否守住也未可知，一旦城破，城中數萬百姓必遭大殃，還是趕緊撤退吧！」

文正大概是怕眾人不信自己，他苦笑著說道：「你們無須疑我，實在是因為大王子一向視三王子為眼中釘，他此次南征，一是建功立業為將來爭奪王位積攢籌碼；二就是想壓壓三王子及其他兄弟的威風；而且我對此人極不贊同，他這人凶殘刻毒，幾次欲置我於死地，否則，我為何放你們進來？占據著代縣等他來再開城投降不好嗎？」

青桐點頭道：「也是，你說的有理。事不宜遲，咱們趕緊通知百姓往山裡撤退吧！」

陸紹衡稍一尋思，自覺敵不過金兵，何況他初來時，姑父就悄悄囑咐他，代縣能守則守，不能守就帶著百姓南撤。有秦城十縣丟失在前，他並不算太大的失職，頂多算是無功無過。然而，他年輕氣盛，不到最後關頭斷是不願南撤的，如今，卻也不得不如此了。

陸紹衡一下定決心，便迅速命士兵傳令下去，全縣百姓全部向山裡撤去，能行動的傷兵、後勤兵負責疏散引導百姓，輕傷還能戰鬥的士兵集合起來殿後。

命令一下，整個代縣亂得像一鍋熱粥，百姓們慌忙地收拾行李家當，呼爹叫娘，呼兒喚女。

青桐和程元龍也沒閒著，他們忙著佈置戰場。陸紹衡道：「你們穩住，我帶人去前方山嘴處給金兵製造些阻滯，只求多延宕幾個時辰。」

經過上次的教訓，三人再不敢一窩蜂出城。程元龍一口答應，繼續和青桐商議怎麼捕殺敵軍。

青桐說道：「金兵善於騎射，咱們不能讓他們發揮長處，利用地形之便和民房來個巷戰吧！」

程元龍道：「都聽妳的。」

青桐一聲令下，士兵將城中平整的地面給掘成深坑，插上尖刀和削尖的竹子、木頭等物，上面用薄板蓋上，再鋪上一層土；她又分出一部分民兵，命他們到城外河邊去揹沙子，能揹多少算多少；再分出一撥人將城中所有的乾柴、乾草全部集中一起備用。

時間一點點地流逝，百姓們扶老攜幼，一批批地被士兵引導著撤出去，好在代縣背後就是山，撤退還算便利。

兩個時辰過去，城中的百姓都撤退得差不多了。程元龍正在命人搬東西，先是糧食和牲畜，接著是生活用具，能拿的儘量拿走，絕不能便宜了金兵。

青桐又開始在民房上大作文章，能掘牆的掘牆，方便點火的就放火，還在水缸裡下毒。

又過了一個時辰後，陸紹衡匆匆忙忙地帶著灰頭土臉的士兵返回，程元龍怕他們踩了陷阱，一直命人在城門守著。

陸紹衡一回來就對程元龍喊道：「百姓撤完了？我們快走！」

青桐對陸紹衡說出了自己留下拖延的想法，陸紹衡雖然覺得這個法子有些危險，但一想到百姓扶老攜幼腳程肯定極慢，萬一金兵追來，後果不堪設想，而且她的能力有目共睹，應該可以應對。

稍一尋思，陸紹衡就答應了青桐的要求。他給青桐留下八百名士兵，接著再次催促程元龍快跟他走。

程元龍道：「你快走吧，我跟包子一起。」

陸紹衡斷然拒絕。「不行，若你有個差池，我如何向姑父交代？」

然而不管他如何勸，程元龍仍是搖頭拒絕。

陸紹衡朝青桐所在的方向瞥了一眼，壓低聲音道：「我知道你不放心她，可是你想想她的本領，她比任何人都強悍，應該沒事的。」

程元龍聽他如此說，不知怎地，心頭突然湧起一股無名之火，立即回道：「什麼叫應該沒事？戰場之上刀槍無眼，誰知道會發生什麼意外？萬一她有個閃失呢！」

陸紹衡一臉無奈，深吸一口氣。

程元龍又道：「你快走吧，反正我不走，不管她在別人眼中有多強大，我都想要保護她。」

陸紹衡見他如此執拗固執，不禁怒道：「可你保護得了她嗎？」

這一句猶如尖刀一下，正中程元龍心頭最軟弱的部分，他一時語塞。

陸紹衡趁勢再勸一句。「所以你還是快跟我走吧！」

程元龍猛地抬起頭，盯著陸紹衡看了半晌，咬牙說道：「那我也應該站在她身邊，跟她一起面對危險，活不了就一起死，沒什麼大不了的。你不必再勸了，我若遭遇不幸，會寫封遺書好讓你跟我爹交代。」他說完，頭也不回地走了。

陸紹衡心中五味雜陳，默然良久，隨即收攏無比蕪雜的心緒，指揮著士兵掩護百姓向山中撤退。他朝空蕩蕩的縣城回望一眼，耳邊再次響起了程元龍倔強堅決的聲音。瞬間，他突然想通了，自己與這個表弟的差別究竟在哪裡。

陸紹衡一路疾行，心中思緒翻騰。平心而論，他對青桐曾經是有那麼一些情愫，現在也有……但他不會像元龍那樣，處處把她放在心上、處處以她為先，甚至為她犯險；不但是她，任何女人都不行，因為他總覺得一個男人還有更重要的事得做，比如功業、名譽、家族等等。

元龍果然是一個至情至性的人。陸紹衡暗暗苦笑，他心中縈繞的那種隱秘的不甘之感突然莫名地淡了許多……

陸紹衡等人離開後，青桐和程元龍根本沒工夫說上一句閒話，兩人配合默契，有條不紊地忙著為即將到來的金兵挖掘巨型墳場。

時間飛逝，轉瞬間已到了傍晚。暮靄沈沈，飛鳥歸林，本該平靜祥和的黃昏此時卻充滿令人不安的氣息。

不久，城外便傳來了一陣轟隆隆的馬蹄聲，地面被震得微微顫抖。

林中群鳥被驚，撲著翅膀在空中盤旋鳴叫。

青桐命令士兵停下手頭的活計，按著方才的吩咐，各就各位。她看著暗沈沈的天色，肅然說道：「此戰不以殺敵為目的，你們一是要利用天色、地利等一切可以利用的條件保護自己；二是儘量拖住敵人，為城中百姓爭取撤退的時間。」

八百多名士兵齊聲回應。他們雖然人少，但個個鬥志昂揚，有種慷慨赴死的氣勢。

青桐讚道：「好樣的，準備。」

士兵們按照之前的吩咐各就各位，青桐身邊只留下了王二等三十多人。

他們剛剛準備好，金兵就到了。暮色中看不清具體人數，但看這樣鋪天蓋地的氣勢，至少也有五萬以上。

青桐命人在城牆四周插上火把，然後大開城門，她和程元龍並肩坐在城頭談笑吃喝。

程元龍起初心裡還有些緊張，但一看到青桐那種談笑自若的模樣，自己也不自覺地跟著沈靜下來。轉念一想，大丈夫死也要死得其所，今日他們以八百殘兵對上五萬金兵，雖死猶榮。

青桐在華猶美拉星球上時就喜歡研究古中華文化，雖然糟粕很多，但也有很多有趣的地方，比如某搖扇先生空城退敵的故事，就給她留下深刻印象。她曾幻想自己有天也能站在城頭上，面對洶湧而來的千軍萬馬神色自若地撫琴一曲。敵軍躊躇不進，她的王八之氣一發散，敵軍屁滾尿流地嚇跑了，聽上去很是霸氣、炫酷，沒想到今天她真有這麼一個機會。

可惜她在百忙之中沒找到琴；不過，當她把想法和程元龍一說，程元龍立刻拍著胸脯道：「那有何難，看我的。」

說著，他伸手在腰間一摸，掏出一支短笛，試了試音，先吹了一曲〈關山月〉，他想了想，又吹了一曲〈鳳求凰〉。

青桐不懂後者的真實涵義，只覺得好聽，聽到精彩處，不禁拍手叫好。瞧著一旁認識許久的少年，青桐覺得來到古代能交上這朋友，已是不虛此行。

程元龍看著身邊的人，再望望頭頂的明月稀星，忽然覺得豪情滿懷，向來頭疼詩文的他，竟然有一種吟詩作賦的衝動。金戈鐵馬，狼煙胡塵，美人相伴，月夜笑談，此等境遇、此等情懷，有幾人經遇？程元龍越想越陶醉，索性將生死顧慮全拋在腦後。

馬蹄噠噠有聲，金兵的前鋒已經來到了城下的平川上，隔著幾箭之遠遙遙望著火把閃爍的城頭，還有城牆上那兩個旁若無人、大聲談笑的奇人。

哈裡虎手指著青桐和程元龍詢問左右。「這兩人是誰？」

有探子出列答道：「那個女子便是打敗三殿下手下五將，殺害烏古、烏蒙兄弟的林青桐，那個男人不知道是誰。」

哈裡虎哼哼冷笑三聲。這人膽子倒挺大，還想玩空城計？可他早讓人打聽清楚代縣的底細，絲毫不以為意。

他高聲傳令。「入城。」

這時有人勸阻。「將軍，城中寂靜無聲，城門大開，敵將又如此鎮定自若，會不會有詐？」

哈裡虎傲然道：「有詐又如何？別說一個小小的代縣，即便是北地重鎮秦城，不日也會被我大金不費吹灰之力拿下。」

這時，城頭上傳出一聲又清又亮的嗤笑聲，那笑聲有一種奇異的穿透力，顯然是用內功傳送而來。「哈哈，哈裡虎，哈巴狗，你不怕閃了舌頭嗎？」

這笑聲自然是青桐發出的，她身旁的親兵聽到「哈巴狗」這個名稱，跟著鬨然大笑。

金兵中聽得懂漢話的人被他們氣得七竅生煙，同步稟告哈裡虎。哈裡虎勃然大怒，高舉令劍，喊一聲「殺」，轉眼間便率先帶領百名親隨衝入城去。

青桐清聲命令。「倒狗食。」

哈裡虎剛衝到城門前，忽見頭頂上滾下十幾只龐然大物，只聽得嘩啦啦一陣響動，奇臭無比的汁水淋了他們一身，幾個罈子摔下來碎了一地。

哈裡虎更怒，一踢馬肚繼續往裡衝去，其他金兵緊隨其後，如潮水一般湧入城中，城頭上很快就被金兵占領。青桐他們並不戀戰，見對方人多，轉身就逃，金兵在後面緊追不捨。行了幾十步，青桐朝身旁士兵一擺手，眾人會意，一縱一跳，繞著圈跑過城門後的寬闊平地，哈裡虎渾不在意，繼續猛追。

突然，他的馬身一沈，戰馬仰頭嘶鳴一聲，陷入了陷坑。撲通、撲通，一連串的巨響，像鍋裡下餃子似的，金兵前面一排騎兵紛紛落入了陷坑，一時間馬喊人叫，亂成一團。有的被戳傷，有的摔殘，哈裡虎功夫不俗，只受了擦傷，他被人從坑中拉上來，換了匹戰馬繼續追逐那個罪魁禍首。

金兵見離得近了，紛紛拉弓拽箭，箭如飛蝗般向青桐等人頭頂飛射而去。

第二十五章

青桐躲避著箭雨加快速度，將追兵引入一條寬胡同裡。五萬金兵此時已經陸續入城，他們穿行大街小巷，搜尋著晉軍、百姓或是財物。可恨的是，晉軍已經將整個代縣搬遷一空，不見人影，也沒有糧食和牲畜，只剩下無法搬走的房子和家什。

金兵正在用心搜刮，忽聽得遠處一陣刺耳的鑼響，整座縣城開始騷亂起來，磚頭、石頭齊飛，開水、熱油共潑。金兵進灶房後灶房突然坍塌，進民居後民居樑斷，他們嚇得不敢進屋，專挑空曠地走，結果又掉入陷阱，一時間，被砸死、砸傷的，還有燙死、跌死的不計其數。最可惡的是他們找不到人，好不容易看到幾個人影，追沒幾步身影便無端消失了，論地形，他們自然不如這些人熟悉。

這一個時辰，城中的金兵過得可謂是雞飛狗跳，驚嚇連連。不過，代縣畢竟是個小縣，可利用的地利也就那麼些，金兵吃過幾次虧很快就摸清了其中的門道，他們派出專門的排查兵走到最前頭，一旦有情況，後面的士兵立即停住，損失越來越少，晉軍優勢漸失，暴露得越來越多。

明月東升，代縣城中火把通明，將整個縣城照得如同白晝一般。

青桐知道可利用的時間不多，不過這會兒百姓撤退得也該差不多了，他們也該功成身退了。

這時城中某處屋頂上又傳來一通鼓響。這是預先定好的撤退信號，真正的考驗才剛開始，突圍才是最危險的。

晉軍正在緊急集合，敵軍很快也發現了他們。哈裡虎憋著滿腔怒火無處發洩，一發現他們，立即命士兵合圍上去。

青桐見此情形，覺得一起突圍目標太大，她飛快地對程元龍說道：「你帶他們往南突圍，我往西。」

程元龍搖頭。「讓王二帶上他們，我必須和妳一起。」青桐見他神態堅決沒有再勸，她猛地想起程元龍的家傳軟甲還在她身上，她挺想脫下來還他，但此時著實不方便。

程元龍似乎看出她在想什麼似的，按著她的手笑道：「妳脫了我也不穿，我皮糙肉厚，沒事的。」

青桐一愣，還沒來得及搭話，就聽見周圍喊聲大作，火把通明，他們已經被團團圍住。哈裡虎舉著火把對著青桐照了照，嘿嘿一笑。「林青桐，妳今日是插翅難飛。」

青桐淡然回笑。「不見得吧！」

哈裡虎呼喝一聲。「捉住他們，不准讓一個漏網！」

金兵唰地一下圍攏上來，各拿兵器刀槍，向青桐等人猛烈攻擊。

青桐將右手放至嘴邊，一聲清亮悠長的哨聲劃破夜空傳遍城中各處，片刻之後，就見四處民居濃煙滾滾，夜空紅了半邊，金兵登時大亂，大呼救火。

晉軍趁亂突圍，他們不再分成兩股，而是分成數小股，朝四面八方衝殺。雙方短兵相接，交戰在一處。晉軍力戰突圍，他們將十八般武藝全部用上，尖銳的石子，一端帶火的鞭子等等是應有盡有。這些人急而不亂，分兵合作，有的士兵往金兵身上淋油，有的負責點火，還有的甩著火鞭，將火引得更廣。

青桐率領的這一隊壓力最大，這股士兵數次被分割又數次艱難合攏，衝殺一個時辰後，折了大半士兵，青桐他們終於藉著夜色和熟識地形衝出重圍。其他士兵被衝得七零八落，陸陸續續逃出許多，青桐和程元龍收攏殘兵，連夜朝山中撤退。

哈裡虎自視甚高，萬沒料到青桐竟然領著這八百多人能從自己眼皮底下逃脫；再加上城中大火四起，金兵被她這樣花樣百出的打法弄得死傷不少，胸中怒火中燒，當下傳令命令大軍前去追趕。

只是這時已是月上中天，方才還是月色皎潔，忽然間烏雲遮月，夜色一團漆黑，山路崎嶇非常。哈裡虎被山風一吹，漸漸冷靜下來，勒馬止步，左右親信乘機勸諫。「將軍不必心急，我軍若守住東西南北四個出口，可將他們困死山中。」

哈裡虎略一沈思，點頭答應，畢竟他身為大軍前鋒，身負掃除南征障礙的重任，怎能因小失大？

哈裡虎撥出兩萬軍兵，分別防守山下的四個隘口，剩餘士兵先回代縣安營下寨，一邊打探各路消息，就地徵集糧草，準備迎接大軍到來。

青桐率領幾百殘兵，乘著夜色朝山中退去。他們怕金兵發現，不敢點燃火把，一路全憑記憶摸索著向前，好在青桐和她的親兵之前就進山察看過地形，路徑、方位均爛熟於心。

眾人行了約有半個時辰，經過一片大樹林時，忽然聽得一聲呼哨，四周火把大舉，接著有人喝問是誰，士兵一齊答話，那些人立即歡呼著圍攏上來迎接，原來是陸紹衡留下接應的哨兵。

兩軍會合後一齊朝山中營寨迤邐而去。說是營寨，其實就是各個隱蔽的山洞、陷坑。等到了中軍石洞，陸紹衡忙出來迎接青桐和程元龍。看到兩人完好無缺地站在自己面前，不由得長出一口氣，他正要說話，忽見程元龍臉色白得嚇人，身子搖搖晃晃。

青桐這時才察覺到他的異樣，一把扶住急問他怎麼了。程元龍苦笑一下，指指自己的後背。「方才突圍時，中了兩箭，其中有一箭斷在裡頭。」

眾人大驚，趕緊喚來大夫醫治。

大夫趕來替他拔箭上藥，忙碌了好一陣子才消停，幸虧程元龍沒傷到要害，養息一段時日就行。

眾人陸續散去，青桐留下來陪著他。她看著趴在床上的程元龍，感嘆道：「我想起來了，突圍時，你曾趴在我背上一回，那是你在替我擋箭吧？」

程元龍將臉埋進衣服裡，連聲否認。「哪有。」

青桐出聲罵他。「你真傻，別說我身上穿著你的軟甲，就算不穿也沒事，危險來臨時，我能感覺到，一般都能躲開。」

程元龍嘿嘿一笑沒接話。

青桐心中有些不知怎麼形容的感受，於是像拍一隻寵物狗似地拍拍他的頭。「你這人真夠義氣，我會把你當作一輩子的朋友。」

程元龍一聽到這話，熱呼呼的心漸漸變涼。一輩子的朋友……他欲言又止，想了想還是將話嚥了回去，這種時候著實不適合說那些話，等到班師回朝再說吧！

程元龍這一天征殺不斷，又受了傷，此時一放鬆整個人疲倦不堪，想著想著便昏昏沈沈地睡了過去。

次日天明，青桐和陸紹衡帶著士兵去巡查敵情，卻沮喪地發現，他們被困在了山中。他們現下滿打滿算只有三千士兵，還多半帶傷，如何能突圍得出去？何況還有百姓要保護。

陸紹衡想盡辦法穩住軍心，又命幾個善於攀爬的士兵化作獵戶、山民，從北山懸崖處墜下出去打探消息，如有可能則去四平關求援。青桐本想跟著出去，卻被陸紹衡和程元龍齊齊攔住了，兩人一致認為，她太招人注目了。

陸紹衡怕她性子執拗，只好軟語相勸。「妳不能莽撞，保存有用之身好殺強敵，做大事，北朝的大王子很快就要來了。」

程元龍道：「這個大王子勇冠三軍，凶悍異常，金國中不少人都想他繼承王位，據說那老王打算根據此次南下侵犯的結果來決定王位人選。」

青桐點頭。「我知道了，我要養足精神，找機會把這個大王子給殺了。」沒殺掉完顏仲是她的一大遺憾，這個更值得下手的完顏罕一出現，她又重新燃起了鬥志。

眾人在山中挨著，焦急地等候著幾名斥候的消息。到了第四天，才有一名斥候回來報信說，北朝大王子已經於秦城城下屯兵十萬，準備攻城，到四平關的路已被金兵切斷，無法求援。陸紹衡賞賜了那名士兵，命他下去休整。

又過了兩日，終於又回來一名斥候，這人帶來了一個大好消息——秦王率援軍十五萬親臨秦城督戰。

眾人聞得這個消息，很是振奮。

程元龍分析道：「這是他的封地，不來不行；若是秦地被金兵攻占，表哥在朝中的地位就微妙了。」

陸紹衡點頭。「的確如此。而且我已經肯定此事與燕王有關，否則，燕地離番人更近，往年韃子南下打秋風，一般先從燕地開始，為何今年會繞道來秦地？」

兩人你一句、我一句地議論朝中之事，青桐旁聽了一會兒，便在一旁提前演練制伏大王子的經過。

陸紹衡再派斥候前去探聽消息，同時開始和程元龍及青桐商量強行突圍之事。他們人多糧少，加上已經入秋，天氣逐漸寒冷，不能在山中長耗下去。

陸紹衡組織士兵數次突圍，均以失敗告終，眼看著半月過去，所帶軍糧即將告罄，就在諸人焦慮不已、軍心開始浮動之時，忽有哨兵上前稟報說，不知為何，關口的金兵竟自動撤去了。陸紹衡怕有詐，再命人去探，結果仍是一樣，金兵確實已自動撤離。

程元龍想了想，恍然明白。「我知道了，定是那大王子下令撤的，他所圖甚大，咱們這點人馬他根本不放在眼裡。」

三人商量後決定，派五百士兵下山往南補充糧餉，陸紹衡和程元龍、青桐三人領著剩下的兩千多名士兵去秦城。

青桐先率她的三十名親兵前去打探消息，代縣離秦城很近，不消半日，他們就到了秦城近處。

眾人尋了高地遠遠觀望。那十餘萬大軍綿延鋪展數里，旌旗遮天蔽日，刀槍林立如麻，衝車、雲梯、巨椽等各式攻城兵器堆山塞海，軍中人喊馬嘶，鼓聲震天動地，其氣勢之雄壯令人駭然。

眾人正在默默慨嘆，忽然被一通震破耳膜的戰鼓聲給嚇了一大跳。金兵開始了新一輪的攻城，雲梯高架，萬箭齊發，衝車撞門，金兵如洪水般往秦城城牆湧捲過去。城牆上密密麻麻地爬滿螻蟻似的士兵，巍峨雄壯的秦城像一顆被萬千巨蟻圍攻撕咬的大饅頭似的，青桐看得暗自心驚，與這次相比，代縣和四平關那些戰役根本就是小打小鬧。

陸紹衡和程元龍很快就趕來會合，兩人一見這情形，雖說早有準備，但仍掩不住滿臉的駭然之色。

金兵在奮力攻城，秦城守軍亦在死力反擊，雙方各有死傷，但金兵明顯氣勢更盛些。

陸紹衡望望身後的士兵，沈聲說道：「我們衝殺過去吧！」他此時比以往任何時候都沒底氣。

青桐和程元龍對望一眼，表示同意。程元龍看著青桐，本想出口勸阻她不要去，但又深知她的性格，只好嚥下口中的話。

程元龍拍手示意一個後勤士兵過來，這人手中抱著一副樣式迥異的鎧甲。

程元龍指著它說道：「包子，這是我琢磨出來專給妳穿的鎧甲，是用軍中最好的盔甲合拼成的，能將妳從頭到腳全包起來，尋常的弓箭刀槍傷不了妳，缺點是有些笨重，別人穿上它會覺得太重，但妳力氣大，應該沒事的。」

青桐一陣驚喜，連忙接過來就地套在身上，從頭到腳包得嚴嚴實實，只露出兩隻眼睛來，活動起來確實略有不便，不過她還能承受。

「胖子你真夠義氣。」青桐讚了他一句。

程元龍咧嘴笑笑，還想再囑咐幾句，就聽見一名士兵驚呼道：「你們快看，那是誰？」

眾人循聲望去，就見萬軍中搖盪著數面繡著「程」字的大纛旗（注）。

程元龍失聲低叫。「我爹怎麼也來了？」

此時的程軍被金兵分割得七零八落，程英傑自己也在拚命殺敵，圍在他身邊的親兵在逐漸減少。

陸紹衡一臉擔憂，艱澀應道：「他跟我們一樣，明知不可為而為之。」

程元龍臉色灰敗，呆立片刻，霍然轉身道：「我要去救我爹。」

青桐攔住他。「你傷還沒好透，我來。」

程元龍不及反應，青桐已翻身躍上戰馬，一聲清喝。「走，跟我去打狗救人！」話音未落，那匹戰馬已經風馳電掣般地飛馳了出去，程元龍和陸紹衡率領兩千士兵緊隨其後，跟她一起殺入敵陣。

雙方士兵正殺得激烈，忽見一個渾身包著鐵甲的人飛一般地衝了過來，一路棒起刀落，殺人宛如砍瓜切菜一般。她的三十親兵緊隨其後，接著是陸紹衡、程元龍等人。這一撥人馬雖然人數不多，但士氣極盛，加上有青桐這個殺神在前開路，這兩千多名士兵以摧枯拉朽的氣勢一路衝殺，一點點地向被困在金兵中央的程軍靠攏。

程英傑也看到了他們，不禁精神一振。程元龍一邊殺敵一邊望著父親，兩人雖然相隔不遠，卻被層層敵軍隔開，要靠攏卻似隔了千山萬水一樣艱難。

青桐在萬軍之中縱橫衝殺，她有了這副鎧甲後簡直是如虎添翼，神威倍增。

大王子完顏罕站在高處觀戰，見即將潰敗的晉軍突然形勢好轉，再一觀察，才知又來了一股援軍。他那銳利的目光很快就注意到了青桐，他見這人一路所向披靡，立即令人傳令三軍，先殺這人和程英傑。

金兵得了命令，以加倍的兵力來圍攻兩人。青桐自然不怕，來多少她殺多少，狼牙棒劈斷了，她隨手從敵軍手中搶奪兵器，有槍使槍、有刀使刀，每一樣兵器到了她手裡都變得威力十足。

但程英傑的處境卻更加岌岌可危，他身邊的親兵在急劇地減少，從幾十名銳減到十幾名。程元龍看得焦急萬分，拚命殺出一條血路向父親身邊趕去，無奈每次剛前進一點很快又被人潮衝開，他只能眼睜睜地看著父親處於險境。

程英傑自然也明白兒子的憂心和意圖，他心中是百感交集，以前自己對這個兒子百般看不上眼，覺得他任性不上進，此時卻不由自主地湧出一股欣慰和感動。

此刻秦王正在城頭督戰，他的到來的確讓晉軍士氣高漲，可惜的是他們面對的對手比以前的任何一位都強大，這半個月來，金兵日夜不停地輪攻秦城，晉軍勉力強撐到現在。

然而，久攻不下，讓完顏罕心中大為窩火。今日一戰，他下了死命令，無論付出多大的代價都要拿下秦城。他出征時父王身體已經衰弱，可他最關心的不是父王的身體，而是王位繼承人的問題。他的兄弟們虎視眈眈，手段百出，在這個節骨眼上，他不能久戰不歸，不能拖延也不能無功而返，否則事情難免生變。

他南征之前，曾誇下海口，說一定要拿下秦城十三郡。前面的十一個郡都沒費什麼氣力，唯獨秦城還有那個代縣，一個小小的下縣竟然折了他的愛將。

完顏罕連下命令加緊攻勢。秦王眼見舅父處境危險，心中豈能不急？他略一思忖，隨即命令手下偏將領五萬士兵出城迎敵。

秦王一聲令下，五萬士兵浩浩蕩蕩出城助戰，這五萬生力軍的到來，讓程軍壓力大減。

此時，青桐已經殺奔到程英傑跟前，她簡短命令道：「跟著我。」說罷，她握著奪來的狼牙棒往回殺去，意欲和程元龍他們會合。

大王子在高處看得分明，心中怒潮滾滾，傳令讓弓弩手向兩人輪射，左右隨從急忙勸阻。「此時兩軍混戰，你中有我，我中有你，射箭難免會誤傷自己人。」

完顏罕反應平淡。「打仗有不死人的嗎？傷就傷了，捉住南軍主將才最要緊。」

左右還有人再勸，完顏罕立刻圓眼一瞪，眾人只得閉口不言。

命令傳下，數百名弓弩手一齊拉弓射箭，箭矢如疾風驟雨一般向青桐和程英傑所在的方位傾巢而出。青桐吃了一驚，她沒想到這人如此喪心病狂，好在她身上有這特殊的盔甲護體，那些箭矢經過那麼遠的距離，威力已經大減，奈何不了她。

青桐左格右擋，擋著如雨的利箭，她雖已竭力護著程英傑，但程英傑仍然中了兩箭，好在沒傷及要害。

青桐護著程英傑一路如乘風破浪一般地劈殺出一條血路，程元龍和陸紹衡也盡力向他們靠攏，雙方經過好一番艱難衝殺才聚在一起。

他們還沒來得鬆一口氣，忽聽得金兵大喊大叫起來，似乎在傳遞什麼新命令。他們很快就聽明白了，這是完顏罕新下的命令——活捉秦王者賞黃金萬兩，官升三級，程英傑和林青桐的人頭各值五千兩黃金。

重賞之下，必有勇夫。秦王還在秦城，身旁有鐵甲護衛守衛，難度最大；但青桐和程英傑兩人就在軍中，自然容易許多。命令一經傳下，那些金兵像蒼蠅尋找鮮肉，嗡嗡哄哄地向兩人潮湧而來，剛剛好轉的形勢急轉直下。

城上的秦王當即以其人之道還治其之身，命士兵傳令下去——活捉或殺死完顏罕者，賞賜黃金萬兩，官升三級。

大軍轟然雷動，雙方士兵像打了狗血、雞血一般，群情激憤。

青桐早就看完顏罕不順眼之極，即便秦王不下令，她也要宰了此人，這下正好，既解了自己的心頭之恨，又能賺點官位和金子。

她將程英傑交給程元龍和陸紹衡，轉身正要離去。

「等等。」程英傑和程元龍異口同聲地叫道。

「啊？」

程元龍看了父親一眼，飛快地說道：「包子，妳還是別去了。」

程英傑卻是知道青桐這人性格執拗，他沒有阻攔，只說道：「妳騎我這匹好馬吧！」

青桐看了看程英傑身下那匹皮毛發亮的高頭黑馬，確實是匹好馬；不過，她之前已經損折了他的一匹胭脂馬，思及此，她搖頭拒絕。「不了，我可以就地取馬。」說著回頭向眾人行了一個注目禮，然後掉頭離去。

程元龍一臉擔憂。「包子……」

陸紹衡勸道：「隨她去吧，你攔不住的。」

程元龍道：「你護著我爹，我領一千精兵去保護她。」他話音剛落，就聽見前方敵軍出現一陣騷亂，接著城頭的晉軍發出山呼海嘯般的吶喊喝彩聲。

眾人踩著馬蹬直身遙望，原來是青桐已經衝殺回去，直向完顏罕所在的中軍殺去。

完顏罕不在乎誤傷，命弓弩手、神箭手向青桐齊齊發箭。青桐時而在馬堆裡藏身，時而隱在人群中，巧妙靈活地躲著箭雨，兩輪箭雨下來，不但沒傷她分毫，反而射殺了不少金兵。青桐直到這時才發現，原來程元龍將他自己的家傳軟甲也融入在自己身上的鎧甲裡。

青桐專門向人群密集的地方殺去，箭雨越密集，敵軍死得越多。那些敵軍見了她像見了閻王似的，紛紛自動讓開，一是怕她，二則是怕被誤傷。

青桐這一路竟是行得無比順暢。完顏罕萬沒料到，自己竟用弓箭給她開了一條生路。

弓弩手發現射人不著，於是改成專門射馬。青桐身下的戰馬連中數箭，戰馬哀鳴一聲，轟然倒地，周圍的金兵大喜過望，紛紛湧上來去捉人。

不想青桐早就做好了準備，雙腳以馬背為支點，用力一蹬，身子在半空翻了一個筋斗，穩穩落在一個士兵身後，趁士兵目瞪口呆之際，一把將他丟出去，策馬繼續向前飛馳。

這一路連斃五匹馬，金國大王子，那一頭作惡多端的藏獒已經近在眼前了。青桐稍事喘息，舉棒向完顏罕猛撲過去。

完顏罕身旁有一百多名精銳親隨保護，雙方混戰在一處。城上的守軍看得瞠目結舌，不管她捉不捉得到大王子，單是憑一路的英勇殺敵已經讓人震撼不已。

然而青桐讓他們震撼得還不止於此。她從身上的百寶囊裡摸出石子、長鐵釘，她離得近，力道又極大，一個砸一個準，一釘一個倒，轉眼間已經連殺十名護駕親兵。

完顏罕心中駭然。他之前聽過林青桐的名字，心中一直不信女人能多強，還笑話三弟文弱窩囊，今日一見，方知傳言不虛。但他是誰？他可是勇冠漠北的完顏罕，在青桐又斃了他的十名親兵後，完顏罕橫刀立馬，親自上前迎戰青桐。

這是一場最高規格的決鬥。兩人一槍一棒，殺得天昏地暗，日月失光，高手相鬥，尋常人根本插不上手。兩人且戰且行，青桐看著他身後如影隨形的護駕衛隊，心念一轉，再出手時，力道不覺弱了幾分，她的動作越來越緩，力道逐漸變弱。完顏罕很快察覺，他料定對方已力戰多時，已經力竭，她畢竟是血肉之軀，何況還是個女子。

完顏罕心中暗喜，再看看青桐，雖然她身上穿著一層龜殼似的鎧甲，看不清她的面貌；不過，他有搜集各類女人的愛好，他的府中各樣各樣的女人都有，這個女人且不管相貌如何，單憑她的勇力和武功已是極好。

兩人打打行行，一路向空曠處飛馳而去，完顏罕的幾十個護衛在後面緊追不捨；但完顏罕自恃勇猛，認為憑一己之力就能擒住青桐，所以他根本沒打算等待那些親衛。

青桐朝後偷瞄一眼，見已與眾人拉開了一段距離，決定要好好把握住這個千載難逢的機會。

她再次向完顏罕發難時，開始漸漸加重力道。完顏罕再次一驚，隨即便明白了對方的詭計，他傲然一笑，舉槍去挑青桐的盔甲，上刺不中，再往下刺，一槍刺中青桐坐下的戰馬，那匹馬吃痛，前腳一彎，臥倒在地。

完顏罕哈哈一笑，以為青桐必敗無疑。他笑聲未停，突然覺得身下戰馬昂頭嗚叫一聲，四蹄驟然騰空，險些將他甩出去；好在他自幼精於馬術，險險穩住，他急忙朝下一看，原來是青桐在算計他的馬，只是這馬跟著他多年，久經沙場，略通人性，才躲過一劫。

完顏罕掉轉馬頭，朝戰場馳去，青桐的戰馬已傷，憑雙腳哪裡趕得上他？她心中明白，錯過這一次機會，要再殺完顏罕就難了。

這一次無論如何也要抓住機會。她想施展輕身功夫，但身上的這身盔甲太重了。她稍一沈吟，便決定先拋下這身行頭，輕裝上路，青桐一邊跑，一邊飛快地解掉盔甲，飛身去追趕完顏罕。

果然，沒了盔甲，她的身子輕盈許多，拚出全力，差一點就追上完顏罕。完顏罕在馬上哈哈大笑，他猛一回頭，見青桐已經除去盔甲，露出了她的真面目，青衣素衫，身段矯捷苗條，容貌雖不是豔光逼人，但是樣貌清麗頗有動人之處。

他頻頻回顧，速度自然慢了下來。青桐趁著這一會兒工夫，終於追趕了上來，她一把揪住馬尾巴，再不放手。那戰馬不停地後踢亂蹬，試圖將她甩開，但青桐左右躲閃，死活不肯鬆手。

正在苦戰中的士兵於是又看到了神奇的一幕。一個女孩子緊抓住一匹馬的馬尾狂奔，那戰馬運蹄如飛，不時顛簸後踢卻怎麼也甩不掉那個女子，兩人一馬轉眼間又回到了兩軍陣前。

馬上的完顏罕舉槍往後刺去，青桐左手徒手抓住他的槍桿，往上猛地一推，藉著力道攀上他的馬背，完顏罕一怔，兩人隨即在馬背上纏鬥起來。馬背上就那點地方，何況戰馬還在奔馳，這種戰法極其考驗功力，一不小心墜馬，唯有一死。

兩軍一起吶喊，各助各的威。

程元龍正在擔憂青桐的安危，但兩人之間隔著層層人牆，他根本看不到她的人，一聽到吶喊聲，立即心安許多。

青桐一邊與完顏罕廝鬥，一邊伸手從袋中摸出一把石子，砸向他的面門，完顏罕一陣吃痛，反應稍慢，青桐右手寒光一閃，手持一把小巧匕首，一刀割斷他的咽喉。完顏罕瞪著眼睛，往後一倒，落馬墜地。

秦王在城頭看見大王子落馬，又驚又喜，命人大喊。「大王子已死——」

金兵看到主帥已死，登時驚惶起來。

秦王抓準時機，大開城門，命城中士兵、民兵一起殺將出去。

程英傑和陸紹衡、程元龍三人收攏士兵，來回衝殺。

兩軍一齊合力，士氣高漲。金兵主帥已死，無人統領，軍心大亂，先自亂了陣腳，紛紛潰逃。晉軍一路追逐，殺敵無數。秦王又命人去襲擊敵軍營寨，將之擊潰，此戰俘虜敵軍數萬，俘獲牲畜幾十萬頭，軍糧上萬車。

各路軍兵會合一處，一起回城。城中百姓簞食壺漿，夾道歡迎，很多人爭相目睹青桐這個傳奇女英雄。

秦王心情大好，當即兌現諾言，賞賜青桐黃金萬兩、彩緞千疋、名馬一匹，並即刻寫好奏表，命書記官謄寫功勞簿，命人入京報捷。

當晚慶功宴後，青桐回到營房，門口已經站了很多前來賀喜的將領、士兵。不大熟悉的，青桐客套一番；熟悉的，她寒暄幾句；交好的，青桐拿出一部分賞賜之物與他們分享。她的親兵王二等人分得最多，這些人自是感激不盡，他們圍著青桐交口稱譽，人群挨挨蹭蹭，越聚越多，程元龍擠了三次都沒擠進去，氣得他悻悻然而回。

十餘天後，朝中封賞下達。皇上龍顏大悅，准了秦王的請功奏摺，封青桐為三等將軍，封號平虜；其餘有功將領均有封賞，程貴妃對青桐也有不少賞賜。

第二十六章

此戰之後，秦王手下將士一路掃清秦地金兵，奪回被占的城池，安排百姓回鄉重建家園恢復生產。

而程英傑率軍返回四平關，才知道原來三王子完顏仲趁他們鏖戰之時，已經悄悄返回漠北。不過，也虧得如此，四平關才完好無損，否則以那時的兵力保不保得住四平關還是一說。

青桐和程元龍領兵一起去山中接代縣百姓和傷兵回城，一去才知那個俘虜文正趁亂逃了。青桐一臉沮喪，十分後悔自己沒下手殺了他。後來有士兵搜查他住過的山洞，發現他還留了一封信，信上大意是說，三王子對他有恩，不能不報，將來若是三王子能登上王位，他必會勸說與大晉修好，兩國互不侵犯。青桐哼了一聲，不置可否，程元龍好生安慰了一番，她才漸漸放下此事。

秦城十三郡在秦王的主持下，漸漸恢復元氣。過了幾日，就聽得漠北傳來一個大快人心的消息。原來那老王的身體本就油盡燈枯，他最寵愛的大王子完顏罕在戰場殞命的消息傳回去後，老王立時急火攻心，吐血不止，沒有留下隻言片語便一命嗚呼。眾王子為爭王位各逞本領甚至大打出手，漠北內亂迭起，再無心南進。

秦王一聽得這個消息當即召集各級將士、參謀商量反攻大計。青桐做為新封的三等將軍，這次也在其中討論。

秦王的意思很明確，想趁亂征伐漠北，掃清殘餘金兵。到指派將領時，青桐還想毛遂自薦，誰知程英傑卻頻頻使眼色制止她，等到眾人散去，青桐忍不住問程英傑。「程大人，你為何不讓我跟隨秦王去攻打漠北？」

程英傑嘆了一聲，耐心對她解釋道：「妳在四平關連挫三王子的五虎上將，於代縣再挫大王子的愛將，最後還親手殺了大王子，已經威名遠揚，再這樣下去，妳知道結果會怎樣嗎？」

青桐也不傻，反問一句。「你怕我兔死狗烹？」

程英傑頓了一下，繼續勸道：「妳還年輕，對朝中之事懂得不多。妳該知道，秦王如今處境微妙，他需要更多的軍功，僅僅打退入侵的番兵還不夠，而且路途遙遠，你們長久相處……總之我是為妳考慮。」

這時，門外傳來程元龍的聲音。「對，爹說得對，包子妳別去了，正好休息一陣，我帶妳到各處走走。」

程英傑習慣性地瞪了程元龍一眼，問道：「你背上的箭傷好了？整天到處亂竄，還是沒個正經。」

程元龍撇撇嘴，對著青桐做個鬼臉。

兩人並肩出了營房，騎馬到處遊逛，有時到山中打兔子、野雞，有時在附近的草原上縱馬馳騁。

過了幾日，留在四平關的花小麥和七公主已來到秦城。每逢兩人一起出遊，青桐就會邀請花小麥同去，想讓她也散散心；但花小麥每次都找藉口委婉拒絕，程元龍覺得這人很有眼色，對她越發和氣。

青桐看著花小麥的背影一臉困惑地說道：「我覺得她似乎不大開心，所以才想帶著她散散心。」

程元龍道：「她的心結誰也幫不了，只能等時日長了，漸漸淡忘才行。」

青桐說道：「你是指她過去的那些遭遇？可是那又不是她的錯。」

程元龍苦笑著開解。「這也是沒辦法的事，世人才不管是誰的錯，他們只會把錯歸到她身上。」

青桐一想到類似事情就覺得氣悶，這裡的人們有時候邏輯極其不可理喻，比如，他們喜歡指責受害人。你被偷了，會說誰教你不小心；被騙了，會說誰教你傻；被流氓調戲了，會說誰教你那麼招人。女人被辱了，他們不去辱罵加害人，卻來指責笑話被害者，很多女人受到二次傷害，最後一死了之。他們不去反抗那些渣滓，對惡人惡行睜一隻眼、閉一隻眼，永遠只當個看客，順便用不健全的腦子來指點你、指責你、批判你。

程元龍見她一臉沮喪，想方設法逗她開心。程英傑說得不錯，程元龍有時候確實像個孩子，活潑貪玩，不像陸紹衡整天板著臉，做什麼都一本正經的。

在程元龍幾次轉了話題後，青桐的鬱悶總算散了幾分。

半月後，秦王率領二十萬大軍遠征漠北，因不放心京城情勢，派另一個心腹來接替程英傑的職位，讓他送七公主回京；而青桐和程元龍，也跟隨程英傑一起班師回朝。

大軍回京路線跟來時不同，恰好會路過青桐養父母的家鄉雲州。青桐一聽到這個熟悉的地名，心中不覺一動，她已經好久好久沒見到養父母了，也不知他們如今過得怎樣？

程元龍見她神色有異，忙問她怎麼回事，青桐將想法和他說了。

程元龍說道：「這個容易，我去跟父親說說，讓妳請幾日假回去看看，孝順父母可是一等大事。」

程英傑倒也開通，大手一揮批了青桐十天假。

青桐立即將這個好消息跟花小麥分享。「我們一起回去吧！」

花小麥先是替青桐高興，一聽到要一起回去，臉上笑容倏地不見了。

青桐問道：「妳不想妳的奶奶和娘親嗎？」

花小麥一聽她提到祖母和娘親，頓時淚流滿面，但仍是堅決搖頭。「我想她們，一直都在想，但我沒臉見她們。我回去一定會被人笑話，她們也會被人笑，還不如就讓大夥當我死了。」

青桐雖沒法感同身受她的痛苦，心中情緒仍不自覺隨她一起波動，花小麥哭了一會兒又囑咐道：「妳代我看看奶奶和娘，若是她們還在，就悄悄告訴她們我還活著就好了；若是不在了，就罷了。」

說著，她小心翼翼地摸出幾根金釵遞給青桐。「這是七公主在四平關隨手賞我的，妳帶去捎給我奶奶和娘，千萬別讓那個男人發現了。」

那個男人指的是她爹花大虎，青桐記得那人好像是叫這個名字。一想起那個罪魁禍首，青桐心中就怒火中燒，這次回去若看見他，她一定會好好教訓他。

青桐和程元龍帶了幾十名隨從前往雲州，王二等人現在仍然跟著她，他們得了青桐分的賞賜物事，發了一筆小財，引起了不少人的羡慕。那王二對自己的頭領佩服得五體投地，青桐叫他朝東絕不往西，有時還主動替她分憂解勞；像青桐懶得應酬，生性活潑圓滑的王二便接過這個任務，該送禮的送禮、該拉關係的拉關係，儼然成了青桐的管家。

這一行人帶著一部分金銀、布帛、皮毛，以及邊疆的特產朝雲州李家村而去。

青桐一回到闊別數年的李家村，不出意料地引起了村民的轟動。這些人奔相走告，不一會兒，滿臉激動、抱著青枝的李二成，以及咧嘴傻笑、挺著大肚子的王氏在村民的簇擁下來到村口迎接青桐。

「爹、娘。」青桐看到了來人，趕緊翻身下馬。

李二成看著青桐只是一個勁地傻笑。「桐兒，妳回來了就好。嘿嘿，家裡新蓋了屋子，還給妳留了一間房。」

王氏上前拉著她問長問短，其他村民盯著她的隨從和坐騎，以及那十幾個沈重的箱子議論紛紛，有的還猜測程元龍是誰，跟青桐是什麼關係。程元龍知道大家在看自己，站得越發筆挺。

李二成夫妻將人引進家中，凳子不夠坐，村民們搶著回家去搬凳子來圍觀。王氏要起身去燒水，立即有村婦爭著替她燒。

青桐簡單地向養父母說了一些在邊疆的經歷，而村民只揀其中要點聽，一聽到青桐得了賞賜、當官了很是驚訝。他們萬沒料到女人也能當官，拉著青桐又是一番奉承和詢問。

這種熱鬧狀況一直持續到天黑，青桐為了爹娘的面子，耐下心與村民周旋客套，好在他們也識相，只是看個熱鬧，沒有惡意。

天色已晚，這些人不得不離開李家回家，大部分人還意猶未盡。

青桐等人都散了，方問王氏鄰居花二嬸和小麥她娘的事。兩家離得近，關係又不錯，她回來這麼大的動靜，怎麼也該知道了，奇怪的是卻一直不見花家婆媳兩人的身影。

王氏和李二成聽青桐問及花家，對視一眼，不約而同地搖搖頭，王氏低聲簡述了兩人的事。原來花小麥被賣時，花大虎騙花二嬸說是賣到正經的大戶人家當丫鬟，將來還可以贖回，後來花二嬸得知實情後就氣得病重而亡了。

這還沒完，花大虎很快就將賣女的錢揮霍一空，接著就將花小麥的娘拿出去抵債，誰料那人比花大虎還混蛋，小麥娘沒多久就不堪折磨上吊死了。

王二等人在一旁聽得義憤填膺，青桐更是咬牙切齒。花大虎這人就是個禍根，想當初他不在家，花二嬸一家雖然艱難但也能活下去，而他一回來，禍事一樁接著一樁。這種人為什麼還活著？偏偏他這樣的作為並不算犯法，賣別人是犯罪，但賣自己的妻子、兒女卻無罪，真是荒謬之極。

說混蛋，混蛋到。眾人正在罵花大虎，卻聽得院門吱呀一聲被推開，一個吊兒郎當的中年男子晃了進來，他貪婪地打量著院中拴著的高頭駿馬。

花大虎一雙渾濁的眼睛上下打量著青桐和程元龍看了一會兒，進屋先套近乎。「呀，妳是青桐對吧！嘖嘖，這麼有出息，了不得，妳小時候我還抱過妳咧。」他早早出門躲債，哪裡抱過青桐，這麼說不過是想套近乎得點便宜。

青桐一雙利眼盯著他，冷冷說道：「我只記得小麥姊姊抱過我，你那時還在外面躲債呢！」

花大虎臉皮極厚，竟無一絲慚愧之色，打著哈哈岔開話題，繼續若無其事地跟李二成說話，一雙眼睛卻不住地往箱子上瞟。李二成夫妻倆極其不喜歡這人，很快王氏藉口說要做飯，李二成說要買酒肉各自走開，花大虎也不覺得尷尬，晃晃悠悠地站起來自己走了。

當天晚上，青桐的大伯、三叔、伯母、嬸嬸也來看她。青桐當初十分討厭這些人，現在早已無感，甚至她早已記不清他們的面目了。李大成、李三成夫妻倆各自為營，一唱一和地誇讚青桐。

一對說道：「哎呀，妳小時候我就瞧出妳將來定是個出息的，果然被我猜準了。」

另一對立即拆臺。「你可不是這麼說的，我怎麼記著你說她傻，嫁人都不好嫁。」

「呿，你這是胡說八道。」

青桐被擾得十分不耐煩，吩咐王二道：「給他們拿些東西走吧！」

四人笑得合不攏嘴，李大成歡天喜地地說道：「好姪女，大伯就知道妳是個好孩子，明兒個我跟妳大娘還來看妳，妳也來咱家坐坐。」

王二在一旁看不過，沈著臉道：「這些東西是堵你們的嘴的，再來可就要收回去了。」

四個人「啊」了一聲，生怕青桐真收回去似的，拿著東西飛一般地跑了，看得讓人好笑。

王二等幾十人在李家附近紮下營帳，就地埋鍋造飯。王氏特地給青桐做了她以前愛吃的手擀麵、蔥油餅等飯菜。

第二天，王氏的娘家人聽到消息也趕了過來。青桐送她外婆、小姨一些銀兩布疋，其他人也按意思給了一些。

青桐每日吃吃喝喝，陪著父母說說話，逗逗妹妹青枝，日子過得簡單而愜意。不過她看著王氏的大肚子就覺得憂心，王氏的年紀不小了，青桐聽說女人生孩子像過鬼門關一樣。

青桐問了王氏什麼時候生，王氏說大概還有一個月，青桐默默記在心裡。

青桐回來的這幾天，那花大虎幾乎每日必來晃一圈，他的目光日漸熾熱，簡直能把駿馬燒出個洞。

王二也認識花小麥，早就對這個人十分不齒，此時見他這樣，頓時心生一計。這天他故意在花大虎在的時候，向青桐請求，說要請一天假出門辦事。青桐自然應允，接著他又故意跟同伴透露此行的目的。「我啊，這次是想找一個住在山裡的救命恩人，把我攢的五十兩銀子給他，算是報答他的救命之恩。」這話剛好被路過的花大虎聽得正著。

次日清晨，王二裝模作樣地揹著一個鼓鼓囊囊的包裹出門了，花大虎果然悄悄跟在他後面伺機而動。

王二剛走，又一批訪客到了。這次來的人卻是青桐童年的另一個朋友王飛達，綽號王三胖。程元龍一出營帳就看見青桐正跟一個身穿一身新衣，相貌俊俏的年輕男子相談甚歡，頓時覺得無比刺眼。

青桐跟王三胖說話，程元龍在門外裝作不在意地轉了一圈，他心裡想進去，但覺得又不能這麼貿然進去，所謂知彼知己，百戰百勝，於是他去找王氏側面瞭解情況。

王氏對程元龍的心思早已了然，不過為了青桐的名聲，她也不好聲張，但她心裡已把他當成準女婿了，程元龍來打探敵情，她是知無不言，言無不盡，小聲把王三胖的各種底細抖了個乾淨。

程元龍一聽王三胖小時候也是個胖子時，不禁對青桐的口味產生了些許懷疑——她是不是就好這一口啊？

王氏怕程元龍有別的想法，十分委婉地安慰他。「其實他們兩個就是小時候愛在一起玩，青桐好幾年沒回來，遠遠近近的鄰居都來看看，咱們鄉下人就這規矩。」

也是，小時候玩得好算什麼，長大後玩得好才是真的好。想到這裡，程元龍身板站得筆挺，一臉傲嬌，他才不把那傢伙放在心上，那個人怎麼能比得上自己。話雖如此說，他還是不舒坦，隨便尋了個藉口進了堂屋。

王三胖正半低著頭問青桐。「這幾年妳過得好嗎？有人欺負妳嗎？」

青桐還沒回答，程元龍硬插進一句。「有我罩著她，誰敢欺負她？」

程元龍看不慣他，王三胖也是一樣。

王三胖直接當他是空氣，接著對青桐說道：「我前年考過了童子試，我一定會好好唸書，將來考秀才、中舉人，再去京城……」

程元龍又插進一句。「前年才過童子試，要是我考，十歲就能過。」

王三胖怒目而視，兩人回瞪，兩人大眼瞪小眼。

這會兒，青桐再遲鈍也能感覺得到兩人之間的敵意。這種情況該怎麼勸好呢？她正想著，王氏就笑盈盈地端著點心進來了，在長輩面前，兩人也不好失禮，各自收回各自的目光。

王三胖在李家坐了半個時辰，直到他娘來喊才慢吞吞地起身回去。程元龍這時表現出了大度，拍拍王三胖的肩膀說：「以後來京城記得找我啊！我一定會盡地主之誼。」

當天晚上，王二歡天喜地地從山裡回來。

次日，每日必到的花大虎卻沒有來；不過，他從以前就時常十天半月不回家，村民見了他都躲著走，因此他失蹤的事誰也沒去注意。

幾天假期一晃而過，李二成和王氏提前幾日就開始搜羅青桐愛吃的本地特產，裝了滿滿幾大箱子。村民們將他們送到村口，青桐告別養父母和眾鄉鄰，領著一眾親兵向京城出發。

一路上雖然遇過幾股不長眼的小毛賊，但憑這一夥人的戰鬥力，不用青桐出手，這夥強盜不是斷胳膊折腿，就是哭爹喊娘、作鳥獸散。

青桐人還沒到京城，京城裡已經有了她的傳說。那些先行回來的士兵們像說書似的，將她誇得神乎其神，眾人以訛傳訛，最後竟將青桐說成了刀槍不入、萬軍叢中專擰敵帥腦袋的女戰神。

青桐回來後，先繞去程家將花小麥接回林家，在馬車中將花家的事情告訴了她，花小麥聽說奶奶和娘親都去了，一路上哭了好幾回。

青桐領著一眾手下到了林家門前，就見左鄰右舍、遠近閒人將她家門前的那條街道圍了個水泄不通。

白氏和白嬷嬷、劉婆子等人皆是新衣新飾，精神抖擻地等著青桐歸來。青桐回府後，與母親、弟弟說了一會兒話，接著就將外公的事告訴了他們。

其實白氏在青桐回來前已經聽說了一部分，白團頭死在兩軍陣前，數千人親眼目睹，那些人說起青桐時自然少不了這事。想起一生孤苦的老父親，白氏縱然早有心裡準備，在女兒面前還是忍不住又哭一場。

青桐接著將自己所得的賞賜拿給白氏看，白氏從來不曾見過這麼多金銀，呆愣半晌，最後仍讓青桐自己收起來。

「貓兒，妳年紀也不小了，眼看就要嫁人了，這些都是妳拿命掙的，留著當嫁妝吧！」林安源也說了跟白氏類似的話，青桐只好拿出一部分當作府裡的開銷，剩下的存了起來。

青桐回來後，程元龍隔三差五地上門來找林安源說話。林安源也知道對方是醉翁之意不在酒，為了姊姊的終身大事，他是捨命陪君子。

最近程元龍過得很糾結，現在父親有了空閒，就開始專門對付他。他的婚事已經被提上日程，程英傑正在籌劃請官媒向鄧家提親。

這節骨眼上，程元龍也不再講迂迴曲折，直接說明自己的要求。「爹，我就實話告訴你吧，我這輩子除了青桐誰也不娶。」

程英傑一口回絕。「她那種人當屬下、當朋友都好，但絕不能娶來當妻子。」

程元龍梗著脖子反駁。「你別忘了，她可救過你兩回。」

程英傑頓了一下，仍沒動搖自己的立場。「救命之恩，我們程家自當想辦法回報，但這跟你的婚事是兩回事。」

程元龍一臉倔強。「我不管，你要是不顧我的想法向鄧家提親，我總有辦法把它攪黃，再不濟我也能離家出走，你就娶個兒媳婦擱家裡供著吧！」

程英傑大怒，作勢去打程元龍，程元龍卻一溜煙跑了。

程元龍帶著程安、程玉垂頭喪氣地去林家，最先迎出來的是王二，他一看程元龍神色不對，隨口問他怎麼了。

程元龍隨便提了幾句，也沒指望他能想出什麼辦法來。王二聽罷，卻理所當然地說道：「這有何難？找我們將軍啊！什麼事能難得倒她，真是的。」

程元龍苦笑不得，暗自搖頭，找她商量？別開玩笑了，她那麼遲鈍，到現在都沒發覺自己的心意。

不過想想，事已至此，他也只好硬著頭皮向青桐說明白。

程元龍忐忑不安地來到碧梧院，青桐正在梧桐樹下閱讀兵書，林安源也在一旁讀書。他心不在焉地和林安源閒聊幾句後，便暗示自己想和青桐待一會兒，林安源笑著悄悄離開，接著白嬤嬤等人也離開了，院中只剩下了青桐和程元龍。

程元龍一點點地移動距離，最後挪到了青桐的斜對面，他深吸兩口氣，清了三次嗓子，打了好久的腹稿，終於開了一個自以為美妙的開頭。「包子，我覺得妳很聰明。」

這句話果然引起了青桐的注意，沒有人不喜歡被誇。

青桐抬頭看著程元龍，一臉平靜。「你不是早知道嗎？」

程元龍繼續說道：「妳那麼聰明，那我問個問題啊！妳說說一個男人對一個女孩子有一點那麼個意思，他該怎麼讓她知道呢？」

程元龍問完這句話，雙眸像注滿清水似的，波光瀲灩，澄明發亮，臉色慢慢暈紅，耳朵變得粉粉的。青桐看著他這模樣感到可愛極了，覺得他特別像自己養的一頭寵物香豬，令她想照顧他。

對於這個艱深的問題，青桐認真思索了好一會兒，才緩緩答道：「這個問題有點難，我對男人的經驗不多。」

程元龍眨巴著眼睛笑道：「我知道，妳隨便說說嘛。」

「那就隨便說吧，雖然我的經驗不多，不過以前養過幾隻公狗，我想兩者應該差不多。」

程元龍給噎得險些喘不過氣。她竟拿他和公狗比？這……他先忍了。

「我的公狗求偶時沒事就獻殷勤，不停地搖尾巴，用舌頭為母狗梳梳毛，有時會送骨頭、送食物，跟其他公狗打打架顯示自己的威風，我想男人也應該一樣吧！」

程元龍一臉呆滯。「哦呵呵，好像是一樣。」

程元龍黔驢技窮，他站起身，背著手在院子裡踱了幾步，偷偷看青桐一眼，等她發覺時趕緊心虛地收回目光，折回來，再踱回去，再轉頭偷看。

青桐被他一來一回晃得眼暈，一臉困惑地問道：「你看上去心神不定，到底怎麼了？」

程元龍一咬牙、一跺腳，決定開門見山、單刀直入地說明情況。「包子，我、我──」關鍵的字句卡在喉嚨裡，剛要脫口而出，忽然聽到門外傳來王二的喊聲。「將軍，七公主駕到。」

「哦。」青桐起身迎接。程元龍一臉沮喪，只得把話嚥回去。突然，他的心頭一陣警覺，七公主來看青桐會不會有別的用意？他驀地記起了秦王偶爾瞥向青桐時含笑溫和的目光，還有陸紹衡臨別時頗有深意的提醒──如果他想做某事，一定不要拖延，早下手早好；否則事情一旦擺到明面，就不是他能左右得了。

後來他在跟自己的父親說話時，兩人又談到，秦王需要一個出身名門世家的王妃不假，但他還可以納很多不需要家世的側妃。

現在想起來，陸紹衡跟在秦王身邊，一定是提前得知了什麼，所以才委婉提醒自己；那麼七公主今日所來……想到這裡，程元龍頓覺如墜冰窖。

不行，他不能跟七公主正面相見，他要躲起來，聽聽她的來意。

程元龍在樹旁轉來轉去，王二看到他這模樣，微微一笑，迅速跑回屋裡，抱起一張蓆子，圈成一個圓筒，往程元龍身上一套，上面還蓋了層床單，將他遮蓋得嚴嚴實實。

兩人剛做完這一切，就聽見院外傳來一陣環珮叮噹聲，接著是七公主那熟悉的銀鈴般笑聲響了起來。

「我的將軍大人，妳好生自在，也不來看我。」

七公主和青桐於四平關結識，兩人交情不錯。她跟秦王的性格有一點相像，就是待人十分謙和，很少擺公主的架子，若非這樣，青桐才懶得跟她來往。

青桐說道：「我是想看妳，但去找妳得層層通報，還是妳來看我方便，隨時可來。」

七公主笑笑。「妳說得也對，我這不是來了嘛。」停了片刻，七公主又道：「妳這個院子未免太陰暗些，得了那麼多賞銀，何不把府邸造大些？」

青桐一邊領著七公主到樹下石桌旁坐著，一邊平淡回答已經習慣這裡了。

七公主出語調侃。「我都忘了，妳很快就要嫁人了，自然不用再興建府邸。」

程元龍在蓆筒裡暗握拳頭，果然是來刺探軍情的，他豎起耳朵聽著兩人的對話。

七公主是談話高手，她先是說青桐感興趣的事，比如說兵書、歷代的女將軍、女狀元、傳奇人物之類，說完這些，她忽然話鋒一轉。「可惜啊，這些女子的下場有些令人惋惜，妳那個楊將軍嫁了一個才智平庸的丈夫，夫妻琴瑟不調，結果抑鬱而終；倒是那位女狀元，幾經周折，入宮成了妃子，盡心輔佐聖上，開創太平盛世，留下一段佳話……」

程元龍聽到這裡，先是生氣，接著拳頭一鬆不禁洩了氣。才智平庸，這四個字宛如一柄大錘，狠狠捶擊著他的心房，他不也是一個才智平庸的人嗎？除了家世尚可，還有什麼拿得出手呢？

文才，沒有；武功，他又怎能和青桐相比。再說，他的家世跟別人比尚可，如果對方真的是秦王，他還有什麼可比的？

一時間，程元龍萬念俱灰。

這時，青桐的聲音響了起來。程元龍的精神略略振作了些，還是聽聽她怎麼說吧！

青桐聽了七公主這一通長篇大論後，用一句直白的話做了總結。「妳的意思是說，只有貴的丈夫才是好丈夫，才是妻子的榮耀？」

七公主笑道：「就是這意思。」

青桐斟酌片刻，緩緩說道：「我不大認同妳的話，像妳說的才華武功，我自己就可以有，想貴我自己就貴了，何必指望別人呢？」

七公主倒是初次聽到這個說法，她不禁啞然，只好說道：「可是，世人都這麼認為，人往高處走，水往低處流，哪個女子不想嫁一個讓她崇敬仰慕的丈夫呢？」

青桐再次出聲反駁。「為什麼要仰慕別人呢？人在仰頭看別人的時候，已經把自己放低了；再說了，男人這東西是用來暖床的，哪能仰慕呢？」青桐實在無法想像自己面對著一個充氣哥哥流露出仰慕的目光，真要仰慕，她還是照鏡子算了。

七公主徹底無言以對，程元龍也同樣無語；但七公主畢竟是七公主，她很快又恢復了精神，繼續循循善誘。

青桐見她一直執著於這個問題，只好打了個簡單的比方。「妳我買衣裳、買兵器都不想跟別人一樣，都想挑自己適合的，為什麼輪到挑男人就不挑對的，只挑貴的呢？」

話說到此，七公主徹底認輸敗退，她頓了一會兒，以開玩笑的口吻問道：「那妳覺得我四皇兄如何？」

青桐有些遲疑，她這些日子沒少成長，也開始懂得說話要留幾分餘地。

七公主撒嬌催促道：「放心好了，我又不會說出去。」

「那好吧，我就實話實說。他，高端、貴氣，而且不是一般的貴。按照這裡的女人的喜好，他是眾人爭搶的限量男人，擁有他的女人，可以笑傲同儕，打擊別人……」

七公主定住心神，進一步試探。「那妳呢？」

青桐這時才覺察出對方的真正用意，她心中一咯噔，腦海中出現那隻皇家貴族犬，牠夠高貴，帶出去遛也有面子；但是，她還是喜歡中華田園犬之類的，或是粉耳朵香豬也挺好，一想到後者，她不知怎地，竟想起了程元龍的樣子。

青桐佯裝不知，淡然答道：「我嘛，如果真要相公，我想他得整天圍著我轉，聽我指揮，禁得住我折騰，還不能找別的女人，否則我就要沒收他的工具。當然，為表示公平，我也不納別的男人。」

「……好的，我明白了。」話已到這分上，還有什麼不明白的？這樣的女子……她還是勸四皇兄放棄吧！

蓆筒中的程元龍咧著嘴，無聲地笑了。

他是不是那個對的？圍著她轉，聽她指揮，他不是一直都這樣嗎？禁得住她的折騰？她不是一直折騰了他好幾年嗎？至於找別的女人，他才不找呢！他的眼光那麼高，口味那麼獨特，上哪兒找去？

七公主在青桐院子又待了一會兒，便說時辰到了，要回宮去，青桐率領府中眾人送她出去。

青桐這時才發現，人群中少了程元龍。她問別人，旁人都說不知，唯有王二笑得賊兮兮的，只說回院後就知道了。

果不其然，青桐送走七公主後回到碧梧院，就見程元龍正在整理衣裳，用手梳攏頭髮，一副鄭重其事的模樣。

趁著這一會兒工夫，他已經想好了措辭。大晉的風氣較為開放，男女結親雖然遵從媒妁之言、父母之命，但並不是真正的盲婚啞嫁，男女之間是可以互通款曲的，所以程元龍覺得自己這樣做並不出格；再說，就算出格了，又怎樣？管他呢！

程元龍自以為做足了準備，可是一面對青桐，說話卻不由得又結巴起來。

「包子，妳看我、我如何？」

青桐看著他面紅耳赤的局促模樣，又聯想到他方才的奇怪舉止，再加上七公主的這一番試探，她已經明白了他的意思。她過往從沒想過嫁人一事，但回京後，白氏也好、弟弟也好，翻來覆去對她就是說這事，恐怕不考慮也不行了。

思及此，青桐大大方方地說道：「我明白你的意思了，你是想和我困覺？」

「啊，困覺？」程元龍大驚。

青桐一臉疑惑。「難道不是這樣？我看過一篇寫雄、男人向女人求婚的書，就是這麼說的，對了，似乎還得跪下來。」

程元龍心裡抓狂，她都看了些什麼書啊？

青桐沒告訴她自己看的是流傳後世的《阿Q正傳》。這篇文成了後世的人們研究地球男人，特別是中華男人的重要資料之一，青桐十分喜歡，來到地球後，她發現那位先生果然犀利，這種人到處都是。

程元龍心中無比糾結，青桐突然揚手制止。「你先別忙著跪，我要好好想想。」

程元龍瞠目結舌。「哦，好好。」

這次輪到青桐背手踱步思索了。

程元龍傻傻地站在那兒，看著她走來走去，手心捏著一把熱汗。「她會怎麼說？願意還是不願意？」

青桐此時想的是，按照這裡的規矩，她不嫁人會有許多麻煩，如果要嫁的人是胖子，她倒也不討厭。婚姻就是挑合作夥伴，他們是戰友比合作夥伴感情還深，在一起應該沒問題。

想到戰友兩字，青桐憶起在邊關上程元龍事事想著她的模樣，嘴角不自覺地微揚。

她又想，況且，她以前的相公都是充氣的，這次都到了古代，換個活體的、有生氣的，也挺不錯。人在面臨抉擇而無法取捨的時候，應該選擇自己尚未經歷過的那一個，好了，就這麼定了。

青桐思索權衡了半炷香的工夫，最後向懸心等待的程元龍宣佈結果。「跪下吧，胖子，我同意和你困覺。」

程元龍的腦中一片空白，不知是驚得還是喜得，青桐話一落，他真的雙膝著地了。青桐讓他意思了一下，伸手扶起他。

程元龍整個下午都在暈暈乎乎中度過。到了晚上，他帶著程玉、程安回府時，仍是一副恍恍惚惚的模樣。他撞開門，坐上椅子，端起燭臺，抿了一口蠟燭，望著桌上的茶水發呆傻笑，這一切的混亂都是青桐那句話造成的。

然而，程元龍作了半夜美夢，第二天醒來卻要面對父親反對這個殘酷的現實，不過，青桐的同意給了他極大的勇氣。

「總有辦法解決的。」程元龍暗暗想道。

匆匆用過朝食，程元龍裝扮得人模人樣，前去皇宮求見姑姑程貴妃。令人沮喪的是，程貴妃早已跟程英傑通過氣，兄妹倆齊心協力想將鄧文倩塞給程元龍，這會兒程貴妃推託身體不適，竟連他的面都不見。

程元龍思前想後，最後使出了小時候常使的招數——死纏爛磨，長跪不起，絕食哀求。這個消息不脛而走。

上早朝的官員上朝時，他在那兒跪著，下朝時還在跪。文武百官中有跟鄧家相厚的，一聽到這個消息，便去委婉告知鄧家這婚事挺懸。

青桐也從王二那兒得知了這個消息。王二這人鬼點子多，這會兒正絞盡腦汁地給青桐想主意。

誰知青桐一聽到程元龍跪地絕食，不禁怒了。她騰地一下站起身，命王二牽馬，她要去程府問個明白。

青桐一路飛馳到程府，推開門徑直闖了進去。程府的管家一看到她這副氣勢洶洶的架式，不由得暗暗驚詫，忙面帶笑容上前問候。

青桐抬著下巴問道：「替我通報你家老爺，就說我有大事找他。」

程管家「啊」了一聲，說這就去稟報。

程英傑聽到青桐突然造訪程家，也有些詫異。他不知道她對自己那個不肖子到底有沒有想法，程英傑自詡很會看人，但他卻看不懂青桐這個人，她看似簡單，但說話行事總是出人意料，從不按常理出牌。

程英傑慢慢吞吞地從書房踱了出來，命僕人端上茶點，客客氣氣地問她有什麼事。青桐一句廢話也不說，開門見山地問道：「程大將軍，救命之恩是不是當以身相許？」
程英傑大吃一驚，一臉為難。「這……」
青桐補充一句。「別誤會，我要的不是你，是你的兒子程元龍。」
程英傑面露窘迫，含蓄地說道：「林姑娘，我程家不是忘恩負義的人，妳的恩情我定當厚報，但這跟犬子的婚事是兩回事。」
青桐冷哼，隨即咄咄逼問。「兩回事？我這麼聰明能幹、為人正直、武藝高強又有功名富貴，肯嫁到你家，你應該感到榮幸，為什麼不同意？」
程英傑張口結舌。哪有女人家親自上門質問男方家為什麼不同意婚事的？他兒子從哪兒挖出這麼一個寶？
他儘量將話說得委婉。「妳這人很好，我也很欣賞妳，可是元龍是程家的嫡長子——」
青桐義正詞嚴。「這有什麼？我也是嫡長女。」
程英傑道：「犬子太過頑劣任性，我怕耽誤了妳。」
「你不用心存愧疚，我們互相耽誤。」
「……」程英傑覺得有時候真不能跟她太委婉，到了這一步，他也只能直言不諱了。「可是我們程家希望娶的是一個知書達禮、文靜端莊，上能孝敬公婆，下能友愛弟妹，還能幫著元龍管理家宅，讓他無後顧之憂的媳婦。」
青桐反問道：「那你自己娶到了嗎？」

程英傑默然，這問得什麼話？

青桐臉上露出一抹諷刺。「你曾經娶到過，又失去了。你認為你後來娶的這個符合你說的標準嗎？沒錯，尊夫人看上去知書達禮、文靜端莊，可是實際上呢？」

聽著自己夫人受質疑，程英傑微怒。「林將軍，這是妳對長輩應有的態度嗎？」

青桐不理他，繼續說下去。「如果她真如你所說得那麼好，就不會用非常手段進府了，進府後也不會對你的嫡長子採取各種手段打壓。你真的以為元龍以前肥胖、紈袴、任性是因為他天性不好？不，你錯了，這是有人在別有用心地引導，引導他暴飲暴食，然後被人笑話，繼而自暴自棄，漸漸性格暴躁多疑，名聲越來越壞；然後她假裝諄諄教導，被元龍反抗，於是你看到了元龍的不孝和任性，感受到了她深深的委屈。我猜她一定不會直接告元龍的狀，你一般都是通過下人之口無意中得知，她當著你的面只會流淚傷心難過，自責自己不夠好……」

程英傑臉色紅白交替，他想命她住口，可終究沒吼出來，他不知道她從哪裡打聽得這麼清楚。

青桐冷笑。「你一定覺得我仔細打聽過吧？你錯了，全是我猜的。

「好了，我們扯遠了，現在將話題拉回正題。我的看法是，你所認為的知書達禮、文靜端莊並不是真的好，也別受那些什麼孔子、方子、圓子的薰染，認為女人弱了才好。那些你以為的弱女子一輩子拘在後院，專心致志地研究陰謀詭計、說唱唸打，等你回去演示給你看；反而像我這樣的人，更喜歡用光明坦率的手段來解決問題。你知道一個真正健康的家庭和國家是什麼樣嗎？就是大部分人都能選擇自己喜歡的生活，人與人之間相處和諧，不互相干涉掣肘；而不是像你們家現在這樣，烏煙瘴氣，明面上一團和氣，實際上暗潮湧動。你自己選擇了這樣的人生還不夠，偏偏還想替兒子作主。」

程英傑正欲開口說話，忽聽得陸氏在門口笑道：「喲，我來遲了，沒有迎接林大小姐。」

青桐瞧都不瞧她一眼。

陸氏腳步輕移，溫和地說道：「如果林大小姐急著嫁人，我倒是可以為妳作媒。」

青桐忽然回過頭，朝她微微一笑。「我不急著嫁，要真急，早就藉探病為由搬到好姊妹府上了。」

陸氏聽到自己的陰私被人提起，氣得險些倒仰過去，同時越發堅定了不讓青桐嫁進程家的決心。

青桐以下通牒的口吻說道：「該說的我都說了，我今日就撂下一句話，只要你兒子堅持我就堅持，我是尊重你才來和你溝通，如果你聽不進去，那也沒辦法。我救過你兩次命，就算兩條吧！你現在有兩個選擇，一是乖乖地把兒子給我；二是給我抵兩條命來，你的也好，妻子、次子的都行，兩個條件做到任何一條，咱們就兩清；否則你就是知恩不報、忘恩負義、狼心狗肺，我會命人在京城各處巡迴說書，宣揚你的事蹟。」

青桐撂下這句話，揚長而去。

陸氏本想說些什麼，見程英傑臉色難看，只得悄悄地退出書房。

程英傑這回被青桐的威脅氣得無話可說，他還真怕她那樣做，接著不禁在書房來來回回地徘徊思索對策，卻無計可施。

他繼而想到，若不是她，自己這條命早不在了；若非那個不肖子，以她的性格說不定根本不會救自己。接著他又想起了自己父親的教誨，點滴之恩，當湧泉相報，那麼救命之恩，又以何為報？即便拿他的命來抵也是應當。罷了罷了，同意他們的親事算了，誰讓他欠她兩次救命之恩、誰讓那個不肖子非要娶她。

程英傑一想通，就命人趕緊去接程元龍回來。他剛傳完令，就聽見程管家欣喜地叫道：「老爺，少爺回來了。」

程英傑連忙出門察看，就見程元龍一瘸一拐地走著，臉上卻是喜氣洋洋。原來那程貴妃雖然得了哥哥的囑咐，託辭不見程元龍，但她一向喜歡這個姪子，聽他在地上長跪不起，忍不住心疼。一旁的七公主察言觀色，見貴妃已經鬆動，趕緊乘機替程元龍說情。

七公主不住地誇讚青桐，那程貴妃何等精明，三言兩語就套出了七公主昨日在林家跟青桐說的那些話，當然她也得知了兒子秦王的打算。

若是她那皇兒頭腦發熱，真將青桐納進府，局面將一發不可收拾，看元龍那樣著緊這女子，兄弟倆將來必生嫌隙；再說她雖沒見過青桐這人，但根據流傳的事蹟，已猜了個大半，這個女子太過於野性難馴，手段又狠、功夫又好，到時秦王府還不鬧翻天？將來若是秦王登基即位……

這一瞬間，程貴妃的心思已經轉了九曲十八彎，將方方面面都考慮到了。為了成全程元龍，也為了防止秦王做傻事，還不如她先下手為強，為兩人賜婚。

程元龍得到了姑姑的答覆，興奮而歸。他本以為回府後一定會受到父親的責罵，沒想到父親也想通了，事情順利得出乎他的想像。

很快，他就從下人口中得知了青桐今日進府逼婚的事，那她一定是聽說他進宮的事了，想及此，他趕緊讓程安去林府報信。

五天後，程貴妃下令為程、林兩家賜婚。由於青桐還在孝期，婚期延至一年後。

當年年底，秦王大敗金兵，一路追亡逐北，將金兵殘餘勢力驅逐至大漠深處，救回被俘漢人十餘萬人，俘獲牲畜百餘萬頭。消息傳到京城，舉國歡騰，皇帝龍顏大悅，重賞秦王。

秦王回京後，見青桐和程元龍的親事已經板上釘釘，雖然心中有些遺憾，也只能就此放下。

一年後，程元龍望穿秋水，終於盼到了成親之日。這一年中，他費盡心思對青桐獻殷勤，送各種各樣的禮物討好，像是要補足過往的平淡，青桐照單全收，有時還會回送一些「骨頭」。

兩人成親這天，據人評價，那真是鑼鼓喧天，熱鬧非凡。

青桐坐在花轎中，閉著眼默默揣摩著白氏昨晚講的「婚前一課」。她覺得那些太沒意思了，她懂得比親娘要多多了，今晚該用哪一種呢？想起白氏再三叮囑她要矜持，好吧，她決定聽一回話。

在經過三拜天地等各種繁瑣禮儀後，一對新人終於入了洞房。由於兩人威名遠播，也沒人敢鬧洞房，這下子屋內安安靜靜，只餘新人兩位。

程元龍激動得白臉泛紅，耳朵泛粉。他一直傻呵呵地笑著，為她掀去蓋頭，青桐穿上大紅的新娘服，臉上抹了淡妝，跟往日大不一樣。程元龍想不出用什麼詞來形容，那是一種混合了少女的明淨單純、以及男子的英氣還有一絲野性的美麗，讓人初看驚豔，再看驚心動魄。程元龍呆呆地看著青桐，青桐卻已經被沈重的新娘服和頭飾壓得十分不耐煩了，這玩意兒比穿著盔甲還難受。

「來，為我更衣。」青桐胳膊一伸，理直氣壯地發出指令。

程元龍手忙腳亂地替她除去衣飾，兩人挨得極近，彼此氣息縈繞，程元龍不由得心跳加快，臉龐發熱。

青桐聽到程元龍咚咚的心跳聲，摸了一把他的脈搏說道：「你的心臟跳得太快了，是有心疾嗎？」

「沒、沒，肯定沒有。」為了緩解緊張，程元龍沒話找話，順便邀功請賞。「妳看我好吧，我長這麼大可從未為任何女人做過這種事。」

青桐的回答卻讓他氣結。「這有什麼可誇耀的，除了我養父給我換過尿布外，我也從沒允許別的男人服侍過我。」說著還給了他一臉我讓你服侍，那是你榮幸的表情。

「好好，我十分榮幸。」程元龍被她打敗了。

「那我們先吃晚飯吧！」

「好，我早餓了。」

青桐十分自然地坐了下來，優雅而凶猛地吃著飯，程元龍為她添了一碗又一碗，自己卻吃得極少。他的雙眼放著一種期待而又緊張的光芒，吶吶地說道：「包子，妳、妳娘給妳說過那啥……」

「哦，我娘，她拉著我又哭又笑的，說了一大通，先是說女人一定要賢慧，要我當賢妻良母。」

「嗯嗯。」

「可我不這麼想，那麼賢慧幹麼，我又不是你娘。」

「……」

吃完飯後，兩個小丫鬟抬著熱水進來，兩人開始梳洗。這次自然又是程元龍服侍她，程元龍繼續打探敵情。「岳母還說了些什麼，她有沒有說……」

青桐忽然想起了她在花轎中考慮的事情，轉過身，在一只箱子裡翻找。她拿出一截簇新的麻繩、一根蠟燭、一條皮鞭，然後指著這些東西，看著程元龍說道：「我娘囑咐說，讓我今晚一定要矜持些，我決定聽她一次。」

「啊？」

「所以，我讓你先選。」

「什、什麼？」

「——就是你喜歡哪種方式？」

程元龍徹底驚呆了，他岳母看上去那麼柔弱的人，竟、竟然好這口？

總而言之，那一夜，她虐待了他，讓他開了眼界；那一夜，青桐終於明白了活體相公和充氣老公之間的區別。

用戶評價，中評。實事求是的講，感覺很不錯，溫度適中，軟硬適合。缺點——持久度不足。

其中有一會兒，青桐有些意亂神迷，分不清自己身在何方，她把程元龍當成了充氣電動哥哥，半睡半醒間，不停摁他的肚臍，嘴裡說道：「指令，定時一小時。」

程元龍迷惑不解，趕忙問她怎麼了。青桐猛然清醒過來，趕緊道歉。「對不起，我把它當成你的開關了。」

長夜過去，一對新人變舊人；朝陽初升，新的一天又開始了。

自從青桐進了程府，程家上下再不愁日子無趣。程元龍從一個名揚京城的紈袴變成一個俯首甘為妻子牛的跟班，他是一塊磚，青桐哪兒需要往哪兒搬。

陸氏選自己姪女當媳婦共同掌控程府的願望落空，氣得肝疼、胃疼。剛開始，她想拿婆婆的款給青桐立規矩，可惜每次都被氣個倒仰，她哭訴，程英傑起初還聽，後來索性甩袖離開，還讓她大度些。原來，每次她哭前，青桐就命人去提前告知公公——請準備一下，婆婆一會兒來哭。

沒隔幾天，陸氏就會被氣病一回，程英傑則無可奈何。

陸氏一計不成，再生一計。她想到了幾乎每個婆婆都會做的事，往程元龍屋裡塞人，讓青桐忙著爭寵，到時候還不得討好她這個婆婆。

第一次送去的美貌丫鬟，被程元龍趕出來了。

第二次送去的貼身丫鬟，自己嚇得逃了回來，問她什麼也不說。但是以後，每當陸氏再生塞人心思時，被點名的丫鬟往往會跪在地上砰砰磕頭，請她放過自己一條生路。

在陸氏大病幾場後，青桐和程元龍與程英傑商量想去邊關戍邊，程英傑這次竟沒阻攔，反而積極促成此事。

青桐臨去前，十分孝順地去看望臥床不起的婆婆。「看在妳、我婆媳一場的分上，本青子臨走前，給妳轉述幾句振聾發聵的話。據說只有腦子不夠用的人才喜歡耍小心眼、小手段，腦子好使的人更喜歡用光明坦率的手法來解決問題。前者的例子就是妳，後者的代表是我。我想妳娘一定沒這麼教過妳，沒關係，朝聞道，夕死可矣。」

兩人帶著丫鬟、童僕去了秦城。青桐到任的消息傳到邊關，邊關百姓奔相走告，在大漠中苦熬的韃子遺憾著又打不成秋風了。他們沒想到的是打不成秋風還是其次，更慘的是，青桐還主動帶人去打他們的秋風。青桐和程元龍出關數次，俘虜數萬人，並將這些胡人打散放在漢人群落中；久而久之，這些人見大晉與苦寒的塞北相比簡直是天堂，他們樂不思蜀，更無心反抗。

青桐正式得到她想要的封號「韃子哭」，邊關百姓又追加一個「百姓笑」，程家下人再加兩個「婆婆哭」、「相公笑」。青桐對這些稱號大體滿意，覺得它們貼切地概括了自己的豐功偉績。

程元龍對一切都很滿意，他越和她相處，就越佩服自己的眼光。他從未像現在這樣快活自在，心中每天溢滿幸福。她不像別的妻子那樣望夫成龍，她不想改造他，她甚至會發掘他的天性，讓他更愉快、更自由。

白天，他們是志同道合的玩伴；夜晚……他是她的玩伴。

青桐的兩個丫鬟灰灰菜和喇叭花分別嫁給了程玉和程安，兩人升了職，成了青桐的管家。程玉、程安這輩子最大的理想就是成為他們家少爺的內、外管家，結果夢想泡湯，落到自家媳婦身上，兩人略感失落。

不過，程安很快就找到了平衡，他安慰程玉說：「這有什麼，咱們的少爺比咱們強幾百倍，他不也得服老婆管嗎？」

程玉狂點頭。「對對，你這樣說我心裡好受多了。」

至於花小麥，她在王二的撮合下，嫁給了一個從漠北救回的漢人，兩人一起去了那男人的老家。

有些人從生命中離開，有些事已經落幕，但生活還在繼續，他們的美好日子才剛剛開始。

程元龍是個驕傲的人，但他願意為林青桐放下身段。他是她的盔甲，而她是他的軟肋；他還是她的御用車伕、御用按摩師、御用出氣筒、御用跟班。在看得見的地方，他的眼睛和她在一起；在看不見的地方，他的心和她在一起。

在這種溫情攻勢下，就算是鐵石心腸也會感動吧！更何況，林青桐根本不是個鐵石心腸，她非無情，只是情感有些遲鈍罷了。

然而她這樣遲鈍的人也在慢慢地改變，她的性格還是那樣大氣強悍，還是堅持自己的原則和底線，但她有時也會變得溫柔起來。當然，這種溫柔也很與眾不同。

有一天晚上，她在享受了程元龍種種舒服的服侍後，心滿意足地說道：「我發現我越來越喜歡你了，一看到你就像主人看到喜歡的貓一樣高興。」

雖然認識這麼久了，程元龍仍對她這話感到無語。好吧，其實忽略後半句那不倫不類的比喻，這話還是不錯的，儘管心裡翻江倒海，但他臉上還是一臉傲嬌。「哦，還有呢？」

林青桐看著他，招招手。「來，讓我摸摸貓頭。」

程元龍站在原地，無言以對，過了一會兒，他將頭伸了過去。

林青桐一邊撫摸著他的頭，一邊洋洋自得地說道：「我說情話的功力是不是越來越高了？」

看著她晶亮的眼神，他道：「真的高了。」說到這裡，程元龍又小心翼翼地說道：「不過，夫人，我起初還以為妳在說笑話。」

程元龍的話音一落，就聽見一聲歡呼，接著，他的額上、臉上被印了幾個雨點似的吻，只見林青桐雙眼更加閃亮，興奮地說道：「真的嗎？我真的很幽默嗎？」在她的母星上，幽默是個很高的評價。

程元龍這會兒真被她逗笑了，連連點頭承認。

青桐再接再厲，再次吻他，一邊吻，一邊說道：「真羨慕你，有我這麼有趣的對象。」

程元龍熱烈地回應她，漸漸地開始反客為主……

當晚，在兩人情最濃烈時，程元龍終於聽到青桐一句正兒八經的情話。「小胖子，我來這裡最大的收穫就是你，你是我今生最愛用的男人。」

嗯，比那些電動的、充氣的男人好太多了。

——全書完

2016年12月出版

佳人非淑女

文創風 475～476

從母系社會穿越到了男權世界？
雖說古代生活對女性充滿惡意，
但她相信若拳頭夠大，身為女人也無妨……

文思通透人心，筆觸風趣達理／昭素節

穿到古代，不過是眨下眼的工夫，
要適應生活，卻得花上十分力氣。
青桐雖不幸的穿成了個棄嬰，但幸運的有養父母疼愛，
她一邊學習古代生活，想著要一輩子照顧爹娘，
可是人算不如天算，京城來的親爹娘竟找上了門？!
本來她不願相認，不承想一家三口卻被族人趕了出來，
這下子她只得領著養父母，進京討生活了。
然而京城的家竟是十面埋伏，面對麻煩相繼而來，她是孤掌難鳴，
未料那個愛找碴的紈袴小胖哥竟會出手相助，
禮尚往來，她決意幫他減肥，卻不知這緣結了，便再難解開。
她和他一同上學、一起練武，甚至一塊兒上邊關打仗，
他對她日久生情，她卻生性遲鈍、不開情竅，
幸而他努力不懈，終究使她明白了他的心意，
此情本該水到渠成，誰知最後關頭，他爹居然不答應婚事？!
這下兩人該如何是好？

風 文創 476

佳人非淑女 下

國家圖書館出版品預行編目資料

佳人非淑女 / 昭素節著. --
初版. -- 臺北市 : 狗屋, 2016.12
冊 ; 公分. --（文創風）
ISBN 978-986-328-669-1（下冊：平裝）. --

857.7 105019236

著作者	昭素節
編輯	林俐君
校對	沈毓萍　許雯婷
發行所	狗屋出版社有限公司
地址	台北市104中山區龍江路71巷15號1樓
電話	02-2776-5889～0
發行字號	局版台業字845號
法律顧問	蕭雄淋律師
總經銷	知遠文化事業有限公司
電話	02-2664-8800
初版	2016年12月
國際書碼	ISBN-13　978-986-328-669-1
原著書名	《外星女在古代》，由北京晉江原創網絡科技有限公司授權出版

定價250元

狗屋劃撥帳號：19001626

網址：love.doghouse.com.tw　E-mail：love@doghouse.com.tw